圆环

刘博宇 ◎ 著

作家出版社

图书在版编目（CIP）数据

圆环 / 刘博宇著. -- 北京：作家出版社，2020. 9
ISBN 978-7-5212-1073-6

Ⅰ. ①圆… Ⅱ. ①刘… Ⅲ. ①长篇小说 – 中国 –当代
Ⅳ. ①I247.5

中国版本图书馆CIP数据核字（2020）第143746号

圆　环

作　　者：刘博宇
责任编辑：韩　星
装帧设计：刘红刚
出版发行：作家出版社有限公司
社　　址：北京农展馆南里10号　　邮　　编：100125
电话传真：86-10-65067186（发行中心及邮购部）
　　　　　86-10-65004079（总编室）
E-mail:zuojia@zuojia.net.cn
http://www.zuojiachubanshe.com
印　　刷：三河市北燕印装有限公司
成品尺寸：145×210
字　　数：230千
印　　张：10.75
版　　次：2020年9月第1版
印　　次：2020年9月第1次印刷
ISBN 978-7-5212-1073-6
定　　价：39.00元

献给所有的建筑师

目　录

序

读者诸君：

你们好！

我的名字叫阿波罗。

我是一名编辑。阿波罗是我的笔名。本来，我不想叫这个名字，这是一个著名的古希腊神祇的名字，而我只是一介凡夫俗子，冒用天神的名号，这是莫大的罪过。可是我的客户，我的一名作者，他提出了这个要求，要我使用这个名字，还说这对他来说意义重大。无奈之下，我只得从命。这并不让我高兴，不过这就是工作，尽职尽责地完成它，这是我的使命。

这名客户，我并不认识他，至少，我并不认识现实中的他。我从没见过他本人，连照片都没有见过。其实不只是照片，我连他的真实姓名、身份都不得而知。我们之间的所有来往，都是间接通过媒体渠道进行的。有时是手机上的信息，有时是网络电子邮件，还有时是传统的纸质印刷品，十分笨拙，很不方便，但他却一直坚持，对此，我毫无办法。这是他的规则，他有一套特殊的手段，来确保它行之有效，在这方面，我不得不承认，他很有能力。

他自称是一名建筑师，生活在一座东部沿海城市，我与他之间相隔万水千山。我的家在北京，但更多时候在深圳工作，这是我工作的特殊性质所决定的。我喜欢独自外出的感觉。在家里，我无法找到这样的感觉。

在我的设想中，他与我很相似，尽管我并不清楚他的底细。有关他的信息很少，而且真假难辨，他是个很善于保守秘密的人。他不用社交媒体，没有朋友圈，没有微博，没有抖音，什么都没有，好像与现实世界绝缘。这说明他要么是一个非常忙的人，要么是一个非常懒的人。显而易见，他怎么看都不像后者。

其实，我也一样，只是没有他那么绝对。我的工作不允许我那么任性。它要求我每天同文字打交道，而文字的背后，是一个个鲜活的灵魂。了解它们各自不同的属性，是我做好工作的前提。这件事我做了二十年，今后有很大可能还会一直做下去。我喜欢这份工作，因为文字比人简单，与它交朋友比与人交朋友容易得多。

我的朋友很少。严格来说，他还算不上一个。他只是我的客户，一个合作者，当然，他是那众多合作者中最特殊的一个，这一点毋庸置疑。这不仅因为他行踪诡秘，更重要的是他与我的沟通内容。我刚刚提到，他是一名建筑师，至少，他自称是这样。他也确实给我透露过有限的信息，比如他的事务所的规模、人员、业务情况，等等，但是根据我的调查，那些信息多半靠不住，很可能是他用来掩人耳目的幌子。不过，从他寄给我的各种文件、资料和手稿来看，他又确实是一名建筑师，也许不怎么称职，但绝非无中生有。这很有趣，令人好奇。在我看来，他是一个自主意识过于强烈的人，一个典型，因为无

圆环

法自我完善而不得不向外界求助，因为现实的残缺而不得不步入文字的幻境。这么说有点玄妙，不过事实就是如此。一个苦苦求索的探险者，远离自己熟悉的家园，只身前往一片未知的远方。每当我在旅途中，靠在飞机的舷窗旁，或是坐在飞驰的列车上，看着他寄给我的稿子，心中便会不由自主地浮现出这样的场景。

他让我叫他"Z"，一个简单的字母，这有些可笑，不过最终，我还是接受了——就像我说的那样，我还能怎么办？不仅如此，我也同时接受了他的另一个要求：采用"阿波罗"这个笔名。起初，我感到很不习惯，这很可笑，可是久而久之，我发现它很适合自己，反倒离不开它了。

他经常寄给我一些资料，形式庞杂，短文、图片、笔记、作品集，各式各样，中文与外文都有，其中大部分与建筑有关，但也并非总是如此。他偶尔也会寄给我一些完整的资料，一些经过整理的手稿，让我修改、润色，然后出版。我帮他发表过几篇小文章，引起过少许轰动，不过很快就过去了，没有什么后续，对此他不怎么在意。不管结果如何，他还是一如既往地向我这里送稿子，时间久了，我也熟悉了他的路数，对建筑这门高深的学问，也渐渐略知一二。本来，我对它可以说一窍不通。

下面这份手稿正是他最近寄给我的，我将它如数呈现出来。手稿很完整，我几乎没有做任何修改，只是纠正了一些细小的文字错误，那不过是一时疏忽造成的瑕疵。手稿很长，密密麻麻地排列在 A4 大小的纸张上，有上百页，内容有些特别，至少，与他从前寄给我的那些稿子截然不同。

它讲述了一个关于建筑学的故事。故事很新颖，耐人寻味，值得细细研读。它以第一人称写成，文字的使用颇有特色，似乎由一份境外的原始资料翻译而成。从文体风格来看，它好像是一份保存已久的历史档案的一部分，字里行间透着古旧的痕迹。为此我专门向他做了确认，关于这些文字的来源，目的是查明版权，以免将来造成不必要的麻烦。然而，我得到的回答却模棱两可：有些事情，他明显避而不谈。我不肯放弃，一再向他询问，他才勉强做出解释。他向我保证，这些资料的来源没有问题，可以大胆使用，但我仍不放心，再三追问，直到他确定无疑，我这才罢休。

故事很长，分为三个部分，内容是连贯一致的。作为编辑，我读过的故事数不胜数，但我可以保证，这一篇与众不同。我无法准确描述这种不同之处，因为那只有去阅读故事本身，除此之外，别无他法。这也是我把它完整呈现在你们面前的原因。莎士比亚说过，阅读就像鸟儿的翅膀，能让智慧展翅飞翔，我无法不同意这样的说法。只有亲自去阅读，才可以品味故事之中的美妙；同样，也只有亲自去品味，才能够洞察那些隐藏在生活中的深刻的真理。

最后，祝你们阅读愉快！

阿波罗
二〇二〇年二月

一　地　狱

1

我从北方来，到南方去。为了躲避纳粹德国从天而降的炸弹，我离开巴黎，把一切丢在身后。我只身一人，囊中羞涩，一只土伦出产的皮箱就是我的全部家当。

逃离背后的地狱，梦想远方的天堂。我诚惶诚恐，加紧赶路。海德里希，这名冷酷无情的盖世太保，发誓要追我到天涯海角——我是他的猎物，无论是我的生命，还是我的皮箱。

我沿着加泰罗尼亚的公路一路向南，天气日渐炎热，酷暑难耐；空气如火，草枯石干，皮肤似乎要被点燃。环境如此恶劣，相比之下，尖叫着俯冲而下的斯图卡轰炸机根本算不了什么。

我来到安达卢西亚最南端的海岸，无法逗留；大海在面前拦路，找不到一条航船。我折返向北，沿途经过好几个行省，身后留下一条曲曲折折的轨迹。佛朗哥统治下的西班牙就像干旱的沙漠一样了无生机。我最后到达潘普洛纳，那是北部一个偏远的小城市，横贯半岛的比利牛斯山脉近在眼前。据说当年摩尔人的大军，就是从这里浩浩荡荡地拥入欧洲大陆，最后在普瓦提埃，败给了查理·马特率领的高卢联军。

我离开，沿着山脉向东，远离炎热，远离战争，也远离那追逐我的地狱恶魔——为了效命自己的主子，他早已泯灭人性。我想尽办法将他甩在身后，为自己争取时间。我做了最坏的打算，然而尽管如此，我还有一线生机，为此我下定决心，不能放弃。在芒多埃多的汽车站，我用糟糕透顶的西班牙语向一名小伙子问路，对方费尽力气听懂我的话之后，用更糟糕的法语拼命劝我原路返回。我坚定地摇了摇头，不是因为勇敢，而是在给自己鼓劲。小伙子无可奈何地看着我，他那双淡蓝色的眼睛让我想到海德里希那猎鹰一般的面孔，不禁一阵毛骨悚然。

　　我再次登程，进入偏僻的山区，脚下的公路变成罗马时代的石桥，随后又变成流水侵蚀、人迹罕至的小径，最后变成只有意志才能识别的若隐若现的幻影。纳粹德国在整个欧洲的土地上建起高楼大厦，一座永世长存的千年帝国，一个统一所有意识形态的终极理念，不只是街道与城市，更重要的是人的思想与灵魂，这是多么地疯狂！只有彻底堕落的恶魔，才会如此丧心病狂。

　　带着人性中最后一点尊严，我逃出巴黎。我的同胞依然留在那里，他们有的忍辱负重，有的卑躬屈膝，有的厚颜无耻，与恶魔做了世上最卑鄙的交易。我的朋友、我的家人、我的志同道合的同事们，我甚至来不及同他们再见，向他们道别。我不能留下一点信息，任何的蛛丝马迹都会让盖世太保闻风而至。巴黎，这座曾经无比美丽的城市，如今已面目全非，在一场突如其来的暴风雨中瑟瑟发抖。

　　我深入山区，深入世上最隐蔽的角落，只有在这里，才有久违的宁静；只有在这里，才能见到没有被血红的卐字旗遮蔽的一丝蔚蓝的天空。我翻山越岭，不敢回头。我经过树木丛生、鸟兽横行之地，那里人迹罕至，就连最勇敢的猎人都敬而远之。我穿过山谷，渡过河滩，眼前又一座山峰拦路，在它的背后有另一条山谷、另一座山峰。我仿佛在前往大陆的尽头。我的双脚已经麻木，手中的皮箱沉得像块睡着了的石头。

黄昏时分，我走出山谷，眼前一片起伏的平原，树木掩映，远山重叠。平原上有一处村落，从脚下的隘口见不到它的全貌，只有几座方方正正的土屋，被近处的树叶遮挡，若隐若现，再向前走一段路，才能看得清楚。我无法不记得它，它是一切开始的地方。它位于一块低地中央，周围的山脉奇怪地俯下身去，心甘情愿让出一片平原，只有最远处的一座高山拔地而起，傲然挺立，宛如一座硕大无比的金字塔，尖顶上覆盖着常年不化的皑皑白雪。平原从它的脚下延伸过来，如同一条波斯地毯，地毯的尽头，一条小溪缓缓流过，上面架着一座条石砌筑的拱桥。村落默不作声地躺在桥的尽头，一块半天然半人工的台地上，夯土建造的低矮房屋安安静静，如同一群闭眼入睡的绵羊。

我离开山地，走下平原。地势下降，逐渐和缓，我疲惫的双腿刚好可以应付。一条土路自动伸到我的脚下，让我安心。它带领我绕过几个转弯，来到那座石桥前。石桥在溪水中间，黑乎乎的石头倒插在水里。我发现溪水很浅，还没有到膝盖，如果不是天黑，我大可以径直蹚水过去。我上了桥，眼前的一切令我奇怪。我想停下来仔细观察，但双脚还是不听使唤地向前移动，一直踏上那铺满砾石的粗糙桥面。走到中间的时候，我用力踩了两下，没有什么异常，只有两侧的石缝中长出的茅草随风摆动，好像在嘲笑我幼稚的举动。

我走进村落，没有受到阻拦。两侧的房屋方方正正，中央的土路曲折向前。几棵大树沿着河岸排列，浅浅的河滩上，铺满被冲刷得惨白的椭圆形的卵石。在那里，我远远地看到几个身披长袍、戴着头巾的妇女，赤着脚，弯着腰，放下扛在肩上的陶罐，从小溪中打水。她们似乎并未发现我，而我也压抑住自己好奇的喉咙，没有高声叫喊。我不知道自己该问些什么——如果这里是法国的领土，我最好还是转身离开。我继续向前，想着遇见点别的什么。空气中有股焚烧稻草的味道。我听到一阵低沉的雷鸣，从遥远的天空传来，随后，小巷深处响起此起彼伏的狗叫声，久久不能平息。没有人，也没有人的迹象。

土路在前方转了弯，爬上一座缓缓升起的斜坡，坡顶上有几座方形土屋，高低起伏的屋顶上覆盖着厚厚的干草。我抬头观看，迎着我的视线，一团新鲜的淡青色烟雾徐徐升起，轻盈细小的尘粒在落日余晖的映照下，扩散进一片不断黯淡、冷却、凝固的金黄中。

有种异样的感觉。我停下脚步，左右察看，心中疑惑。夯土建造的房屋有些奇怪。它们看上去太过完美，或是太过简单，好像某个精心设计、简化过的宏大构想，在经过最初的尝试之后，所留下的尚未充分发育的原始模型。夯土的表面陈旧，破损剥落，虽然经历风吹雨打，但依然坚固密实。很难想象大山深处会有这样的建筑材料。房屋并行排列，一间挨着一间，组成细长的小巷，就像是四千年前居住在两河流域的巴比伦人建造的夯土迷宫——看不到尽头，没有标记，没有色彩，没有出路。

正在这时，我突然感到身后有人。他的脚步很轻，像个老人。我无法判断他的目的，但一路上的经历告诉我，对任何事都要提高警惕。然而出乎意料，当我转身向后看的时候，却发现背后空无一人！不过，随后更令我惊讶的是，脚步声并没有消失！它像一连串的审判，从不知什么地方向我逼近。我再次转身，同样的事情再次发生，那人不见踪影。我四下张望，不知道自己是否看清楚，也不记得自己是否转过身。我向村口眺望，只看到千篇一律的平屋顶和陈旧的土山墙。最后，我转向原来的方向，那人就在那里，简直就像是从真空中冒出来一样！脚步声停了下来，那人就站在我面前，他那注视我的目光让我想到八百年前苏丹的使者，在圣城脚下面对跋山涉水、饥肠辘辘的儿童十字军。他面带微笑地看着我，好似一名先知：不用我张嘴说话，他已经知晓一切。这让我瞬间陷入恐怖，全身发凉——毫无疑问，海德里希赶在了我的前面。一切都结束了，德国人赢了。

可是后来发生的一系列事件，让我打消了这个念头。仔细打量面前这个奇怪的人，我发现他从头到脚都难以理解，就像一截刚刚砍倒的树桩一样空白。他站在我面前，比我矮上一个头，身材瘦小，活像一根突出地面的石柱；当他迈开双脚走路的时候，地壳的一部分似乎开始轻轻转动。他并不老，比我年轻很多，这几乎立刻引起了我的嫉妒。我认真注视他那清瘦的脸庞，注视他那双淡蓝色的眼睛，不由自主地感到，时间在这里同我开了一个偌大的玩笑。一股说不清的怒气突然涌上来，我感到自己的手臂在瑟瑟发抖。如果不是他那矮小的身材，还有他那微微向下塌陷的胸脯，我很可能当即揍他一巴掌。

他一身十九世纪英国式男装打扮，上半身穿着一件土黄色亚麻布衬衫，外面罩着一件无袖诺福克羊毛坎肩，一根怀表的链子伸出衬衫的口袋，垂在胸前。衬衫下面是一条防水布短裤，脚上一双笨重的牛皮鞋，一副长袜裹住小腿，直到膝盖下方。他的头上戴着一顶老式遮阳圆帽，鼻梁上架着一副黑框眼镜，镜片又厚又圆。在我的印象中，一个如此装束的人，不是在非洲大草原上背着水壶与望远镜追踪狮子，就是在东方婆罗洲的丛林里，被当地的土著举着弓箭瞄准射杀。这是多么古怪！他就像一个从一百年前带有手绘插图的报纸中走出来的人物一样，如此陈旧，不合时宜。我无论如何也想不明白，这样一个人为什么会出现在这里，出现在这崇山峻岭之间，四周被野牛一般凶悍的巴斯克人团团包围。

然而眼前的人似乎并不介意，尽管我的目光已经表明了我的态度。他抬头看着我，脸上带着微笑，眼睛瞪得大大的，从中我看不出到底是友善，还是好奇，抑或是二者奇怪的混合物。我提高了警惕。我一个人走了太久，必须学会时刻保护自己。

就在这时，他说了话，用的是西班牙语，我勉强可以听懂：

"你好。"他说。

"你好。"我同样用西班牙语回答他。

"你来这里寻找永恒的矿脉吗？"他问。

"不。"我简单地说。与此同时，我再次提高警惕，紧盯着他的眼睛。

"你是一个旅行家吗？"

"不。"

"啊！"他笑了，露出雪白的牙齿。"我来这里寻找永恒的矿脉。

我是个地质学家。"

我没有回答。我下意识地看了看周围，又迅速看了看身后，没有什么异常。此时，太阳已经开始落下，天边升起一片深红色的晚霞。村落里一片宁静，那些吠叫的狗，突然全都不知去向。

"那么，你来这里寻找些什么呢?"他又问。

"我不知道。"

"啊，不，不。"他笑着摇了摇头，"每一个来库库鲁的人，都在寻找些什么。"

"库库鲁?"

"是的。"他说，"库库鲁。这座村落的名字——库库鲁。"

"奇怪的名字。我的意思是……"

"啊，这并不重要，"他忽然又说，"忘了那个名字吧。"

"可是……"

"不过，你一定在寻找些什么。"

他坚定地看着我，等待我的回答，那双睁得大大的圆眼睛似乎在说，他有足够的耐心。

"我不知道。"我很费力地说，"我只是离开，我并没有在寻找什么……"

"也许吧。你从什么地方来?"

"巴黎。"

"啊，巴黎! 巴黎! 我记得巴黎。法国美丽的心脏，璀璨的明珠，令人心驰神往。"

"不，她不再是那样子了。"

"嗯？那是什么意思？"

"没什么。"

"发生了什么不寻常的事吗？"

"是的。"

"不寻常，而且，无法挽回？"

"是的。"

"嗯。所以，你离开了她？"

"是的。"

"原来如此。"他长出了一口气，"那么，你来这里的原因和我一样。"

"什么？"

"就像我说的——我来这里寻找永恒的矿脉。"

"不过……"

我想反驳，但又突然停了下来，有什么东西阻止了我。我低下了头。一个强烈的信号在我心中升起，似乎在提醒我、告诫我，但又仅此而已，没有答案。我完全不能理解，那究竟是怎么回事，就像我完全弄不清，眼前出现的这个人，到底来自何方。层层谜团包围着我，犹如迷雾，又像迷宫，自从我逃离家园以来，这种感觉一直萦绕在身边，有增无减。我无法解释，更无法摆脱；冥冥之中，似乎有什么力量在指引着我，而我对此一直心存疑惑，讳莫如深。

"那么，你来这里寻找什么呢？"他又一次问道。

"和平……"

我听见自己在自言自语，用的是法语："永恒的和平。"

随后，我又说："也许，只是和平……"

显然，他听懂了我的话，露出好奇的神色。这时我才注意到，他的手中提着一个篮子，上面盖着雪白的细麻布，下面鼓鼓的。我当即想到他的职业。"我是建筑师。"我说，"地质学家，那是你的战利品吗？"

我的目光落在篮子上。他愣了一下，好像忘了自己手里的东西，是我的话让他如梦方醒。他低头看了看篮子，"我不明白你的意思，"他再一次笑了起来，"不过我想，你需要这个。"

他把篮子放在地上，掀开细麻布，里面露出十几只烤得金灿灿的小麦面包，还有一瓶橄榄油，用软木塞封得严严实实。他拿起一个面包递给我，一转眼又从不知什么地方找出两枚红得像火的番茄，交到我手上。这时我早已开始狼吞虎咽。他又拿出一个面包，倒上橄榄油递给我，后来我的嘴里满是又酸又涩的味道。

"跟我来吧，建筑师。"他说。

我疑惑不解地看着他。

"欢迎你！"他说，"我们这里有一个家。跟我来吧。"

他指了指台地高处那座屋顶上冒出青烟的房屋。顺着他手指的方向，我抬头望去，看到一座方方正正的大房子。它坐落在村落的最高处，同样由夯土筑成，不过比别的房屋要高大许多。平整的外墙被粉刷成洁白色，方形的窗洞上方挑着帆布遮阳篷，远远看去，犹如一座宫殿。看着它，我莫名地想起自己遥不可及的故乡。

"跟我来吧。"他最后说。

我无意拜访，但也没有理由拒绝。他收起篮子，沿着土路向上走。天色暗了下来，一片深蓝布满头顶，闪烁的星星挂上夜空。村落中一片灰暗，悄无声息，长长的巷子一望无际，好似幽深的洞穴，看不到尽头。天色越来越暗，终于完全黑下来，一轮弯月升上天顶，远处高高的雪山在黑色的夜幕下，依稀显出尖耸的轮廓。黑夜正在悄悄蔓延。我别无选择，大山外面是黑暗的世界，只有前方还有一丝光明。

2

我跟着他走上土路，爬上缓坡，来到房子前。这座房子与众不同，比周围的房屋至少大一倍，有两层高，夯土筑成，方正的形状符合力学原理，同时也符合材料的基本特性。熟悉自己使用的形状与材料，这是每个建筑师的基本功。我不知道是什么人建造了它，也不知道是什么人建造了这座难以理解的村落，但是可以肯定的是，这些先行之人很好地遵守了自然的法则。他们选择了最稳固的形状，使用了最谦卑的材料。在这与世隔绝的荒芜之地，没有什么比这更动人。

自称是地质学家的人推开大门，走进屋内，里面亮着灯光。我跟在他后面走进去，小心地关上门。屋内有一座大厅，或者说，一处供人就座、喝茶、聊天和休息的场所，后来，我把它叫作"酒馆"，尽管这言不符实。事实上，它的主人——也是整个房子的主人——是一个名叫冈萨雷斯的农夫（这里的居民不是农夫就是猎人）。那天晚上，我初次登门的时候，他正扛着耙子，把牲口赶进房子背后的牛圈里。自称是地质学家的人是他的房客，在村里像他这样有大房子又愿意接纳异乡来客的人并不多见。地质学家后来告诉我说，那是因为他们无意久居，只要愿意，村子里有足够的房子让人住下来。

"只要愿意，你也可以住下来。"他说。

我们走进大厅，那里亮着灯光。大厅的正中悬挂着一只圆形的青铜灯架，沿着细长的圆周方向，点着十几只蜡烛，亮光就是从那里发出，照亮大厅的每个角落。大厅的四壁同样被刷成白色，木质的屋檐下挂着麦穗和鹿角。一座看上去像是柜台模样的长桌摆在入口对面，后面的墙上有一扇木门。大厅中间放着几张圆桌，桌边散坐着几个人，就像真正的酒馆，但实际上不是。它只是一户农夫的私有财产，他把它修葺一新，然后打开大门，让人们自由出入。

除此之外，我注意到大厅的地面上，有一幅彩色马赛克镶嵌图画，上面描绘的是古代希腊神话中，火焰女神赫斯提亚。在后来的罗马神话中，她以灶火女神维斯塔的名字，更加广为人知。她是守护家庭的女神，也是一生未婚的贞洁之神。据说她居住在一座圆形神殿中，守护着长明不灭的神圣之火，在她的身边有六位处女祭司，轮流侍卫，也正是依靠这些鲜明的特征，我才从图画中辨识出她的身份。画中的女神侧面端坐，右足前伸，左臂抬起，身上的长袍垂下细长的褶皱。在她的周围，六名女祭司环顾而立，形态各异，栩栩如生。尽管马赛克年代久远，上面的颜色已经黯淡，局部有些破损，但总体尚完整，画面构图饱满，形象生动，是它让这座朴实无华的大厅凭空多了几分神性。相比之下，就连大英博物馆中珍藏的埃尔金大理石，也要逊色三分。

自称是地质学家的人一走进来，人们的目光便被吸引过来，随后，当他们发现我的存在之后，那目光又不约而同地一起迁移到我的身上。地质学家笑着同他们打招呼，显然，他是这里的常客，这让我多少安心一些。他来到一张空桌旁，把篮子放在桌上，然后在桌旁坐下来。我学着他的样子，小心翼翼地放下皮箱，坐在他的对面。当我的脊柱挨到粗木打造的椅背的时候，我感到全身的骨架都塌了下来。人们目不转睛地看着我，我们的到来打破了沉寂。他们停止活动，一齐把目光投到我身上，这时我才注意到，自己早已衣衫褴褛，狼狈不堪。

他们继续看着我，好像这是一件十分重要的事，而这件事值得他们多花一些力气。我谨慎地迎接他们的目光，以免引起不必要的误解。出乎我的意料，他们看上去都很年轻，这与我最初的设想大相径庭——我本以为自己会见到一群活化石一般的农夫老妪，满脸皱纹，全身尘土，肮脏不堪。

我注意到一个年轻的小伙子，他长着蓬松的鬈发，瞪大了眼睛，满脸稚气，看上去像是个大学生。在他的旁边，有一个三十多岁模样的人，转过身来，把胳膊搭在椅背上，光溜溜的脸颊好像镜子一样，反射蜡烛的红光。我还注意到一对恋人模样的男女，手挽着手，目光中带着期盼，仿佛看到天使降临，忍不住有话要说，却又顾虑重重。一股略显紧张的气氛在屋中弥漫。尽管没有证据表明，我带着和平而来，但我相信，自己看上去无论如何都不像一名战争的使者。我不想惹是生非，我只想找个有张木床的房间然后一头栽下去。我饥肠辘辘，疲惫不堪，喉咙里像着了火一样焦渴难耐。

最初的戒备就这样在一阵奇怪的平静中，逐渐趋于稳定，既不消退也不高涨。它让我想到不久之前，发生在马奇诺防线背后的那场悄无声息的耻辱战争。一个国家的命运因此而改变。在它的身后，还有无数个国家排着队，等待接受最严酷的审判。外面的世界天翻地覆，乌云笼罩天际，大地滑向深渊，可是在这里，却见不到丝毫战争的迹象，这实在难以解释。它的平静让人迷惑，它的沉默令人怀疑。

柜台背后的木门开了，打破了沉寂，一个女人走了出来。她站在柜台后面，目光扫视大厅，很快便发现了陌生者的出现，停了下来。她身体结实，皮肤黝黑，一身典型的农妇打扮，很像我在村口的小溪旁看到的那些扛着陶罐的女人，只不过没有戴头巾。她身材不高，浓密的黑发梳成一条长长的辫子垂在身后，挽着袖子，露出两只还在滴水的胳膊，肩上搭着一条毛巾。直觉告诉我，她是这里的女主人。她看着我，又看了看我旁边的地质学家，从肩上取下毛巾。她一边用毛巾擦干双手，一边绕过柜台，在它的端头后面停下来，站在那里，不再前进。屋里的人全都转过头去看着她，但我觉得他们的视线通过她的折射，最后全部汇聚到我的身上。她把毛巾丢在柜台上，又着腰站在那里，仿佛在质问："这到底是怎么回事？"与此同时，她又好像在用另一条毛巾轻轻抽打柜台表面的木板，对着地质学家，用一种我无法理解的语言抱怨："你怎么现在才来？"

地质学家站了起来，他那瘦小的身体活像一根竹竿。我听到人群中开始窃窃私语。突然间，"酒馆"的女主人——她的名字叫伊莲娜，但人们都叫她伊莲，后来我才知道，这两个词在当地的语言中，其实是同一个——她真的开始用毛巾抽打柜台，也许在显示权威，也许只是无可奈何。

地质学家从桌上拿起篮子，放到女人面前。"绕了一点路。"他说，同时脸上带着那种说不清的微笑，让人看了无论如何都难以动怒。

人们暂时忘了我的存在，我长出一口气。女人掀开篮子上的白布，用眼睛快速点数了一下里面的东西。我的心又一下子悬到半空。女人突然发起怒来，让我大吃一惊。她一边发出呜呜的鸣叫，一边举起巴掌，对着地质学家用力抽打，而他不敢逃走，只能站在原地，挥动自己那芦苇一般纤细的胳膊，尽力抵挡她的攻击。直到这时我才恍然大悟，她原来是一个哑巴！可是很快，我又害怕起来，生怕她一时失手，"砰"的一声打破地质学家那鸡蛋壳一般薄薄的脑袋，就像拍死一只脆弱的苍蝇。人群再次骚动起来，但没人站出来劝阻，这让我左右为难。

正在这时，后面墙上的门又一次开了，发出很大的声响。一个身材高大的男人走了进来。他并不是要故意制造响动，提醒屋中的人注意；他只是自然而然，因为他周围的一切，都不得不跟随他那庞大的身体，放大相同的比例。我一直觉得这座房子不同寻常，现在看来，至少找到了一半原因。

我从未见过那么高大的人，简直难以置信，就算是拉伯雷笔下的高康大与庞大固埃，也不过如此。他穿着一身粗麻布的衣服，上面沾满汗水，还有刚刚切碎的稻草，散发出一阵热气，中间混杂着一股牲口特有的腥臊味。他的头上戴着一顶圆布帽，怀里抱着一捆绳子，行动有些迟缓，不知道是由于劳累，还是身躯过于庞大所致。我并非夸大其词，事实就是如此——他那厚厚的胸膛犹如一辆坦克，胳膊粗得好像克虏伯大炮的炮筒。

男人走进来之后，女人停了下来。她发出一声极不情愿的尖叫，躲到男人身旁。就像我刚刚说的那样，来人名叫冈萨雷斯，他是这座房子的主人，从某种程度上来说，也是这座村庄的管理者。他一声不吭地站在柜台后面，用目光代替语言，审视屋中的一切。起初我以为他也是哑巴，后来发现并非如此，他只是沉默寡言。其实不只是他，这里的每个人都很少说话，这也是我后来才发现的现象，好像对于他们来说，语言并非是一项必需的功能，业已严重退化。相比之下，那个地质学家简直就是一个不折不扣的话痨。

冈萨雷斯看了看柜台上的篮子，还有散落出来的面包，又看了看被女人揍得缩脖弯腰的地质学家，最后看了看椅子上满面尘土、一身狼狈的我，没有说话。他把帽子摘下来挂在墙上，把怀里的绳子轻轻一甩，投到墙角的麻袋旁。人们的目光跟随着他，大厅里一片肃静。他从女人的手里接过毛巾，擦了擦额头，又在汗涔涔的后脑勺上胡乱地掏了两把，而后伸手撸了撸乱糟糟的胡子，挑出几根硬撅撅的草棍，丢到地上。人们默不作声地看着他。此时，头顶上有几根蜡烛燃尽，屋里光亮不足。女人又找来几只新的蜡烛，点燃后插在四角的金属烛台上，放到柜台两侧。插蜡烛的时候我注意到，一股细小的灰尘从那烛台上飘起，显然平时，他们很少使用它。

冈萨雷斯没有说话。他没有理睬那只装面包的篮子，也没有理睬女人和地质学家，而是径直走到我面前，拉过一把椅子坐下来。我看着他那庞大的身躯猛地往下一沉，像一座山一样停下来。女人用水壶为他打来清水。他看了一眼，伸出右手的两根手指轻轻示意不应忽视面前的客人。女人明白他的意思，把第二只水壶摆上桌子。我表示了感谢。对于我来说，这些水不啻天赐甘霖。地质学家站在一旁，空气并没有预想的那么紧张。从冈萨雷斯那平静的表情中不难看出，这并不是他第一次接待我这样的不速之客。他目不转睛地看着我喝完水，然后问道："你来这里做什么？"他问得直截了当。

我摇了摇头，不知该如何回答。

"没什么。"我只能这么说。

"不，事实并非如此。"

"我说的是实话。"

"你在寻找什么？"

"我没有寻找任何东西。"我说，"我只是路过。"

"路过？去哪儿？"

"地狱外面的地方。"

"地狱外面的地方？"

"是的。"

出乎意料，他并没有惊讶，好像我的话合情入理，又好像这个回答对他来说并不陌生。这时，我听到背后传来笑声，是那名大学生，还有那个三十多岁模样的人，他们被我的话逗得大笑起来。地质学家也在笑，我看到他一边笑一边摇头，这让我十分恼火。我暗中抱怨，这里的人与世隔绝得太久，外面的世界发生了什么，他们根本一无所知。

冈萨雷斯没有笑。他继续认真地看着我："你知道这里是什么地方吗？"

"我不知道。"我说，"不过我想，我还要再多走一程。"

"你是做什么的？"

"建筑师。"

"建筑师？你是一名建筑师？"

"是的。"

"不要撒谎。"

"我说过了，我是建筑师。"

"我们这里从来没有建筑师来过。"

"现在，你们有一个了。"

"不要再试图欺骗了。你到底是做什么的？"

"我已经说过了，我是一名建筑师。"

"你有什么目的？"

"不，我没有，你完全误会了。"

"是谁派你来的？佛朗哥？墨索里尼？还是那个奥地利来的传令兵下士？"

我大吃一惊！他的问话完全出乎意料，以至于让我忘了为自己辩解。他一动不动地注视着我。我们就这样彼此对视了好一阵。

"你误会了，我的朋友。"我说，"没有人派我来。"

"那你怎么会找到这里？"

"我刚刚已经说过了，我只是路过。"

"你从哪里来？"

"巴黎。"

"是谁派你来的？"

"朋友，我已经说过了，没有人派我来。我只是经过这里，我自己，一个人。"

随后，不知道哪里来的勇气，我又加了这么一句：

"如果非要说有，那就只有上帝。"

正在这时，我突然发现右前方的角落里，一道异样的亮光闪过。紧接着，一个石像一般的面孔从黑暗中缓缓浮现出来。我无法看清它，这不仅因为那张脸隐藏在黑影中，隐藏在厚厚的头巾下。我无法看穿它，就像无法看穿一片漆黑的夜空，只有两颗闪亮的星星，发出淡蓝色的幽光。一个鬼魅一般的人影。它从地平线上升起，出现在我的视线中，如同一道黑色的屏障，吸引了众人的目光，甚至连室内蜡烛的光芒，都因此而黯淡下去。

我这才注意到他的存在，不禁一阵毛骨悚然。这并非是怯懦，任何一个有理智的人都不会在未知力量面前无动于衷，那不符合人类心智的基本机制。他像一团黑色的迷雾，迅速向我逼近，我不知道他要干什么。直觉告诉我，我最好对他敬而远之。

"你是特伦人！"

一阵冰冷的声音，十分生硬，好像机器。说这话的时候，他已经站到离我不远的地方：在我和他之间，只隔着两张不足一米大小的圆桌。我可以清楚地看到他那双枯井一般的眼睛，还有包裹住全身的黑色斗篷，那奇特的样式与做工，好像是来自难以辨识的远古时代。一柄青铜打造的弯刀悬挂在他的腰际，十分显眼。刀柄上镶嵌有翠绿与绯红色的宝石，在烛光的映照下，闪闪发光。

但是，我不明白他的话。

"你是法兰克人！"他继续说。

"不，你误会了。"我对着来人说，"我只是从巴黎来，仅此而已。"

"你是一名战士！"

"不，你弄错了。我是建筑师。"

"你是塔奥斯的敌人！"

"朋友，我无意冒犯。"我鼓起勇气大声说，"我只是路过此地。老实说，我连这里是什么地方都不知道。"

"这里是库库鲁，"冈萨雷斯说。不知什么时候，他已经站在了黑衣人与我之间，山一样的身体挡住了他的去路。

"库库鲁？"我故作吃惊。

"没错。"他说，"这里是神鸟的国度，永恒之地。"

"永恒之地？"

"是的。"

他注视着我，一字一句地说："永恒之地。"

我笑了，以为他在开玩笑，不过他那铁一样的表情吓了我一跳。我倒吸一口冷气。

"你是塔奥斯的敌人！"

突然，那满身黑衣的人再次向我逼近，腰间的弯刀左右摇摆。他想要有所动作，但是冈萨雷斯再次阻止了他。显然，在这座村庄中，他拥有不容挑战的权威。

"你到底是什么人？"冈萨雷斯第三次发问，显然，他的耐心即将耗尽。

"朋友，"我极力冷静下来，一字一句地说，"我是一名建筑师，从巴黎来，纳粹占领了我的家园，我只能远遁他乡。在来到你们的村庄之前，我已经在路上流浪了整整两个多月。我从未来过这里。你们看到，窗外太阳刚刚落下，在那之前，我甚至都不知道，世界上还有这样一个名叫库库鲁的村庄，就算是有，想必也是在遥远的安第斯山脉，在秘鲁或是哥伦比亚的崇山峻岭之中。我无意打扰，是你们这位地质学家朋友带我前来，我相信他的好意。我又累又饿，身无分文。如果这里不欢迎来客，我马上可以离开。不会有人经过，也不会有人再来。"

我又说了一些话，大意与此相同。与其说我在辩解，不如说是在控诉。两个月的时间里我沉默得像一块月球上的岩石。我不记得自己用的是什么语言——法语，还是西班牙语，抑或别的什么奇怪的语言——所幸的是，它发挥了效力。

冈萨雷斯停止了进攻，但也仅此而已。不难看出，对于我的话，他并不完全相信。他站在我面前，陷入犹豫，有些不知名的原因，让他十分为难。大厅里的人全都注视着他，等他做出决定。这时我偷眼看到，那个站在柜台后面的名叫伊莲娜的女人，眼睛里闪着奇怪的泪花。

"他说的是实话。"

一个声音打破了沉寂——是地质学家。

"我可以作证。他一个人从小溪对面的山谷中走出来。一个人。"

可是，这就是他所谓的证据吗？我心中暗想。

"让他留下来吧！"他说。

冈萨雷斯没有说话。

"让他留下来吧！"他在央求，"让他留下来吧！"

冈萨雷斯还在沉默。他不安地看着我。一种奇怪的预感告诉我，事情已经不再是犹豫不决那么简单。他坐回到椅子上，显然，他正在思考一些我不了解的事情。"让他留下来吧!"地质学家还在说个不停,我终于明白他就像一只鹦鹉一样——在这种乐天派的特殊的进化史上,没有什么生物是他的天敌。然而这并非重点。冈萨雷斯,那名身材硕大的巨人,才是这里的主宰。他举起右手,大厅里安静下来,人们都在等待他的裁决。

"不!"他的回答简洁有力。

"什么?为什么?"

"这是我的决定。"随后,他转过来对我说:"今晚,你可以住在这里。明天,你必须离开。"

"让他留下来吧!"地质学家还在坚持。

"很抱歉。那是不可能的。"

"为什么?"

"这是我的决定。"

"呜……呜……"

柜台后面传来一阵呜咽声。人们不约而同地转头看去,是那个名叫伊莲娜的女人。不知道是什么原因,她突然大哭起来。她扯开嗓子,不顾一切地嘶叫,听不出是由于悲痛,还是别的什么,把所有人都惊呆了。冈萨雷斯回头瞪着她,露出很不高兴的样子,不过他并没有阻止她。

号哭的女人慢慢停了下来。看着自己眼前山一样的男人,她把双手放在胸前,嘴里发出另一种咕噜咕噜的声音,似乎是在乞求,又似乎是在竭力阻止什么。它们中到底是哪一个,我无法肯定。冈萨雷斯没有回答,只是轻轻摇了摇头,在看到对方不肯轻易放弃之后,重复了一遍自己的决定。最后，他再次举起右臂，做了一个简单的手势，似乎是在说"到此为止！"凭借他那硕大无朋的身躯，他有一千种不同的方式来发号施令。女人的申述以失败告终。她绝望地叫了一声，转身推开背后的房门跑了出去。

大厅里恢复了秩序，比之前更加安静。目睹眼前发生的一切，冈萨雷斯未有所动，依旧稳如磐石。不过我注意到，在女人冲出房门之后，他那原本岩石般坚硬的话语，似乎比之前略有缓和。

"朋友，我很抱歉，"他说，"我无法为你做更多。"

我点了点头，并不感到意外。我站起来，向他轻轻鞠了一躬。

"我非常抱歉。"他也站了起来。与他那巨人一般的身躯相比，我渺小得不值一提。

我表示了理解，而后弯腰提起皮箱。

"你是对的。"他站在我面前，一下子变得语重心长，"就像你说的那样，你必须再多走一程。"

话说到这里就完了，也散了。我不记得是否与他握手，是否向人们告别；在我看来，他们与我之间的距离遥不可及。我只记得大厅里的灯光暗了下去，周围一片寂静；黑暗从四面八方涌进来，吞没了一切。第二天一早，地质学家像前一天一样，手提篮子站在门口，面带笑容。

我跟着他离开"酒馆"，太阳从背后徐徐升起，驱赶山间的雾气。一路上我们对昨晚的经过只字不提。我们就这么走着。我想起自己还没来得及看看村里的景色，随后又觉得那没什么意义；相比之下，茫茫前路更值得我关心。他看出我的心思，先是竭力安慰，接着又语重心长地说，村落也并非我唯一的去处。他说人生注定是一场艰苦的旅程，随后又说人走在大地上，不能没有住所。大地作为一个孤独的球体，在浩瀚虚空中画出另一个更加孤独的椭圆，这件事本身就值得怜悯，让人流泪。我默不作声地听着，这反倒增加了他的兴致。他说许多年前，那时他还在萨拉戈萨研读神学和历史，一度醉心于阿维森纳与阿威罗伊的学说，久久不能自拔，直到后来，尼采的出现改变了一切。他说他无法忍受基督教的万物受造，以及达尔文主义的物竞天择这样荒谬的说法，认为永恒轮回学说是哲学界几千年来得出的唯一真理。为了证明这一点，他专门来到这里，寻找一种特殊的矿脉，借助最新的科学方法，他能够证明它的形成早于时间的起点，由此时间本身的历史将被改写，这是他的使命。凭借一张好嘴，这件荒唐无比的事，竟然被他描绘得神乎其神，最后彻底引起了我的兴趣，以至我竟然无比耐心地听他讲了好一阵。

不过后来他又说，因为来这里的时间太久，而他又太过忙碌，以至于那种神奇的科学到底是什么，现在竟然完全记不起来，再到后来，就连时间有起点这件事，也全都忘了。

"我同意你的话。"我说。

"尼采?"他说。

"不，是人不能没有住所。"我说。

"你打算怎么办?"

"我是建筑师。"

"你准备留下来吗?"

"我必须离开。"

"去哪儿?"

"远方。"

"可是那里有什么呢?"

"我不知道。"

"而且,你要找的东西并不在那里。"

"什么?"

"还记得我的话吗? 每一个来到库库鲁的人,都在寻找些什么。"

"那不是我。"

"随你怎么说。不过,你知道,虽然我并不同意冈萨雷斯,不过,我也无法反对他。"

"我知道。"

"不,我指的是另一件事。"

"让我猜猜?"

"你要找的东西,它不在库库鲁。"

"你在开玩笑。"

"不,我没有。这千真万确!"

我没有回答。我们又不作声地走了一段。

"你知道,"他又突然说,"你本可以留下来。"

"那不可能。"

"不,我说的是巴黎。"

"对不起?"

"我是说,你离开了巴黎,而你本可以留在那儿。"

"你又在胡说八道了。"

"你必须离开那里，不是因为你无法忍受，而是因为你做出了选择。一个重大的选择。"

"你这是在无端臆想。"

"也许吧，不过事实永远都是事实啊！"

"我不知道你在说什么。"

"而你还在不停地躲避它。"

"哦，老天！你能不能停下来？"我突然发起火来。

"好吧好吧，"他耸了耸肩，"不过我终于知道，你到底在寻找些什么了。"

我没有回答。

或者，我用沉默做了回答。

远处的天空传来一声低沉的雷鸣。

3

我翻过土岭，走过草原。我提着皮箱，里面装着我仅有的家当，还有几只被烤得金黄的小麦面包。这种充分脱水的食物，在干燥的环境下，可以轻而易举地保存很久。

我离开村落，眼前是那座耸立的高山，它看上去近在咫尺，实则远在天边。它矗立在西北方向的地平线上，与一段锯齿般起伏的山脉相连。山顶的最高处覆盖着终年不化的白雪，在将落的太阳的照射下，变成一片红彤彤的金黄色。我一刻不停，脚下的小路若隐若现。荒野扑面而来，炎热的天气变得清凉，仿佛夏季过去，严冬将至。我不时抬头张望，那白雪覆盖的山峰，似乎在召唤我前行。

小路在山脚下一片树林旁戛然而止，原野退去，蛮荒涌来，仿佛在提醒旅者，留意前方未知的危险。这片林地十分古老，但如果用"永恒"来加以形容，不免有些言过其实。树木的生长遵从简单的规律，不像山川大河那样恒久，也不像狡猾的人性那样多变。它服从四季更替的指令，如果让它长生不死，反倒十分古怪。

我停下脚步，环顾四周，仔细观察。树林延绵不绝，直到远方，在那里，交错的山脉像屏风一样前后掩映。土地四分五裂，显现出长期风吹日晒、雨水浸泡与冰川侵蚀的特征，又因为某种不知名的力量，神奇地愈合复苏。这里苔藓遍布，灌木顽强生长，鲜有的几块肥沃土地，也被茅草肆意占据。偶尔见到空中盘旋的飞鸟，但却看不到走兽；也可能是它们害怕我，远远地避开，躲在暗中窥探。

沿着树林的边缘，我又向前走了一段。树木在不远处的山脚下向后退去，打了个旋儿，留出一块宽阔的圆形空地，如同一座巨大的天然屏障，阳光在顶部划出清晰的阴影。空地的正中有一株高大的冷杉树。它孤零零地站在那里，高得令人难以置信，笔直的树干直冲天际，就像一座哥特式大教堂那宏伟的尖塔。

除此之外，这里空无一物。周围很静，只有风声。

我再次停下脚步，这里是我的终点。我听从地质学家的建议，不再前行。他在忙不迭地塞给我几个热乎乎的烤面包之后，郑重其事地向我宣告了如下消息。他告诉我，在那座白雪覆盖的高山中，有种神秘莫测的力量，根据当地人的说法，那是永恒之神的住处。他说在那白雪覆盖的山峰尽头——也或者是，在它那深不可测的茫茫山体的下方——有一座巧夺天工的神之宫殿，一座永恒的神殿。它的规模与形式非人类所能想象，这并非是凭空臆造，而是尽人皆知的秘密。正是由于这股神秘的力量，村里的人全都长生不老，永葆青春！他本人就是最好的例子，自从战争（我以为他指的是第一次世界大战，等到他说完，我才恍然大悟，原来是布尔战争！）结束之后，他便来到这里，再也没有离开，这足以说明一切。然而他又说，尽管如此，却从没有人找到过这座宫殿，也从没有人亲眼见过它的模样。"人们来来往往，"他说，"可每次都无功而返；进山时人头攒动，出来时只少不多。怀疑的人离开了村落，再想回来已无路可寻。"我问他本人是否尝试过，他耸了耸肩，似乎并不掩饰自己的失败。按照他的说法，他永远都找不到那永恒的矿脉，人们也永远都找不到那永恒的神殿。

"不过，"他最后说，"我想，也许你可以尝试一下。"

"为什么？"

"因为，你是建筑师吧……"

随后他又说："山脚下有一处林间空地，空地中央有一株冷杉树，高得出奇。那是个好去处，一个好场所。"

"所以，你让我去那里？"

"为什么不呢？如果你非要离开的话。"

"你的意思是，让我去寻找那永恒的神殿？"

"碰碰运气吧，说不定你能找到。"

"不，我对神话不感兴趣。"

"这不是神话，"他似乎看穿了我的心思，"难道你还不明白？"

"明白什么？"

"那就是你要寻找的东西。"

我放下皮箱，席地而坐。地质学家的话在耳边萦绕，让我无法思考。我闭上眼睛，深吸一口气，荒野用它特有的纯粹，侧耳倾听我欲言又止的心声。我睁开眼，世界变得明亮；我再次闭眼，鲜艳的残影上下舞动，久久不散。我重新打量这个地方，希望在目光所及之处，发现些许神性的蛛丝马迹，然而看到的却是一只尚未长大的红尾狐狸，躲在远处的草丛中好奇地张望。我看到它身后不远处有一片蔷薇科模样的果树，低矮的枝头上，挂着拳头大小的野果。这些果树位于树林边缘，再向后，就是大山那布满岩石的身躯。山间融雪汇集成一股清澈的泉水，从看不见源头的高处层层跌落，又打着旋儿从另一侧轻轻流走。这时我才惊讶地发现，那株高大的冷杉树与那尖耸的山峰，看上去竟然如此相似。

我站起来，对着高山仰望，宽阔的山体庄严肃穆，高耸入云，我的视线很难触碰它那遥不可及的尖峰。山体的顶部覆盖着炫目的白雪，下方堆积着嶙峋的岩石，一条运河般清晰的雪线从中间水平穿过。雪线的下方有一条曲折的小路，像一架隐蔽的天梯，被突兀的岩石阻挡，断断续续，若隐若现，引人遐想。我目不转睛地注视着它，直到瞳孔被白雪的反光刺得阵阵发疼。

我又坐下，双手抱着膝盖，但这不能让我安心，最后，我干脆躺下来，把身子平放在一片枯黄的茅草丛中。我筋疲力尽，不由自主地闭上了眼睛。朦朦胧胧中，我感到一阵温暖。

不知睡了多久，我被一声响亮的雷鸣惊醒。我猛地坐起来，气喘吁吁，满心恐惧，以为敌人的炸弹在头顶爆炸，周围墙倒屋塌。一路上我提心吊胆，噩梦连连。海德里希的鬼影阴魂不散，我如同惊弓之鸟。我定了定神，发现天色已晚，满天星斗，云轻月明。荒野散发出凉爽的气息，好像冰雪融化的湖水一般清澈透明。巨大的冷杉树在前方不远处挺立，露出黑黝黝的身影。我又听到一声雷鸣，比前一次更加沉重，仿佛有人在发布命令，不容拒绝。那一刻我突然奇怪地平静下来，忘却了所有恐惧。我再次沉入梦乡。

等到我再次醒来，已是第二天清晨，露水沾湿了我的衣角。荒原上升起一团白色的雾气，贴着地面缓缓飘浮。一股寒流在空气中涌动。它从高山顶上无声无息地降下来，落到树林脚下，绕过它，把平原上堆积了一夜的闷热轻轻推开。还有一部分冲破树木的阻挡，闯到树林里，发出窸窸窣窣的声响。我听到一阵响动，我不知道那是树叶摇摆，还是我身下的草茎在彼此摩擦。

我躺在原地，目视天空，再也不愿爬起来。大地对我的脊背有种难以抗拒的吸引力。它不属于物理学家们宣称的四种基本力中的任何一种，然而它却真实存在，没有人说得清。我直挺挺地注视着灰蒙蒙的天空，好像在等待另一种来自天空的力量驱散黑暗、洒下光明，又好像在等待涂有十字标志的纳粹战机，展开翅膀冲出云层，尖叫着投下死神的礼物。

云层果真骚动起来，我惊奇地睁大双眼。几只黑色的鸟儿从云层背后钻出来，在我的头顶飞过，看上去好像是乌鸦。我的目光追随着它们漆黑的翅膀，上下飞舞了好一阵，最后停在冷杉树的枝头。我想起地质学家的话，莫名地觉得他那张古怪的瘦脸，此时就在我的身后。我又忽然想起在芒多埃多的汽车站，那个给我指路的小伙子，不知不觉中混淆了他与地质学家的容貌，好像那张脸自从我离开巴黎之后，一路上都在跟着我，到处不停地浮现。

熟悉的雷声再次响起，直到这时我才注意到它的不同寻常。它并非来自天空，这有悖于基本常识。同样，它也不是那些飘浮在山顶的轻薄云层的产物。它来自大山深处，来自那高高的山峰本身。那声音隆隆响起，自下而上，听起来像是埋藏于地下的岩石在彼此碰撞，继而又从那高高的山顶传向四面八方。伴随它每一次鸣响，我都感到大地在身下轻轻抖动。一阵细小而又清晰的颤抖，随着轰鸣声的消散，在地下深处传播，忽强忽弱，如同水面上的涟漪，慢慢消失在无限远处。

雷声还在继续，变得更加密集，好像有人在监视我的一举一动，我的出现打扰了他日常的休息。当雷声停下来的时候，荒原上一片沉寂。我的皮箱在雷声中微微颤抖，仿佛突然有了生命，变得惊恐不已。

我鼓足勇气坐起来，皮箱就在身旁。我把它拉到面前，打开，里面有几件日常的衣服，叠得整整齐齐。太阳还没有升起，雷声还在继续。我小心翼翼地把它们取出来，放在一旁。皮箱的底部露了出来，那是一块厚厚的盖板，四角包着牛皮。我轻轻拨动一个隐蔽的开关，盖板自动弹起来，发出细小的撞击声。我小心地拿起盖板，放到一旁，沿途的每一个晚上，我都要重复这套完全相同的动作，从没放松警惕。

盖板下面有一个褐色的油布包，鼓鼓囊囊，上面贴着封条。在它的旁边，躺着一把崭新的柯尔特左轮手枪——一九三五年，0.45口径，六发弹槽。我忍不住多看了它几眼，目光不情愿地回到油布包上。我取出油布包，撕开封条，那是两个月前我冒着生命危险贴上去的，而现在，我又要冒着同样的危险，亲手将它撕开。此时的我无法评价，自己的行为是否配得上"英雄"二字，但我要感谢我的祖国，是它那无边的苦难给了我无畏的勇气。

我打开油布包，里面有一沓白色的图纸，折得整整齐齐。那是一套建筑设计图，完全手工绘制，粗细相间的墨线周围配有一行行漂亮的花体德文字母。我将它们摊开，一张接一张平铺在草地上。清晨时分，山脚下的白雾正在缓缓飘动，草茎上的湿气汇成露珠。灰色的天穹从四面八方投下暗淡的晨光，照在白雪一般的纸上，显得格外清冷。九张一米见方的图纸，忠实记录了过去两年间我的全部心血。它们精确地排列在一起，形成一张完整的图画，图画的中央，有一只硕大无朋的精致的圆环形建筑。那是"元首"煞费苦心构筑的千年帝国的中心建筑，一架巨大的国家机器，一座威力无比的精神堡垒。对于它，我了如指掌。我盯着图纸，出神地凝望了好一阵，直到不断渗入的露水沾湿了图纸的边缘，渗出雪片一般的扩散状花纹。

我从口袋中取出火柴，沿着图纸的四角，将它点燃。火苗在图纸厚实的表面上缓缓爬行，形成一条红蓝相间的移动的墙壁，在它的背后，留下一片混凝土一般凝固的灰烬。太阳终于升了起来，发出橙黄色的光芒，催促那堵火墙加快脚步，直到最后一抹白色在平原的尽头，化作焦黑的残骸。

看着眼前的火苗逐渐熄灭，我如释重负，轻轻出了一口气，目光回到皮箱里。在它的底部，油布包的下方，有一只小木盒子。除此之外，箱子里空空如也，再也没有什么东西。盒子不大，呈正方形，边长不超过十五厘米，厚度也不过三厘米。盒子的一侧有一只小小的锁扣，另一侧有金属铰链，只要打开锁扣，沿着铰链的方向转动上方的盖子，盒子便会打开。

我拿起盒子，打开它，里面有一层深蓝色的天鹅绒衬垫，衬垫的上方，躺着一枚银光闪闪的金属圆环。圆环的尺寸适中，刚好可以放进盒子里。它的几何形状很简洁，外径有十二厘米，内径不到五厘米，厚度不等，但最厚的地方也只有几个毫米。圆环的内侧，靠近中央边缘的地方向上隆起，而后分别向内外两个方向逐渐变薄，直到两侧的边缘。由于更靠近中央隆起的最厚的部分，圆环内侧的边缘显得比外侧更加厚重平滑一些。

圆环的表面布满一种神秘的图案。由内而外，圆环的表面被大小不同的两个同心圆划分开来，连同内侧与外侧的边缘，一起将圆环的表面分成三个连续的环形圈层。圈层的宽度不等，位于最内侧的圈层最宽，几乎占据了整个圆环表面宽度的一半；最外侧的圈层最窄，不到总宽度的六分之一。在这些圈层中间，与同心圆垂直的径向方向上，有一系列放射状的直线，穿过每个圈层，将整个圆环表面分隔成大小不等的二十八个区域。每个区域占据了圆环上一块特定的面积，彼此相邻，拼接在一起，共同组成一个完整的环面。在这些区域内部，有更多细小复杂的线条，它们纵横交错，深浅不一，令人眼花缭乱。然而尽管如此，整个圆环却不像是现代工业的产物，倒更像是纯粹的手工制品。从它那厚重的质地与色泽中不难看出，它历史悠久，经过漫长的时间才流传到今天，它的外形已经不那么完美，局部的图案也模糊不清，但依然十分精致，美丽动人。

看着眼前这枚神秘的物件，我回想起两个月前那个令人窒息的夜晚，许多事因此而注定不再平凡。我利用自己职务之便，躲过层层警卫，潜入大厦地下的密室，从一只厚重的保险箱中，将那套完整的建筑图纸偷了出来；一同偷出来的，还有这枚引人注目的金属圆环。它就放在图纸的上方，一个单独的夹层中，十分显眼。我不清楚纳粹从什么地方获得了它，更不清楚它的用途，但是，在好奇心与时间的双重催促下，我毫不犹豫地向它伸出双手。它那独特的形状引起了我的注意，让我不由自主地将它与那座野心勃勃的建筑物、那架威力空前的巨大机器联系起来，仿佛这是显而易见的事。然而后来，在仔细研究了它的形态、比例与表面的图案之后，我又否定了这样的看法。我没有发现二者有任何关联的证据，这根本是截然不同的两种事物。直至今日，我依然不知道它的具体功能，也许是某个手工匠人打造的古老信物，也许是某个偏远文明信奉的神秘图腾，也许另有他用，总而言之，我无从知晓。这再次证明我的无知，但也引起了我的兴趣。我时常凝视着它，陷入沉思；它像一个谜语，令人难猜难解。有时我大胆想象，它是某个古老实验的产物，一个并不成功的原始样本，一个单纯的巧合，不过全都毫无根据，仅仅只是空想。就是因为它的缘故，在逃出巴黎之后，一路上我一直提心吊胆，噩梦连连。

而现在，我站在这样一片人迹罕至、与世隔绝的荒原之中，已经完成了自己的使命。所有的计划都有了结果，所有的辛苦都有了收获。眼前的这枚圆环，它已变得毫无价值。我将它放回盒子，塞进皮箱的下面。

时代正在改变，无论它终将走向何方，失去价值都是不争的事实。意志在驱动世界，钢铁的洪流不可阻挡，而那座巨大的圆环形机器就是最佳的证明。也许，凭我个人的力量，终究无法阻止它的建成，无法阻止这场空前的浩劫，最多只能延缓它的到来，但这依然是我的成功。我尽了自己最大的努力，剩下的就交给历史去慢慢抚平。

我的责任到此为止，我的目标业已达成。

　　我如释重负，长出一口气。我兑现了自己的诺言，对此我无比自豪。在这个世界上，再也没有什么比这更令人满足；就算再给我一次机会，我也不会改变主意。为了一个简单的信念，我甘愿付出一切，这就是我的心声。我露出了微笑，心中再次充满力量。那是光明的力量。

　　从皮箱里，我拿起那只左轮手枪。它沉甸甸的，闪着青光，黑洞洞的枪口好像一只凝望的眼睛。它注视着我，仿佛读懂了我的思想，满意地点了点头；继而又似乎在冷酷地盯着我，提醒我不要忘记，此时此刻外面的世界里，有无数只同样的眼睛，正贪婪地凝视着众多无辜的生命。

　　我打了一个冷战，寒意侵入骨头。我闭上眼睛，感到心脏在加速跳动，指尖阵阵发麻。远处的高树上传来乌鸦的鸣叫，大地在周围旋转。我深吸一口气，清凉的空气冲进肺部，隐隐作痛，让人清醒。那一刻我突然想要一面镜子，只为了再看上一眼，自己那久违的笑容。我最后一次默念那段重复过无数次的话，告诉自己没有背叛任何人，告诉自己无怨无悔。我的旅途将尽，脚下就是终点，就是此时此地——在这大山脚下，在这树林近旁，在这传说中的永恒的神殿面前。

　　那一刻，我仿佛听到一个声音在耳边响起：

　　　　入此门者，当放弃一切希望。

"不——!"我大喊,"不——!"

可是我错了。我什么都没有听到,也什么都没有喊出,只有空荡荡的荒原,在周围默默聆听。

一声清脆的枪响打破了所有沉寂。

4

　　根据赫西俄德以来流于后世、广为人知的传说，墨提翁之子代达罗斯是古希腊著名的石匠与建筑师，其技艺之精湛，无人能敌，就连诸神也要竞相赞美。他们把他请上奥林匹斯山顶，与他们同坐，夸耀他的才华，然后让他为自己修建宫殿。

　　克里特的国王米诺斯听说了代达罗斯的名字，将他召到自己的王宫，对他说：

　　"雅典人代达罗斯、墨提翁之子、厄瑞克透斯之曾孙，我是米诺斯，克里特人的国王。我派人将你找来，是因为我有一件特别的事情，需要你的能力。"

　　代达罗斯回答道：

　　"高贵的宙斯之子，克里特的统治者，我早就听过你的名字，它就像众神之神手中的闪电一样锐利无比。只因为这一个缘故，我听从你的吩咐。"

　　米诺斯说道：

　　"我要你为我建造一座宫殿，一座世界上独一无二、绝无仅有的宫殿。对此，你有什么看法？"

"你的意愿至高无上。"代达罗斯回答道,"这正是我的专长。"

"先不要这样夸口。"米诺斯说道,"切莫因为众神的宠爱,而在宙斯之子面前夸耀,低估了他的威严,辜负了他的期许。这不是一般的宫殿,我必须强调再三。"

"我听得很清楚。"代达罗斯说道,"不必兴师动众,你的威力早已令我臣服。我是你卑微的仆人。你可以放心,凭借灵巧的工匠之神的名字,此事必将成全。"

"你的话让我安心。"米诺斯说道,"你有一个精于此道的先祖,在这件事情上,你出言不虚。"

"请告诉我,这座宫殿,它有哪些要求?"

"它有三个要求:一、它坚不可摧;二、它人所不见;三、它有进无出。"

"我高贵的国王,"代达罗斯说道,"这三个要求听起来确实非同寻常,但并非不能实现。我所掌握的技能告诉我,它们刚好位于它力所能及的边缘。众神保佑,我相信此事一定会大功告成。不过,除了这三个要求之外,你是否还有其他的要求?"

米诺斯摇了摇头。"你是否已经有了主意?"他说,"否则,你不会看上去信心十足。"

"确实如此。"代达罗斯回答道,"乍看之下,你的要求严苛无比,好似坚不可破的谜语,就算是预言之神阿波罗也难以回答。不过,事实并非如此。洞察委托之人的真实意欲,破解其话语深处的孤诣苦心,用最合适、最灵巧的方法破除困境,解决难题,这正是建筑师的天职。"

"告诉我你的办法。"

"坚固是建筑的基本要求，这本不是难事，只要增加墙体的厚度，选用更加坚硬的岩石，切割成形，然后打磨精细，彼此前后叠放，便足以抵御一切外来的冲击；就算大地颤抖，也能够岿然不动。然而，我最尊贵的国王，我必须提醒你牢记，所有的这一切，归根到底都只是轻浮的表象，如同梦中幻境、水中倒影。在这个青铜打造的人类的国度里，没有长生不老的生命，也没有万年不毁的王宫。我们生活在一个腐朽的世界，这是至高的众神定下的旨意。真正坚不可摧的建筑，只有依靠神灵的庇护，才能够永世长存。雅典人建造神庙，献给城市的守护者雅典娜，智慧女神护佑它平安无事；忒拜人修筑城墙，对近在咫尺的神谕置之不理，他们的家园注定满目疮痍。对此，我高贵的国王，你千万不能有所不知。"

"你的话很有道理。"

"你的第二个要求，同样不难实现——只要将宫殿建造在地下，就可以轻易做到。"

"为什么这样说？"

"世上的宫殿大多建造在城邦的首要位置，高大宽敞，庄严肃穆。它们无一不是对那座位于奥林匹斯山顶、供众神居住游玩的宫殿的仿造。但是，这并不是它唯一的选择，而是对天空的无限向往，限制了人们的想象。我知道远在大海尽头的埃及，那个神秘莫测的东方国度，生活在那里的人们与众不同。他们对光明的乐园不感兴趣，反倒对黑暗阴森的塔尔塔洛斯心心向往。他们崇拜黑暗的力量，在他们看来，与宙斯居住的世界相比，普鲁托统治的王国更加值得敬畏。为此，他们建造了硕大无朋的金字塔，还有复杂的地下宫殿。因此，我的国王，我相信这样的建造方式，正好可以满足你的要求。"

"你的话很有道理。"米诺斯说，"你再次证明了自己的能力。"

"至于第三个要求——它有进无出——坦白地说，我认为它同样不难做到，只是现在，我还没有想好它具体的实现方式。在这里，我能否多问一句，我最尊贵的国王——是什么样的原因，让你提出这样的要求？"

听到这里，米诺斯改变了脸色，没有回答。"我什么时候可以看到，你声称的成果？"他发出命令，语气强硬，充满威严。

"十天之后。"代达罗斯说道。

"很好。"米诺斯说，"我给你十天时间。"

就这样，十天过去了。代达罗斯带着他的方案来见米诺斯。他将画好的图样放在米诺斯面前的桌子上，让他察看。米诺斯低头看去，图纸上有一座三角形状的神庙式建筑。它位于深深的地下，好像一座颠倒的金字塔，四周由巨石砌成，中间有一座贯通的竖井，周围分成许多层级，有高大的石柱将它们支撑起来。塔顶有一座围廊式样的神庙，覆盖在竖井上方。神庙的正面有一扇狭窄的石门，连接着一条倾斜的甬道，通向地表。

"石门里设有特殊的机关，"代达罗斯解释道，"可以满足你的第三个要求。"

米诺斯眉头紧锁。显然，眼前的方案并不能让他满意。他没有说话，若有所思。稍停了一会儿，他对代达罗斯说：

"你跟我来。"

米诺斯带着代达罗斯，穿过王宫，向深处走去，途中经过许多高低错落的方形院落。庭院的四周树立着上粗下细的大理石柱，上面架着厚重的石梁。他们穿宅过院，走了好一阵，最后来到一间长条形石块砌筑的房间面前。房间有一扇紧闭的木门，上着锁，四周画有朱红与黝黑的颜料描绘的装饰线条。米诺斯命人打开锁，推开房门，走了进去。代达罗斯跟在后面，心中好奇，不知道骄傲的国王要给自己看些什么。

房间是方形的，空空荡荡，没有什么家具，也没有什么特别之处。一道光线从对面的高窗上射下来，照在石板地上。窗子的下方有一张木床，上面坐着一个女人。女人穿着白色的细麻布编织的衣服，神情呆滞，头发披散，听到有人进来，没有丝毫的反应。

"这是谁？"代达罗斯问道。他忘了站在自己身旁的，是生杀予夺的国王。

"这是我的妻子，帕西法厄。"米诺斯说道。

国王露出悲伤的神情。代达罗斯不解其意。米诺斯继续说道：

"我得罪了海神波塞冬，受到了他的惩罚。帕西法厄，她得了一种怪病，不能再与人为伍。我不得不将她独自一人，囚禁于此。"

"原来是崇高的神意。"代达罗斯说道。

"你已经看得很清楚，"米诺斯对他说道，"也就明白了我的用意。我再给你十天时间，我要看到一座真正令我满意的宫殿。"

"遵从你的意愿。"代达罗斯说道。

就这样，又过了十天。代达罗斯带着他新的方案来见米诺斯。和上次一样，他将图样放在米诺斯面前的桌子上，让他察看。米诺斯低头看去，图纸上画着一座封闭的方形建筑。它的外表呈现出一个完美的正方体形状，没有任何装饰，只有一个狭小的入口，位于最上方的正方形的中心。入口的上方有一条垂直的通道，自上而下，从地表直接通到入口处。显而易见，这条路有去无回。

"这就是你的设计？"国王问道。

"不仅如此，"代达罗斯说道，"请看这里。"

说着，他送上第二张图纸。这张图上描绘的，是正方体被纵向切开的样子——这是了不起的想象，不可否认，它很能说明问题——与外面看起来的样子不同，这座正方体的内部，充满了各种复杂的台阶、走道、庭院与柱廊。大大小小的房间星罗棋布，每一个房间，都被注明其切实的用途。

"这是一座真正的宫殿，"代达罗斯说，"完全可以满足王后的生活需要，直到海神的怒火退去。"

看着面前的图纸，米诺斯皱起眉头，显得很不满意。他叹了一口气，不是对建筑师，而是对命运本身无可奈何。有什么事情让他左右为难，如坐针毡。"你跟我来。"他最后对建筑师说。

代达罗斯没有想到是这样的结果，他被国王的举动弄得不知所措。无奈之下，他只好收起图纸，跟在国王后面，向王宫深处走去。

出乎意料，他发现国王带他前往的地方，并不是此前王后的房间，而是全然不同的另一个场所。他们首先来到一座石牢门外，牢门紧闭，外面悬挂着十字交叉的青铜锁链，两旁有卫兵守护，见到国王来临，急忙退后鞠躬。国王命他们解开锁链，打开大门，二人遵照执行，不敢有半点怠慢。

大门开放，眼前出现一截粗糙不平的石头台阶，通向幽暗的地下深处。米诺斯率先走下台阶，代达罗斯跟在后面，一阵潮湿的气味扑面而来，两侧墙壁上的火把发出诡异的光芒。远处的黑暗中传来一阵低沉的吼叫，好像巨兽的鼻息。有什么不可名状的秘密在那里潜伏。代达罗斯，这位古代世界最负盛名的建筑师，不由自主地屏住呼吸。此时他已经无从分辨，是好奇还是恐惧，在催促自己举步前行。

　　台阶终于到了尽头，一条水平的走廊取而代之，继续向前伸展。米诺斯走在他前面，他那高大的身躯，遮蔽了前方的亮光。代达罗斯躲避在宙斯之子的阴影中，小心前行。低沉的吼声越来越近，他感到自己的胸膛在随之震动。

　　国王停下脚步，时间仿佛在那一刻随之停止。绕过米诺斯的背影，建筑师看到前方的黑暗中，有什么物体睁开了一双炭火一般鲜红的眼睛，发出摄人魂魄的闪光。继而他又看到，那活物伸展开强健无比的肢体，高山一般的身躯，从地面上缓缓升起，如同一座沉没的岛屿，从阴沉的大海中死而复生。他看到那怪物的头上长出两根长长的牛角，厚重的鼻孔中喷着热气，带有血腥气味的黏液落到自己的脸上。直到这时他才注意到，那阻隔在自己与怪兽之间的木栅栏——如果没有它们的阻挡，他早已粉身碎骨。他就这样呆呆地站在原地，哑口无言，任凭那木栅栏在自己面前隆隆作响。

　　"我欺骗了波塞冬。"他听到米诺斯在自己背后说道，"我盗取了他的神牛，这是他的诅咒。"

　　代达罗斯惊恐万分。他回过头，看着国王。他不相信自己听到的话。

"神意不容违背。"米诺斯说,"我已受到惩罚,不能重演。"

"你的意思是……"

"真相就在面前,你已看清楚了,再也没有秘密。"

随后,他抬起头,仰望着那木笼之中的怪物,仿佛在自言自语:

"不可描述的奇迹,你就要找到你最终的归宿……"

说完,他又转向代达罗斯,发出最后的命令:

"十天,这是最后的期限!你必须完成使命,否则你将受到世间最严厉的惩罚。它将比我受到的还要残酷百倍!这不仅是我的命令,也是众神给你的考验。因为它的缘故,你将名垂青史;反之,则会永堕深渊。认真听清我的话,切记谨慎,莫要粗心——十天,这是最后的期限。"

就这样,最后的十天过去了。代达罗斯带着他最终的方案来见米诺斯。和前两次一样,他将图样放在他面前的桌子上,让他察看。米诺斯低头看去,图纸上有一大一小两个同心的圆形,几乎占据了图纸的全部。在两个圆形的中间地带,画满了纵横曲折的通道和走廊。它们彼此交错,首尾相连,让人眼花缭乱。只有一个异常狭小的入口,与外部的世界相连;另有一个同样狭小的入口,通向内部深处的圆形场所。看到这里,宙斯之子惊讶地睁大了眼睛。

没错,那是一个圆环形状的迷宫。

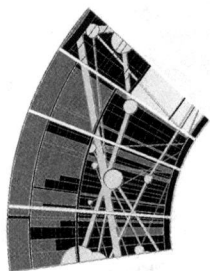

二　炼　狱

5

醒来的时候，我发现自己躺在草地上。一个奇怪的梦，它含混不清。我笔直地穿过它，如同穿过一片混沌的阴影，从空中不停下坠。那是一段令人眩晕的旅程，说不清有多长，也说不清有多久。我只知道自己在不停地下落，直到脊背挨着凉丝丝的草地。

我睁开眼睛，太阳从头顶洒下光芒，照得我脸颊发烫，暖烘烘的衣服下面，皮肤被烤得又松又软。一团黑色的屏障在眼前飘浮，中间混杂有暗红色的丝线，遮蔽了我的视线，让我看不清楚。我感到自己的眼皮又湿又重，好像铅块一样难以抬起。我的头疼得厉害，手脚都没有知觉。

我闭上眼，一切才刚刚开始。我的脑子里一片空白，耳边阵阵鸣响。时间过得很慢，每一秒都像一年一样漫长。好像有什么世外之物在主宰大自然的规律，为了一个未知的目的，它在耐心等待。

我努力回忆起梦中的情景，发现那是一团混乱，看不透，理不清，如同一片迷雾，只有一件尖锐弯曲的物体，隐藏在它的背后，在眼前若隐若现。每一次我集中精神，想要去弄清楚，却都以失败告终。那景象，仿佛有生命一般，每一次我向它伸出手，刚一用力，它就突然动起来，异常警觉。只要我再次轻轻移动一下视线，它马上"刷"的一声飞走，远远地不见踪影。

是那沉闷的雷声，让我从浑浑噩噩中再次苏醒，拯救了我，否则黑暗注定会将我吞没。我再次睁开眼，一片蔚蓝映进眼帘，微风拂面。土壤的香味钻进鼻孔，一只甲虫爬过指尖：于是我欣喜地发现，自己的全身正在恢复生机。直到这时，我才记起自己的名字，记起那座被抛在身后的村落，记起远在千里之外的巴黎。

直到这时，我才记起我的旅途、我的图样、我的皮箱——它们都在哪里？我更加清醒，开始缓缓移动身体。雷声再次响起，从那节奏的细微变化中，我仿佛听出一种平静的喜悦。它像在自言自语，又像在对我说话，向我宣告一件重大的事情。

我尝试着坐起来，身体依然有些发麻，不听使唤。我的四肢，它们也和我一样，刚刚从一场离奇的梦境之中醒来，还弄不清发生了什么。它们笨拙地响应彼此的呼唤，一起帮助我这个怯懦的逃犯，从地上摇摇晃晃地站起来。我看到不远处环绕的幽密的树林，看到草地中间那株秀丽挺拔的冷杉树，看到草地边缘蜿蜒起伏的土路，看到高高耸立的雪山，看到身边散落的衣物、文件和皮箱。最后，我看到那把掉落在草丛中的0.45口径的柯尔特左轮手枪。

我弯下腰，从地上捡起那把手枪。它重得出奇——也许是我过于虚弱，也许事实就是如此——我的手臂简直难以承受。我把它拿到眼前，仔细察看，黝黑的枪身上雕刻着"Z·H·O·N·G"的字样，不知道是什么意思。我拉开回转轴，露出转轮仔细检查，六只弹槽中躺着五枚完好无缺的子弹。我将转轮复位、锁好，把它放回地上的皮箱中。

散落的物品七零八落，我将它们逐一捡起，收拾整齐，放回到皮箱里。在皮箱的底部，我发现一只正方形的木盒子，里面有一枚银光闪闪的金属圆环。看着这枚圆环，我若有所思，它让我想起了什么，但又不能肯定。我将盒子重新盖好，放回原处。

我站起来，沿着草地的一侧缓缓走动，从脚下到树林边缘，再到我力所能及的每一个角落。周围的一切闪耀着异乎寻常的色彩，引人瞩目。它们循循善诱，默不作声，只是目送着我独自前行。

我来到圆形场地的另一侧，那里有一条土路，向南一直通向远处的村落。土路的另一侧是一片荒原，荒凉的土地上，很少再见到灌木青草，只有一块块坚硬的灰色土壤。我来到碎石覆盖的山脚下，抬头仰望，大山巍峨的身躯气势磅礴。一股清泉从山间流出，穿过碎石，向着林地背后的方向流淌。在那里，清凉的泉水为我解除了焦渴的折磨。环顾四方，只有树木与野草，没有任何异常。在太阳落山之前，我再次回到那株高大的冷杉树前，相比之下，它就像是世界的中心般独一无二。

时光短暂，夜晚将至，我必须早做打算。我从树林中找来一些带叶的树枝，搭起一座简易的小窝棚，以此抵御夜间的寒冷。我又找来一些干草，把它们铺在地上。我身上的衣服破烂不堪，没有这些干草的帮助，我担心自己见不到下一个黎明。

一切收拾停当之后，我从皮箱中找出一块面包，它已经受潮发软，失去香甜。我掰开它，一口口很慢地吃下去，随着牙齿上下咀嚼，我感到自己的肠胃开始蠕动，一阵幸福的感觉油然而生。它用一个简单的事实告诉我，自己还是一个有血有肉的人间生灵。

　　我弯下腰，爬进窝棚。它十分狭小，与一头动物的巢穴没有什么区别，然而尽管如此，它依然不可或缺，因为它保护的不只是我那瑟瑟发抖的肉体，同时还有我那瑟瑟发抖的心灵。我钻进去，把身上的衣服裹紧，而后仰面朝天，静静地躺下，在我头顶上方不足半米的高度，就是那纵横交错的枝条，从它们的缝隙中，我可以看到高挂在天上的点点繁星。我拉过一团干草，盖在自己身上，这又让我突然想到人类的始祖在乐园之中的模样。也许他们并没有这样的栖身之所，因为从未有过任何记载，说亚当夏娃从事过建筑活动，而这是否又是他们堕落的原因之一？我无从知晓。我无法肯定，只是在胡思乱想，以此防止自己的大脑突然再次失灵。一阵疲惫涌来，连同不断升起的黑夜，打断了我的思考。我的全身轻轻抖了一下，而后又慢慢松弛下去。我闭上了眼睛。黑夜很快浓了起来，我进入了另一个梦乡。

6

太阳再次升起，我从梦中醒来。梦境不再那么浑浊、难以分辨。它恢复了一些形状和色彩，在我的记忆中留下印记，如同退却的潮水在沙滩上留下浅浅的水潭。我努力辨识它的形状，回忆它的内容，就像在勘察一片刚刚踏足的土地。

一座三层的沿街公寓映入眼帘。它坐落在一处十字交叉的路口旁，正对着路中心的一座圆形水池。水池的中央有一处喷泉，喷泉中有一座巴洛克式的人体雕塑，他的头上顶着鱼鳍形状的冠冕，嘴里含着海螺，清澈的水流从中汩汩而出。公寓正对着这座喷泉，底层大门紧闭，阁楼上的窗户开敞，一个女人靠在窗边。女人看不清容貌，只见头上戴着草帽，左手托着下巴，正在向街上注视，而那里空无一人……我被这奇特的场景迷惑，不解其意，只感到滚烫的泪水夺眶而出。我知道自己在思念巴黎的家。

天气渐暖，时光轮回。我钻出树枝搭成的小窝棚，有了它的庇护，我不再茫然失措；有了它站立在大地之上，我本能地有了归属。我低头看着它，莫名地想到一只刚刚出壳的小鸟。我想起从前的时光，经由自己的双手，我设计建造了无数房屋，它们中的每一个，都比不上眼前的这座其貌不扬的、好似野兽居住的巢穴。那些曾经的记忆，现在正一点点地向后流走，离我远去。从前，我因为一个美好的愿望而刻苦工作；如今，那个愿望已经支离破碎，无从提起。然而奇怪的是，我对此没有感到丝毫的可惜。我不必再牺牲自己，曾经的重担从肩头卸去。这不是我的本意，但事实就是如此。就像面前透明的荒野，它如同一面镜子，将生命的原始之光，径直反射进我的眼睛。这给了我一点希望，一点生机。

我决定住下来，为自己建造房屋。望着眼前空旷的草地，一种渴望油然而生。凭借自己的职业经历，我信心十足。古往今来，住所一直都是献给神灵最好的礼物，借助建筑这门神奇的技艺，大地与天空合为一体。它是人类赖以生存的本能，不仅保全自己，也给寂寞的荒野带来勃勃生机。从这个意义上来说，居住的场所本身就具有无可比拟的神圣。外面的世界天翻地覆，到处都是残杀，到处都是毁灭，只有这里才是最后的乐土。

我马上开始行动。首要的任务是选择场地。在距离冷杉树不远的地方，我清理出一块不大的圆形场地，约有五米见方。我徒手拔除长短不一的茅草，细长的草根离开大地，粘连的泥土纷纷落下。这里的土壤与树林外部的荒原大不相同，那里的土地寒冷干燥，与含有富铁矿物的风化的岩石一起，呈现赤红与乌黑交替的颜色。古代波斯高原上的居民们常常会迁徙到那样赤红色的土地上，那里生长着稀疏低矮的耐碱树林，周围有胡狼出没，他们无法安居，只好再度迁移。同样，这里的土壤与我在名为库库鲁的村落见到的也不一样。那是一种典型的干旱地区的土壤，棕褐色的土层下面埋有沉积的火山碎屑，发

　　　　　　　　　　　　　　　　　　圆 环

出磷化物特有的腥味，表面非常致密，只有少量的灌木野草可以生存。它的来历对我而言，始终是一个未解之谜。

相比之下，这里土地的情况要差得多，之前我没有发现，现在才有所觉察。这里的土地看似肥沃，草木丛生，实际上已经沙化，地表有一层浅浅的土层，在它下方几厘米的地方，便是细小雪白的沙子。在起伏的茅草的掩盖下，我没有注意，当我伸手拔除它们的时候，终于真相大白。沙子遍布整个场地，围绕着中央的冷杉树，向四面八方蔓延。在那株高树的下方，沙子从地下缓缓涌出，已经完全浮出地面，覆盖了一大片场地。当初我没有看仔细，把它错当成了草丛中闪烁的鳞片。

这个意外的发现给了我新的启迪。我站起身，向远处眺望，有什么声音在对我说话；我坐下来，在布满白沙的土地上……太阳晒在我身上，一切正常……我从皮箱中找出一包香烟，里面所剩无几，我抽出一支，点燃，深吸几口，又苦又辣的味道让我清醒。此时，那白雪覆盖的高山，与冷杉树的树梢，以及四周环绕的树林边缘，彼此形成了一个特殊方位，引起了我的注意。

青烟在空中飘动，我陷入沉思。从前，当我在阿尔及利亚勘察集合公寓的基地，或是在布鲁塞尔建造政府大楼，抑或在巴黎的工作室中，夜深人静之际，面对着用硬纸板搭建的建筑模型，苦苦思索之时，常常有这样的体会。那些错综复杂的形体组合，那些或天然或人工的构建关系，经由直尺和圆规在雪白的图纸上测量，最终全都证明，那不过是一个简单的几何学原理在平面中的直接反映。与最终完成的作品相比，现场总是不完整的：一个缺少了某个图块的拼图，一个断裂了某些环节的链条，等等。那些缺失的要素，就像那高树、那山峰、那圆弧形状的林地边缘，它们由一个独特的视点出发，通过建造者的重新组织，最终在简单的几何学原理中得到修正与补偿，而那里，那个特殊的起点，正是建筑师开始工作的地方。

　　一阵莫名的兴奋袭来，有什么秘密被我发现；另有一些迹象，无论如何都不能视而不见。我感到一阵紧张，一股力量。那个隐藏的秘密再一次向我招手。我站起来，深吸了一口香烟，它即将燃尽，所剩无几。树林边缘传来一阵哗啦啦的声响，树叶在风中抖动，原本那条平滑清晰的曲线，变成了上下抖动的波纹，但场地中央的冷杉树依然垂直挺立。我丢掉香烟，它已经完成了自己的使命。我再一次用目光测量了三者之间的关系，随后俯下身，在脚下的沙土上，用手指绘制了一张简单的草图。我设想自己从高空俯瞰，如同上帝的视角，将这一区域尽收眼底，连同背后远处的村落，还有那时断时续的土路。借助太阳的方位，我判断出了正北的方向，差不多是与冷杉树同山峰连线呈四十五度的另一个方向。相比之下，村落的位置在遥远的东南方，与正南方相差无几。太阳的轨迹在树林的上空划过一道圆弧。经过这样一番简单的测算，我大抵明白了自己的所在。

　　对着这样的一张草图，我再次陷入思考，继而做出了决定。我重新选择了场地的位置，从场地的南侧迁到了西南，更加靠近树林的边缘，从这个地方看过去，雪山的尖峰与冷杉树的树梢，相对的位置更加均衡，二者在蔚蓝天空的背景上，留下一个近乎黄金比例的关系，无论是高度还是体积。当初雅典人建造卫城，采用了类似的高超手法。从山门的角度看去，为了抵消帕提农神庙那巨大的体量，消除沉重感，与位于另一侧的精致娇小的伊瑞克提翁神庙取得平衡，他们想尽了办法。他们将入口处的雅典娜雕像造得很高，同时旋转了一个精确的角度，让朝圣的人们在走上山门之后，首先看到的是一个由近处的雕像与远处的神庙共同组成的三角形，既富有动感，又稳定平衡，全然没有压抑呆板之感。

我重新开始，清理全新的场地。这一次我信心十足，没有怀疑，干起活来格外坚定。我从树林中找来一些折断的干树枝，用小刀将它们的一侧削成又扁又尖的形状，利用它，我在地面的正中，慢慢挖掘出一个三米大小的圆形坑洞。由于没有专业的测量工具，我只能凭借双眼，或是亲自跳下洞去，使用自己的身体丈量。待到坑洞的深度与我的胸口一样高的时候，我停下来，不再向下挖掘，而是转向一侧，自下而上，挖开侧面的土墙，开辟出一条直通地面的倾斜的走道。它的出口正对着那株高大的冷杉树，在冷杉树的侧后方，是与蓝天辉映的白色雪山。夜幕降临之际，我在坑洞正中用火柴点燃被太阳晒得干巴巴的苔藓，一道跳动的红色划破黑暗。待到天亮之后，我深入树林深处，寻找折断倾倒、坚韧笔挺、粗细适中的树干，将它们拖出不见天日的密林，来到空旷的草场。我将它们彼此相对架在地坑的上方，形成一个伞形屋架。我找来一些细长的枝条，逐一理顺，绑在屋架上；我又找来大量干燥的茅草，编织成捆，覆盖在屋架上方。

最初的几天里我小心翼翼，在这神圣山峰的脚下，无论做什么都要心怀敬畏。这是我最初的想法，也多半是人类始祖手持木棍石斧、掘土筑巢时，心中不可名状的真实感受。在古老的东方神话中，人类的始祖构木为巢，那些在高高的树梢顶端建造木屋的人，被留在地面上的同类视为能工巧匠，谦谦君子；而那些留在地上的人，只能掘地为巢，心甘情愿地臣服。事实上，从专业角度来看，对于居住者来说，地坑类的建筑形式更具优势，不仅建造容易，同时也有利于保暖，火的使用也更加方便。非洲中部的许多部落至今依然保存有这样的建筑形式，比如布须曼人和俾格米人的茅屋。他们从地面向下挖掘一定的深度，然后用木材在上面搭起屋架，建造房屋，简单实用。不过这些房屋的建造工艺很差，墙体向上倾斜，没有窗户，没有排烟孔，没有门，只有一个出入口，住在里面也不怎么舒服。

　　人类最早的住宅分为暂时居所、短期居所、定期居所、半永久居所和永久居所。原始游牧民族住的是简易的窝棚，尺寸很小，多为临时建造，材料采自营地附近，十分简陋。进入高等级的狩猎社会之后，人们拥有更多工具，学会驯养牲畜，有能力建造更好的房屋，抵御恶劣的气候条件。生活在加拿大北部冰原的因纽特人建造圆顶的雪屋，平时以捕食海豹为生，他们的房屋已经发展出了多个圆顶，划分出不同的内部空间。通过在天花板和墙壁上贴一层海豹皮，可以有效地提高内部的保暖性，然而一旦到了夏季，阳光开始融化雪屋时，他们就会搬走。在北美大平原上，印第安人建造圆锥形状的帐篷，同样具有代表性。这些部落尾随北美大陆草原上的野牛长途跋涉，一路上会使用这种类型的帐篷。首先，他们在地面上竖起三四根柱子，将其顶部捆绑在一起，作为主要的支撑，然后将多达二十根细柱插在中间，上面蒙上经过剪裁的野牛皮，再用木桩和绳子拉住，上面挑出两个圆口作为出烟口，房屋就这样建成了。在新墨西哥干旱的峡谷中，纳瓦霍人建造泥盖顶的木屋，在一个圆形平面上立起四根直立的叉状

圆 环

立柱，上面支撑起一块由圆木拼成的盖板，旁边斜撑起缓坡的墙体，再在外侧覆盖上夯实的泥土。在西非，沃尔特河上游，古龙西人居住的大型聚落营地里面，人们用土坯建造圆形的房子，彼此连成一片，共同享用一个中央庭院，这种做法因地制宜，方便有效。

真正的永久性居所是在农业发展到一定程度之后才出现的。农民们征服了土地，土地反过来用另一种方式，永久地征服了他们。这时的住宅开始使用经久耐用的材料，墙壁为木制或是砖石结构，门窗、地板和烟囱都更加精致，室内的舒适性大幅提高。建筑材料大多产自当地，适应气候条件，房屋的形式与建造方法也符合当地的特性。比如居住在中国陕北的人们，利用黄土的可塑特性，在高原上建造窑洞；再比如在低地国家，人们建造的农舍，通过一条狭长的中央廊道，把居所、牲口棚、贮藏间统统联系起来，形成一个复杂的综合体建筑。在新英格兰和魁北克地区，人们建造独立的方形住宅，在房屋的正中树立起宽大的壁炉和一根大烟囱，周围布置卧室和客厅，舒适而又安全。

古代世界中，公共建筑是最发达的建筑形式，相比之下，居住建筑常常被忽视。古希腊的住宅使用木构架与砖，屋顶上覆盖着黏土烧制的瓦片，其他容易受潮的地方则使用石膏进行防水。部分家庭的地面上镶嵌有马赛克图案，除此之外，室内很少使用其他材料进行装饰。住宅的平面大多是方形的，中央有一个小庭院，房间环绕在四周。庭院为周边的房间提供了采光和通风，也可以让人们在露天里从事家务活动。无论平面有何调整，庭院都是希腊住宅不变的主旋律，这一点可以从提洛岛上新近发掘出的两座住宅遗址中清楚地看出。几乎每个公民都有自己的庭院和住宅，这是他的私人领地，他自己的城邦。

这种形制直接影响了罗马的住宅。直到公元三世纪，中庭依然在罗马住宅中普遍存在，作为整个寓所的趣味中心，被各种喷泉和攀缘类植物所装饰。典型的罗马住宅称为"Domus"，对于这个词语，我们并不陌生，它专指那种起源于伊特鲁里亚人和希腊后期住宅类型的复合型住宅。关于伊特鲁里亚人的起源众说纷纭，其中可以确定的是，至少从公元前九世纪起，他们就已经在亚平宁半岛上定居了。常见的伊特鲁里亚城市住宅都有一个小小的前厅，穿过前厅就是作为核心的中庭。在中庭的对面或一侧，通常都会有一间被称作"Tabulum"的客厅，后来逐渐演变成为专门接待与保存族谱的地方。随着希腊风格的引入，列柱围廊式的布局逐渐替代了原来简单的中庭式布局，著名的庞贝潘萨府邸，就是这样一个极其宏伟气派的案例。在被厚厚的火山灰掩埋之前，它经历过几次扩建，沿街加建出一系列商铺，主入口隐藏在一个小小的门厅内，经过一条通道连接宽大的托斯卡纳式中庭。中庭的正中建有池塘，四周是连续的传统风格的房间，中轴线上的接待室将中庭与后面的私密部分隔离开来，后者围绕着一个宽大的列柱围合式庭院，十六根柱子支撑起二楼围合的走廊，周围布置有卧室、餐厅和一间宽大的开放式起居室。

人类的历史就是一部居住的历史——单从建筑学的角度来看，这样的说法并不为过。人的一生之中，有将近一半的时间在住宅中度过，它是最早出现的建筑类型，是人类遮风挡雨的处所，从这一点来

圆环

说，它同动物的巢穴没有什么本质的区别。人们在住宅中进行的都是最基本的生物活动：休憩、进食、躲避危害、繁衍生息；无论时代如何发展，这些都是我们赖以生存的根源。正是因此，住宅同时也是最独特的建筑类型。与其他的建筑不同，它让我们停下来，与黑夜一道，祛除疲劳，修养身心。它屏蔽外面的世界，保护我们不受伤害——无论那伤害来自何处，以何种方式。它提供独一无二的心灵的隔间，让我们与自己相对而坐，彼此坦然面对，促膝谈心，然后在一场美妙无比的睡梦中，相互融合成为一体。它守护人类固有的生命规律，它是我们生命不可或缺的外壳。

现代的科学已经证明，不只是我们人类，几乎所有的动物都有固定的生命节律。它来自地球自转的周期，昼夜交替的基本规律，正是这个规律，决定了它们的活动与休息。当它们休息的时候，一个安全、舒适的场所就变得至关重要。从这个意义上讲，这些场所同样有理由被称为住宅。

当然，并不是所有的生物都遵从这个规律。有些生物，它们的生命周期不知道因为什么原因，变得十分漫长而又诡异。比如一种生长在北美洲的蝉，它的寿命长达十七年，这在昆虫世界中非常罕见。然而更加奇怪的是，它在生命中绝大部分时间里，都是作为幼虫，潜伏在黑暗的地下，只在最后的一个月，才会发育成熟，变为成虫钻出地面，沿着笔直的树干，爬上陡峭的树梢，完成交配繁衍。那是它漫长生命的最后时刻，它独一无二的生命目标，它一直坚持不懈的旅途的终点。

7

建筑工程花了我十天时间。十天之后，迎着清晨的阳光，大路上跳动着一个矮小轻快的人影，从村落的方向走来。

我认出那是地质学家。他像我刚刚见到他时那样，戴着厚厚的眼镜，背上驮着一个大包袱。他神采奕奕，永恒的属性似乎已经在他的身上扎了根，十天的时间在他那里，似乎只过了一杯茶的工夫。

"啊，你果然在这里啊。"见到我，他一下子喜上眉梢。

"你听了我的建议，这太好了！"他说。

我点了点头，向他身后望去。没有人。

"现在我来了。"

"谢谢你的面包。"

"啊，那不算什么。"

"我找到了些野果，从那边的树林里。"

"嗯，那会有些帮助。不过，我会再想办法。"

"谢谢。"

"看那儿，你给自己造了一座宫殿！"

"这只是个窝棚。"

"不，是宫殿！你准备在这里长住下去？"

"我有这个意思。"

他好像在仔细琢磨我的话，尽管，我回答得很清楚。

"雷声还是没有停啊。"

他突然若有所思地自言自语，对着面前的大山四下张望。这时我才注意到那响起的雷声。连日来，我已经习惯了它，几乎注意不到它的存在。

"一直如此，"我说，"它是怎么回事？我本想问问你。"

他耸了耸肩："就像你说的那样，一直如此。至少，从我到这里来之后，就一直是这样了。"

"说来听听。"

"村里有各种说法。有人说，它是地下神殿发出的鸣响；还有人说，那是神明在发出警示，宣告末日来临。"

"末日？这里不是永恒之地吗？"

"没错，不过，话虽如此……"

他挠起头来，露出为难的神色。有些话在他的舌头下面打转，他很清楚这一点。他必须控制自己，不能将它们说出来，好像那才是他的责任。

我拉着他在地坑旁边坐下，那里的茅草已经被我清除，下面的沙子与黑土混合在一起，难以分辨。地上横躺着一截两米长的树干，那是我费了不少力气，从树林中拖出来的，干枯的树干已经老朽，上面有几个折断的树杈。树干中间几乎被白蚁蛀空，表面的树皮脱落，露出灰白的、干巴巴的木质。我拉着他坐在树干上，于是，宽阔的圆形场地上，多了一大一小两个笨拙的黑点。

我从上衣外侧的口袋中掏出香烟盒子，拿到眼前晃了晃，里面还剩下最后两支。我取出一支递给他，另一支塞进自己的嘴里。我用火柴给他点燃香烟，随后又点燃自己的，然后深吸了一大口。

"这是什么？"他问。

"香烟。"

"什么？"

"香烟。里面是烟草。抽一口你就知道。"

"我不明白。现在外面的人们都在抽这个？"

我点了点头。

"村里没有这些东西。"他说，"冈萨雷斯没有这些东西。他自己种了些烟草，出了村子向东，有他的田地，就在那里。他什么都种，村里一半的庄稼都是他的。"

"可是他没有香烟？"

"当然没有。他们把烟叶捣碎了，放进烟斗，然后点着了，直接塞进嘴里。"

"你从他那里来吗？"

"谁？"

"冈萨雷斯，你知道。"

"每个人都从他那里来。"

"有什么消息？"

"村里人都想着你呢。"

"我？"

"难得有客人来，结果让人扫兴。大家都感到难堪，冈萨雷斯也很为难。"

"我不怪他。"

"伊莲娜说了些什么，冈萨雷斯愁眉不展。人们议论纷纭，私下里讲闲话。"

"我来得不是时候。"

"别这么说。你不是第一个客人，也不会是最后一个。"

"还有其他人来吗?"

"偶尔，总会有人找到这里。尽管这是个独一无二的地方，但它依然在地球上，不是吗?"

我点头表示赞同。

"你有什么打算?"他说。

我没有回答，抬头远望。他好奇地顺着我的视线，把目光投向远处高耸的雪山。

"你是认真的吗?"他说。

"这是我旅途的终点，"我说，"我听到了呼唤。"

"可是，为什么你要停下来? 你的计划是什么?"

"不知道。我还没有计划。"

"所以，你先让自己住下来?"

"按照你的说法，还没有人找到那座宫殿，不是吗?"

"确实如此。"

"我想我应该做点什么，一些不一样的事情。为什么会这样，你有没有想过?"

"什么?"

"宫殿、雪山、永恒,这一切?"

他笑了。"我是个地质学家,"他说,"不是哲学家。我来这里,只想寻找一种特殊的岩石。"

"可是这种力量,你有没有想过……?"

"想过什么?"

他看着我,露出一副置身事外的超然的表情,好像那样的话题对他来说毫无意义,又好像这个问题过了有效的诉讼时间,法官没有义务给出解释。我该从何说起?又该向他说些什么?难道要我告诉他,外面的世界正在经历血与火的洗礼,有个名叫阿道夫·希特勒的恶魔正在倾尽全力地建造一个千年不灭的帝国、一座千年不倒的殿堂?难道要我告诉他,那座殿堂的图纸,不久之前刚刚在我的手中化为灰烬?难道要我告诉他,一名猎犬一般忠实的盖世太保,正在大山外面徘徊,日夜不定地追踪他的猎物?

"这座宫殿,"我最后怯生生地问,"它真的存在吗?"

"朋友,你还想知道些什么?"

"你所知道的。"

"并不比你多,我想。在这里,人们不怎么谈这个。没有人能给你任何保证。"

"你都听到过什么?"

"很多,也很少。"

"说来听听。"

"有人说,那是世界的出口,通向另一个不同的维度;还有人说,

圆　环

那是一种从未被发现过的新型能量，就算把全世界最杰出的科学家全都召集起来，再研究一百年，也是一无所获。又有人说，那是纯粹的超自然力量，比耶稣和佛陀的时代更早，那个时候有许多神祇，彼此争斗不断，也许是哪个未具姓名的神明，被困在这里，等等等等。"

"你相信这种说法吗？"

"啊？"

"神明——你相信吗？"

他突然大笑起来，笑得前仰后合。我被弄糊涂了，呆呆地望着他。

"我是个地质学家，"好不容易，他才停下来，"我只相信石头啊！"

"如果是这样，那你为什么还要留在这里？"

"那座宫殿，"他终于收起了笑容，眼睛看着远方，好像在自言自语，"据说它隐藏在一座洞穴深处，外面被白雪覆盖，难以觉察，那是进入宫殿的必经之路。在那座洞穴里，有我想要寻找的东西。"

"永恒的矿脉？"

"这是我自己想出来的名字，你可以这样叫它。"

"可是你从来没有找到过它？"

"我进入那座高山有二十次，也许三十次了，并不是每一次都有收获。大大小小的洞穴，我发现了十几座，没有一座是我要寻找的目标。"

"所以，你还会继续寻找下去？"

"我有了一些新的想法。"

"什么想法？"

"说来话长。不过，是的，我会继续下去。"

"原来如此……"

"你的情况呢？我的意思是，我还没来得及向你详细询问。除了躲避战争，你说得很少。你是个不善言谈的家伙，不是吗？"

"我想那已经足够沉重了。"

"你是一名建筑师，战争是建筑的天敌——我这么说没错吧？"

我苦笑了一下——他只说对了一半，不过我没有告诉他。

"你都经历了什么？"他说，"我很好奇。"

"你真想知道？"

"当然。为什么不？你知道在这里，很少有什么新鲜事。"

"我偷走了一份重要的设计图纸，为此，纳粹的杀手到处追踪我，逃亡中，我来到这里，发现了库库鲁。"

"哦，不……"出乎我的意料，他摇了摇头，"我的意思是，在这里，你都经历了什么？"

"在这里？你是说……在这里？在库库鲁？"

"正是。"

"我不知道……"

"不知道？"

"我来到这里。发生了一些事……我不确定。我记不清了。"

"发生了一些事？什么样的事？"

"我做了一个……梦。醒来之后，我有了一个强烈的念头。"

"什么念头？"

"找到那座宫殿。"

"所以，你要先住下来，在这荒山野岭之间？"

"是的。"

"我希望你明白自己在做什么。"

我苦笑了一下："我也是。"

"那么，你又是为什么要找到那座神殿呢？"

"我不知道……我说不上来。"

"我的朋友，如果你真的下定决心要找到它的话，我建议你最好有一个充足的理由。"

"为什么？"

"这是为你好。"

"我不明白你的意思。"

他摇了摇头。我的轻率反倒让他严肃起来。

"我的朋友，"他说，"这样和你说吧，如果你没有一个充足的理由的话，你永远都不会找到那座神殿。"

"这有什么关系？"我说，"这里有的是时间，不是吗？"

他露出无奈的神情，好像早就猜到了我的回答，这进一步加剧了他的担心。

"事情没有那么简单……"他说。

"为什么？"

"因为如果真像你说的那样的话，会有很不好的事情发生。"

"什么？"

我大吃一惊。他叹了一口气，有些事实，显然他不愿提起。

"这片永恒之地，"他说，"并不像你想象得那么简单。在你之前，曾经有六个和你一样的人来到这里，发誓要找到那座神殿。他们全都失败了，再也没有人见过他们，也没有人知道究竟发生了什么。"

"有这样的事？"我瞪大了眼睛。

他点了点头。"我只听到过一些传言。有人说，雪山深处隐藏着强大的守护者，他们会审问前来的人类，十分危险。还有人说，此地的神灵会洞察来访者的心灵，对于那些心怀叵测之人，直接予以毁灭，等等，诸如此类。"

"原来如此……"

"也许那只是传言，不过不要掉以轻心。这不是一件闹着玩的事。"

"可是那终究只是传言，不是吗？"

"据我所知，从没有人找到过它，难道这还不能说明些什么吗？"

"不，我不是那个意思。"

"你有你自己的打算。你还是不肯相信我的话。"

"不，我在想……"

"但是不管怎样，我可以告诉你，神殿是真实存在的，这一点确定无疑。"

"我知道……"

"所以，现在，让我再来问你一次：你为什么要找到那座神殿？"

轮到我沉默不语了。我默默地看了看他，而后又把目光投向那白雪覆盖的高山。

8

　　斧头很轻，是一把小手斧，与那种带有镰刀状弯曲的长柄战斧不同，那种笨重的东西，如今只有在博物馆里才能见得到。斧头的外形很简洁，上窄下宽，是典型的梯形，只不过两侧的斜边变成了两条曲直相接的、平缓的弧线。斧背厚重坚实，与它相对的斧刃则锋利轻薄，从正面看过去，呈现出均衡的"V"字形状。斧子由熟铁制成，完全手工打造，上面布满划痕，下面是一截细长的木质手柄，长方形的横截面上，导管呈星散状的排列，由此判断可能是水曲柳或白蜡树。这种木材柔软坚韧，握在手里很舒服。

　　地质学家离开了，返回了村落。他大老远地跑过来，为我送来最需要的三件东西：斧子、食物，还有人间的气息。我不记得自己曾经怎样与他约定，也想不明白是什么让他如此肯定。那些几天前发生的事情，有一些我无论如何也记不起来了——村落、酒馆、冈萨雷斯、伊莲娜，还有那个头戴围巾、腰挎弯刀的黑衣人——我记得这些。除此之外，我记不清了。

　　斧子很有用。有了它的帮助，我轻松多了。有了它，我可以随心所欲，挑选合适的目标，不必再为了一两根木料，在树林中四处搜寻。地坑住宅的建造进展缓慢，我将其归咎于缺乏合适的材料，现在情况大为好转，我因此信心大增。

从山脚下到远处的平原，再到更远处那山岭交接的谷地，树林自东向西延伸，这些都是天然的木材。木材是一种优质的材料，不仅易于获取，更便于加工，是人类最早使用的建筑材料之一。木材在建筑中的应用十分广泛，从建筑结构，到建筑构件，比如门窗之类，再到室内装饰、家具器皿，几乎无处不在。古老神奇的中国人更是将木构建筑发展成为一种独特的艺术形式。他们发明的榫卯结构，可以追溯到五千年前的上古时期，那时的希腊罗马还是一片蛮荒之地。

木材来源于树木，其质地、特性各不相同。文艺复兴时期的建筑师阿尔伯蒂详细描述了不同树木的特征：不结果实的树木比结果实的树木坚实；野生的树木比人工培育的树木坚实；生长于毫无遮蔽之地的树木，因为没有山峦的保护，经常受到大风暴雨的侵袭，比那些生长于背风之处的树木更加高大结实。

木材种类繁多，通过其颜色、光泽、气味和纹理，可以判定木材的种类，这需要专业的知识，还有长期的实践经验与耐心。比如说杉木，这种木材很常见，其材质轻韧，结构均匀，强度适中，便于加工成型，也易于胶合，适合用来打造床铺和柜子。橡木质地沉重，其树心多为黄褐色或红褐色，向外发散的生长轮呈现明显的波浪形状，十分坚硬耐磨，不但适于打造家具，同时也是制作葡萄酒桶的优质材料。松木木质坚固，纹理细密清晰，配合清漆表现效果尤佳，同时，因为不怕久埋而适用于地下工程。榆木柔韧，易于雕刻且不易变形，适合暴露于屋外的结构。榉木极其坚固强硬，即使是用重物猛力敲击也不易折断，可以充当建筑物的支撑构件。枫木的心材呈浅红至浅褐色，木材结构细密，纹理通直，可承受很大的压力。樱桃木色泽深红，易于加工，经过磨砂抛光，具有极佳的装饰效果。

水曲柳的纹路清晰美观，在涂刷清漆之后，极适于表现现代简约风格；香樟木十分名贵，同时伴有特殊气味，质地坚韧不易开裂，是雕刻工艺的首选材料；核桃木在欧洲享有尊贵地位，其纤维细密均匀，富有韧性，能够抵抗震动、弯曲和腐蚀；桃花心木具有良好的抗虫效果，用它制成的衣柜可以常年保持干爽清洁；胡桃木价格昂贵，材质切面呈现特有的大抛物线花纹，搭配深紫褐色的色泽，看上去十分沉着典雅。

柏木因其特有的香味与耐腐特性，非常适合用来铺设地板；落叶松木强韧不易燃烧，被投入火中之后对其"充满蔑视"，可以应用在那些有防火要求的表面上；黄杨木与橄榄耐久性极佳，采伐下来的山毛榉则很容易干燥变质；桧木与雪松适于制作桁架，但栎木、柳木和无花果木则完全不适合，因为它们的硬度不足以保证其在受力之后不会发生弯曲。

榛木适合做成嵌板，栎木适合做成门扇，榆木适合做成门轴，枫木适合做成踏步。还有一些较为特殊的木材，比如山梨木、乌木和月桂，因其特殊的气质而可以用来制作雕像。

带着斧子，我走进树林，背对着冷杉树的方向，一点点向里走。

我没有贸然进入树林深处，因为里面很密，很黑。我并非害怕猛兽，而是害怕另一种威胁，是它阻止我进入，我不得不留意提防。我小心谨慎，脚下经年累月堆积的树叶又松又软。我走得很轻，尽量不发出声响，仿佛一头沉睡的怪兽就在身旁。为了行动方便，我用一条围巾包裹住头，把裤子的出口扎紧，以防有什么爬虫钻进来。斧头提在右手，我握紧手柄，一刻也不敢放松。

越往里走，视线越是受到限制。阳光从高处洒下来，起初好像一片片闪亮的锦缎，后来变成一条条丝线，最后变成若隐若现的光点，好像夜空中的星星。耳朵代替了眼睛的功能，为我指引方向。间或响起的雷声从未消失，它在林地树木之间曲折回响，听起来更加沉闷。眼前的树木越加茂密，纵横交错的枝条拦住去路，四面八方都一样，我只好停止前进。后来我估计，我走进树林深处的距离，只有不到二百米。

首次进入浅尝辄止。我改变方向，退了回来，沿着树林那弧形的边缘，左右巡查。我发现外侧的树木没有深处那么高大、茂密，在这里，阳光还可以轻而易举地照到地面上。树林外面的草场延伸进来，变得又低又矮，紧贴着地面爬行。草根下方的土壤十分松软，中间夹杂着无处不在的白沙，显然，这里并不是树木生长的最佳所在。也许正是这个原因，这些外侧边缘的树木才没有深处的树木那么高大。它们好像被什么力量阻止，一道不可逾越的屏障挡住去路。围绕着那株高大的冷杉树，它们无可奈何。

仔细观察这些树木，我发现它们大多是鹅耳枥，不过还没有发育完全。成熟的鹅耳枥可以长到三十多米，这里的树高最多只有它

　　　　　　　　　　　　　　　　　　　　　　圆环

的一半。球形的树冠向四周蓬松展开，中间围绕着七八根粗细相差无几的枝干，从主干上升起。树皮呈暗灰褐色，表面光滑，树枝细瘦，树叶的顶端渐尖，边缘长有不规则的多重锯齿。此时夏季还没有过去，成串的苞片刚刚开始变成淡黄的颜色，树林因此而变得色彩斑斓。

除去鹅耳枥之外，还有一些松树与冷杉，与场地中央那株高大的冷杉相似。这些树木带有红褐色的表皮，表面多为开裂状态，形成纵向交叉的渔网状结构，又好像开裂的峡谷高原，因为干旱而四分五裂，沟壑遍地。树干表面的局部生长有一些长形、圆形、扁形或不规则的突起，中间还有孔洞。树皮的厚度没有那么厚，大约只有半个厘米。有些树皮表面受了损，风吹雨淋之下，不断开裂老化；还有一些树干已经枯死，表皮被风沙完全剥离，只剩下了无生机的灰白色的断枝，站在原地逐渐炭化、消失。

为了建造住处，我需要木材，尽管现在还不是砍伐树木的最佳时节，如果再等两个月，待到秋季的风将空气中的雨水全部带走，树林中的湿气蒸发殆尽，那时的木材干燥饱满，无论对于伐木者，还是加工者，都再好不过。木材像人一样，有自己的脾气秉性。认真了解它们的特点，是一名优秀建筑师必备的功课。古人在这方面有自己独到的见解。维特鲁威说，冷杉木含有较多的气和火，鹅耳枥含有大量的水和气，只有橡木无论从什么方面来看都是均匀的——但奇怪的是，后者在这里却极少见到——他的话就是很好的启发。

无论是鹅耳枥还是冷杉，都是很好的原料。我首先选择了一株杉树，它远没有场地中央的冷杉树那么高大，只有八九米的高度，按照人类的标准来看，它最多不过只是一个十二三岁的少年。如此说来，手持铁斧站在它面前的我，同那些头戴钢盔、手持机枪，向着无辜群众扫射的纳粹屠夫，本质上没有任何区别。在这神人之力难以言明的世外之地，一股强烈的道德感不合时宜地油然而生。我跪下来，把斧头放在身旁，对着那白雪覆盖的高山闭上眼睛，心中默默祈祷，向那不具其名的神祇，祈求他的谅解。在这永恒之地，我将要用冷酷的铁器，杀死这些生长于此的美丽生命。与此同时，我又再次向他献上自己的忠诚——那是我最初的承诺，我将自己的技艺作为终极的礼物，奉献给统治此地的永恒神明。

一声雷鸣从远处的空中传来，我把它当成了默认的回答，这是我所听到的明确信息。它如同一道宣判，允许一个渺小的生命，在这荒山野岭之间，因为自身的缘故而得以延续。这是一个古老的哲学命题：生命的价值，美德的标准。

我挥动手中的斧头，开始砍伐树木。树干很坚硬，斧头砍在上面，树皮崩裂，木屑四溅，从我的眼前飞过，打在我的脸上，很疼。起初，我的动作还很生疏，斧头的刃垂直地砍在树干上，震得很厉害，手腕又疼又酸，后来才渐渐明白要领。我将斧头从接近四十五度的倾斜方向，向侧下方砍下去，这样省力很多，速度也更快。树干在斧头持续不断的攻击下，很快开始摇晃，左右倾斜，最后向着树干上缺口的方向，径直倒下去。

伐木是一件辛苦的工作，要不了多久，手臂就会酸麻，斧头也越来越沉重，再也挥舞不动，这时我便在林间坐下来休息，把后背靠在树干上，身下是厚厚的树叶，两眼直视天空。一株孤零零的枯树挡住视线，枯萎的树枝如同被制成标本的血管系统，由粗到细，在头顶上蔓延开来。我又看向不远处那连成片的阔叶林地，密密麻麻的树叶在头顶，围合成一个近大远小的椭圆形，锯齿状的边缘上下抖动，发出沙沙的声响。有时，我会看到一两头小鹿，它们懵懂地闯出来，远远地看着我，又转头跑进去。一群形似乌鸦的黑色飞鸟在头顶盘旋，安静得出奇。看着它们无忧无虑地飞翔，我不无忧伤地想到从前在巴黎的生活。

我不断地砍树，把那些伐倒的树木，拉回地坑附近，在那里，我将它们逐一加工成为细长笔直的木料，然后围绕在地坑周围，按照地上空洞的位置，彼此相邻排列成为一个圆锥形状的屋顶。我在地坑的中央树立起一根粗大的木柱，作为整个结构的中心支撑。在它的顶端，我费尽力气，模仿传说中的中国人的做法，在前后左右四个方向上，用斧头分别开凿出四个凹槽，在凹槽的上方，架设起另一层出挑的框架。框架用稍短一些的木料制成，彼此之间同样用凹槽连接，下方通过一系列竖向与斜向的杆件，连接在中央木柱的顶端。有了这个核心的支撑结构，周围圆锥形屋顶的建设才成为可能。我就这样一天天地劳动，将自己心中那个虚构的圆形住所，一点点变成眼前的现实。

每天清晨，天空刚刚放亮，我便开始投入工作。我首先用一整个上午的时间来琢磨整个结构，试验它力学的合理性，然后加工木料，用最大的细致与耐心，把它们逐一安装到预定的位置。当太阳升到天空中最高处的时候，我停下来，收拾好工具，到山脚下的泉水旁洗净双手与身体，而后吃一点面包，还有采摘下来的野果。中午过后，我会躺在那株高大的冷杉树下休息，躲避直射的阳光。冷杉树那弯曲上扬的枝条，让我想到中国人在迷宫一般的花园中建造的凉亭，四角向外挑出的飞檐。它那深灰色的外皮开裂成许多细小、不规则的薄片，附着在树干上。灰褐色的较粗的枝条向斜上方伸展，而那些较细的、刚刚生长出来的枝条，还显现出浅淡的褐黄色，细枝间的凹槽内夹有疏生的短毛，显然它一直都没有失去生机。枝条末端的叶子，向斜上方伸展，在最细的地方排成或直或弯的两列。黑色的果实呈现出拉成长条的卵形，顶圆底宽，微微凸起，上有短梗，好像蜻蜓翅膀的表面，折射太阳蓝紫色的光芒。

　　下午的时间，我会继续工作，直到夜幕降临，暑气退去。我收拾场地，以此表示对神明的敬意。我整理好食物工具，准备过夜。我将砍伐下来的木材劈成小块，作为燃料，维持火种延绵不灭。为此，我首先选择那些已经干枯的树干。劈柴的时候，首先采用平砍，在长条形的树干外表面砍出切口，然后用力砍削，将其切成小段，最后再将斧头直立，向下劈砍。竖劈的方法是先在木料的顺纹方向砍出切口，然后截断边沿部分的木纤维，从上到下，一口气砍削到底，将原本圆柱形的木材劈成小块。我将劈好的木材堆砌整齐，放在地坑旁边不远处，直到它越堆越高，成为一堵延绵的短墙。夜幕降临，我回到地坑附近，把几块干燥的木块丢进火堆，火焰沉了下去，又慢慢升起来，发出暖融融的光芒。我把湿透了的衣服脱下来，用树枝架起来，挂在火堆旁烘烤，而后拿过装满泉水的水壶，喝上几口。我从皮箱中取出一块面包，那是地质学家带给我的。我将它掰开，送进嘴里，此时的我已经辨不出那味道是干涩还是香甜。待到一切停当之后，我便从那条倾斜的坡道下到尚未建造完成的地坑中去，那里沿着一侧的土墙脚下，有我准备好的晒干的茅草。我裹紧衣服，爬到干草上，躺下去，进入梦乡。

9

下雨了。

就在我的地坑住宅竣工前夕，下雨了。那天早上，天还没亮，乌云已经在空中聚集，缓慢地翻滚，打着转。灰蒙蒙的云朵遮蔽了雪山，把整个大地弄得黑压压的。没过多久，雨点落了下来，打在成片的树叶上，发出噼里啪啦的声响；落在草叶上，声音更加低沉。很快，雨点变成了连绵不断的线条，飘舞着，飞动着，如同白色的屏障，阻挡在尚未竣工的棚架与树林、荒野、冷杉树之间。飘浮的风从棚架间的缝隙钻进来，又从另一侧钻出去。那些白色的线条迎着风，纷纷躲避，在空中让出一条通路。

我预见到了这个时刻，做了相应的准备，这是建筑师的本能，他们全是预言家。他们尽可能多地设想困难，思考意外的可能，然后给出解决方案。尽管这些方案不是十全十美，但它们会有用处。

地坑在建造之初就充分考虑了防水问题。地质学家的话是很好的提醒，我向他询问过这里的气候，他的回答虽然不够精确，但依然很有帮助。此处的气候受到四周高山的影响，气流的运动被限制，湿润的水汽难以进入，因为众所周知，每一座高山就是一座超级干燥器。

四周的荒原、沙地与干草证明了这一特点。库库鲁坐落在一片高地之上，那里的房屋大多由夯土建成，再次印证了同样的事实。然而这并不意味着，大范围的降雨活动不会出现。作为一名合格的建筑师，我必须充分考虑各种不利的因素，然后选择其中最不利的情况，作为设计的基准。因为建筑的首要需求是安全，只有满足这一点，才能再谈别的。

防水的方法很多，分别对应不同的情况。我首先在地坑的周围，距离木质屋架的边缘大约两米远的地方，挖了一圈圆形的壕沟，以阻止外侧的雨水流进来。壕沟宽大约一米，深半米，也许再多一点，但不能更深了，否则地坑的侧壁会向外坍塌。这里的土质十分松软，稍不留神，就会倾斜塌落。本来，我准备用一些低矮的木棍，在内侧密集排列加固，可惜这项工作还没来得及开始，就下雨了。

同样，屋顶也没有完工。

我用细长的圆形木材搭建起屋架，从中央的圆形（实际上是八边形）空洞边缘开始，由顶部向底部，延伸出八条粗壮的木梁，作为屋顶最主要的骨架。随后，在这些主梁的中间，再依次铺设粗细相同的原木，让它们紧密排列，彼此相邻，呈辐射状铺满整个屋顶，如同一把大伞。原木的上方，八根主梁之间，沿着圆周的方向，分为上中下三层，我又铺设了一些横向的木条，作为连接加固的次梁之用，保证屋顶在意外的撞击下，或是大风之中，不会因为整体缺乏刚性而扭曲变形。这同样是基本的建筑学知识，它们一如既往地简单、深刻、有效。

在主梁与次梁之间、原木排列的屋架上方，我用茅草铺设了屋顶，以此代替瓦片的功能。荒原上有很多茅草，从冷杉树的周围，向东越过土路，向西延伸到树林边缘。我花了几个下午的时间，才搜集到足够的茅草，将它们平铺在太阳底下晒干。也有一些干枯的茅草，可以直接使用，但数量不足。这里的茅草又直又硬，草茎细长，光滑无毛，草叶呈线状披针形，两侧有细小的锯齿，很容易割伤皮肤。我用木棒把它们压实碾平，变得顺服整齐后，然后再小心翼翼地将它们铺在圆锥形状的屋架上，一层挨着一层。为了遮风挡雨，茅草必须足够厚实，这项工作极大地考验我的耐力与信心。我爬上高处，屋架在我的脚下摇晃，稍不留神，就要墙倒屋塌，前功尽弃。

可是尽管如此，我仅仅只完成了一小部分茅草的铺设工作，还剩下大片的屋面，以及中央的圆形空洞没有完工。本来，那里直接对外开敞，作为采光与通风之用，排出柴火的烟气，就像是俄罗斯大草原上的蒙古游牧部族居住的圆形毡房，或是位于罗马闹市中心的那座献给众神的著名神庙那样。后来我才想到要为它增加一座架起来的小屋顶，让阳光与空气从屋顶下方的侧窗进入，这样既可以防止雨水进入，又能够继续保有原来的功能。糟糕的是，我还没来得及动手，大雨就来临了。

雨大得出乎意料。雨水从那开敞的圆洞里落下来，令我措手不及。原本，我以为我的房屋足够坚固，这场雨也不会持续太久，因此就算是屋顶来不及封闭，问题也不大，可是后来的事实证明，我完全错了。大雨落在只建成一半的屋顶上，沿着木材的主干流进地坑里。成捆的干草刚刚搬上屋顶，尚未铺设完全，一阵大风吹来，很快就七零八落，要么被直接吹走，要么卡在木材之间的缝隙中。雨水顺势流进来，干草完全失去作用，被彻底浸湿，变成一缕一缕的形状，从屋顶上垂下来，形成一个又一个狭长的天窗。我的屋顶千疮百孔，大雨长驱直入，难以抵挡。

很快，地坑中便满是泥水。白色和黄色的沙子混在一块，变得浑浊不堪。浑浊发黄的水面上漂着草叶，泛起片片白色的泡沫。头顶上的水还在不断落下来，发出哗啦哗啦的声响。坑中的积水无法排出，只能越积越多，不断上涨。我刚刚建成的住所就这样惨遭灭顶之灾。火塘熄灭了，工具和皮箱泡在水里，仅有的一点食物也被冲得不知去向。所有作为燃料的木块全都被淋湿了，这也预示着我在接下去的两个星期里，只能在黑暗中度过漫漫长夜。

我竭尽全力抢救，希望能够挽救局面，把损失降到最低。我冒雨爬上屋顶，倾盆大雨无情落下，我的全身瞬间湿透。冰冷的雨水从衣服外面钻进来，紧贴在前心和后背的皮肤上，冷得刺骨，牙齿因为寒冷而抖个不停。然而我已顾不上这些，唯有全力抢修，否则我将失去辛辛苦苦建造的住所，那比无法拯救自己、无法见到下一个黎明更让我难受。

在屋顶上，我把能够找到的所有木料，全都堆在圆形洞口的上方。我用柔软的枝条将那些又直又长、带有分叉的木条绑起来，做成一个可以自行支撑的伞状结构，覆盖在洞口上方。我继续向伞的上方增加树枝和茅草，它们早已被雨水浸湿，又冷又滑，我只好多花力气，将它们绑缚得更加牢固。伞状结构的下方，那些起支撑作用的木条，全都架设在屋架主要的木梁上，以此尽可能地保证其牢固。尽管在大风与暴雨的双重打击下，整个屋架也开始摇摇晃晃，几根立柱已经倾斜，但我还是想尽办法，确保它们不会倒塌。

　　还有更多的漏洞需要修补。冒着大雨，我把更多的茅草搬上屋顶，逐一填平那些被大雨冲开的裂缝。这些裂缝宽窄不一，有些只有巴掌大小，还有一些则将近半米，修补起来困难重重。我在大雨中爬上爬下，从这头到那头，雨水从我的头上、身上流下来，我已全不在乎。此时，早已不是我建造的房屋在保护我，而是我在保护我的房屋。

　　雨下了整整一夜，直到后半夜才逐渐变缓。天亮之前，大雨终于停止，草地上满是积水，草叶经过雨水的清洗，变得饱满坚硬。山脚下的泉水暴涨，化作奔流而下的瀑布，撞击在岩石上，发出阵阵轰鸣。空中的乌云消散，太阳升起，土路两旁的沙石在阳光的照射下，反射着星星般的光点。空气中一股许久未闻的清新的气息，夹着骤然降临的寒意，令人警醒。永恒之地用它的变化无常，给我好好上了一课。然而这只是刚刚开始，这一点，我很清楚。

　　我的努力没有白费，我保住了我的地坑住宅，但也仅此而已。它遭到严重的破坏，我的工作，仅仅只是让它免于坍塌。原本用来支撑结构的八根木柱，有三根已经严重倾斜，上方的屋架也扭曲变形，十分危险。大雨侵蚀了结构的基础，沙子被雨水冲走，再也无法为立柱提供足够的支撑，必须另想办法。也许要将立柱打向更深的地下，也许要采用其他的手段，对地面进行加固，否则再来一次这样的风雨，整个结构必将难逃厄运。

　　屋架上方的部分同样损毁严重，细小的树枝与茅草不足以抵挡猛烈的风雨，加固势在必行。一种可行的对策是采用类似于编织的方法，将细长的枝条彼此串联起来，形成一个牢固的整体，再覆盖在屋架上。至于茅草，也要采用类似的方式，利用一些绳索，将它们束缚成一捆一捆的形状，然后并排绑在屋架和枝条的上方。除此之外，还可以在它的下面垫上一层干燥的树皮，以加强防水、排水的效果。不过我的身边并没有必要的工具，也没有可以用来捆绑茅草的绳索。我的皮箱中没有这些东西，它经过一夜雨水的浸泡，已经发白膨胀，所幸的是，里面的东西完好无损。

地坑中积满了水，把一切都淹没了，包括我的床铺、火塘，还有刚刚开辟出来的加工场地。积水一直漫到出口处，地坑变成了水池。我的排水沟起到了一定的效果，不过最终还是无法阻挡地面水流的袭击，显而易见，我严重低估了永恒之地的降雨能力。防水不仅是要将它们挡在门外，更重要的是要将它们导向别的地方，只有二者结合，才能双管齐下，让建筑安然无恙。然而我却明知故犯，这是一个无比低级的错误，教训十分惨痛。

不仅如此，这已经不只是简单的粗心大意，而是对危险的轻视。一种无知的傲慢，只要从它那里再向前一小步，便是无底深渊。想到这里，我开始有些明白地质学家的话了。

修缮工作刻不容缓。我清理周围的场地，排空雨水，用新鲜的沙土将地面微微垫高，形成一块略有坡度的平台。我跳下地坑，用一柄自制的带凹槽的木板，将下面的积水泼出地面。这项工作费时费力，收效甚微，但又不能不做。排干后的地坑中满是淤泥，需要二次清理，然后晾晒干燥，才能再次使用。我从大山脚下找来几块平整的岩石，把原本树立木柱的地面夯筑结实，然后将它们分别埋到地下，作为坚强有力的基础。在它们的上面，木柱被重新树立起来，而且经过更加仔细的连接、加工，使得整个结构的强度大幅度提升，足以抵抗狂风暴雨的侵袭。我就这样有条不紊地推进自己的工作。与之前不同的是，这一次，我感到前所未有的从容。

　　然而这只是刚刚开始。这一点，我始终很清楚。

　　就这样，又一个十天过去了。

10

一个黑点沿着土路，从东南方向由远而近。它越来越近，逐渐分解成一大一小两个物体，前后连在一块儿，左右摇摆着，不紧不慢地向前移动。那是一辆牛车，一头笨重的黄牛，拉着一辆双轮木车。牛车上有一个人，他坐在车辕后面，手里举着一条长鞭，背后好像有什么东西。车子走近了一些，坐在车上的人挥舞了一下手中的鞭子，在黄牛头顶发出一声清脆的响声。车子又向前走了一段，这时我才看清那个坐在车上、挥舞鞭子的身影。他身材高大，面无表情，牛车被他压在身下，吃力地缓缓前行——那是冈萨雷斯。

他仍然穿着那身粗麻布缝制的衣服，只是看上去整洁一些，想必已经过清洗；伊莲娜，那个不会说话的结实的农妇，把自己的丈夫照料得很好。他头上戴着一顶旧帽子，很像我在"酒馆"里见到他时，他从头上取下来、挂在墙上的那顶，但究竟是不是，我不敢肯定。这顶帽子很奇怪，墨绿色的呢绒布面，四周绣有一圈锯齿形状的银色花边，帽檐垂向地面，看上去既不像美国西部电影中的牛仔们戴的双曲卷檐帽，也不像那些墨西哥马匪头上的宽边大草帽。尽管磨损得很厉害，但它的真实来历依然令人怀疑。无论怎么看，都不像是农户家的东西。最后我只能猜想，也许是某个从前的旅客留下来的礼物，或是干脆遗忘在这里，再也没有拿走。

我站在路边，目视牛车缓缓移动。从它来的方向，可以远远地看到那座叫库库鲁的村落，坐落在一片高起的台地上。起伏的荒野好似毛茸茸的地毯，青黄交接，黑色的乌鸦在空中盘旋，不时发出凄厉的鸣叫。偶尔看到一两只松鼠，从两侧的树林中窜出来，警觉地四处张望，不知受到了什么惊吓，很快又掉转头，飞快地爬回树上去。

牛车继续向前移动，来到这片圆形的草地边缘，停了下来。冈萨雷斯从车上跳下来。越过丛丛茅草，他的上半身如同一条漂浮在海面上的大船：即使是在这空旷的荒野，他那高大的身躯依然醒目。他放下手中的缰绳，把鞭子挂在车辕两侧的铁钩上。黄牛低下头，啃食荒草丛中的嫩苗，尾巴在空中来回甩动。

牛车上拉着东西，上面用一块草绿色的、破旧的防水帆布盖着，四角用绳索绑牢，看不出下面到底是什么。从那七扭八歪的外形来看，帆布下面的东西不止一件。

他站在我面前，好像那高耸的雪山的兄弟；从我所在的位置看过去，因为透视学的奇妙原理，二者的高度和体积不相上下。他低着头，注视着我，同时又在努力让自己的视线保持正直，以此来表示平等，也许还有尊重。在这与世隔绝的蛮荒之地，似乎礼节也变得令人难以理解。我用同样的方式看着他，就像我在柏林的波茨坦广场上，抬头仰望俾斯麦的铜像。在我看来，面前这位沉默的巨人，好像同样由某种青铜制成。他站在那里，如同一个大写字母——那种写在每一个句子开头的标志，从这里开始，有种古老的语言要开始对我说话，而我似乎已经听见了声音——忠告？警示？审判？还是最终的裁决？

"嗯——"他说。

不，都不是。

"地质学家告诉我，你在这里搭了一个窝棚。"

他向我的背后望去。长满茅草的平地上，站立着那只木条建造的、圆锥形的窝棚。在晨光的照射下，迎着阳光的一面，裸露的树枝上挂着一层轻盈的露水，在阳光下闪闪发光，而背着阳光的一面则隐藏在阴影中。那里经过我的修整，增加了一排专门用来加固的木桩，不过因为阴影的遮蔽，还有雾气的缘故，看得并不清楚。

"是的。"我说。

他取下帽子，露出一头乱糟糟的鬈发，连同那未经修剪的胡须，形成了另一片随风起伏的草原。然而我丝毫也没有觉察，原来自己的头发与胡子，比眼前的来人更加凌乱，只顾着一动不动地盯着他的脸。此时太阳刚刚升起，柔软的光芒照在他的脸上，好像一层薄薄的黄油，在一只焦黑的平底锅表面慢慢融化、散开。

看着尚未完工的窝棚，他皱了皱眉，露出严肃的表情，似乎在思索，又似乎在埋怨，只不过由于缺乏合适的词汇，无法说明，目光中再一次露出为难的样子。显然，他不是途经此处，而是专程赶来，但这并非他的本意。到底是什么原因，让他如此为难，我实在想不出。

"啊，很好。"他说，"这很好。"

"你来这里，不会是为了和我说这个吧？"

我语气冰冷，略带嘲讽——同样，这也并非是我的本意。

"请不要介意，我不是来和你争论什么的。"

"那么你是来告诉我，我应该再多走一程？"

"哦，不……并不是。"

"还是你来宣布，我无权住在这里？"

"不，不是。你有权利住下来，这是被允许的……这当然是被允许的。"

"听到你这么说，我很高兴。"

他的样子很奇怪，有些心不在焉。他的目光落在窝棚上，围着它打转，好像那里面有什么宝贝。我猛然心里一惊，随后又想到，那些图纸早已被我烧掉，变成了灰烬，重返大地，沉入黄土和白沙，在下面腐朽发霉，通过草茎根瘤中多种微生物的作用，正在变成各种分子原子。我又想到，面前的大汉会不会是一个密探，一名特工，一条佛朗哥手下的猎狗？要知道，真正的猎狗都是在充分接近猎物之后，才开始露出獠牙。

他是不是属于第五纵队？他是不是个盖世太保？海德里希是不是已经找到了村落，如今正在那"酒馆"的客厅里，信心十足地坐在圆桌后面喝咖啡，眨动着他那猎鹰一般的蓝眼睛？

"你说过，"他又开始说话，打断了我的思绪，"你是一名建筑师？"

我点了点头："是的。"

"在来这里之前，你都在巴黎做什么？"

"建筑师应该做的。"我耸了耸肩，"我们是设计师，这是职业，也是工作。"

他好像没有听懂我的话，我重复了一遍，从他的表情上看，他不是不相信，而是宁愿我在撒谎。他的目光再次投向窝棚，我以为他要走过来，迈开那混凝土一般结实的双腿，一路咚咚作响地冲上来，如同一辆坦克，不可阻挡。如果他要那样做的话，如果他要抬起脚掌，将我的窝棚踹倒、拆毁，就像碾碎一座白蚁建造的小土丘，那决不会费上吸完一支烟的时间，而对此，我完全无能为力。

不过他没有那样做。他站在那里，手里提着帽子，身上的衣服绷得紧紧的，胸口一起一伏。在我看来，他已经与整个背景融为一体：那山、那树、那草地、那白沙，还有天空中淡淡的云片。时间静静流淌，仿佛在这里，那是一种主要的交谈方式。他若有所思，对于眼前这个不听劝告的入侵者，他改变了原来的策略，既不着急，也不放松。他在观察，又在通过与我的交谈，修正一些自己先前的看法，而这些看法，外人无从知晓，只能凭空猜测。他并没有急于行使自己的权力，将不速之客逐出乐园，这从侧面证实了，他并非此地真正的主人。这给了我信心。由此我大胆猜想，他来这里实属无奈。

"为什么?"

"什么?"

"为什么，住在这种地方?"

说这话的时候，他甚至没有向前多走一步。在他与我之间的场地上，有什么看不见的力量在阻止他，禁止他逾越的一条细小的红线，一堵透明的高墙。他本人并不想那样，出于他的本意，他宁愿马上转身离开，回去照顾自己田里的烟叶和棉花，可是那不被允许。他还有事要做，有话要说。

我不知道该怎么回答他。"我就是住了下来，"我说，"仅此而已。"

"你是在想着那座宫殿吧?"他说。

"我并不否认。"

"你怎么知道它在哪里?"

"我不知道。"

"你怎么知道,它真的存在?"

"地质学家告诉我的。"

"他在撒谎。"

"在我看来不像。"

"你为什么要找到它?"

"这是个好问题,不过,我只能说:无可奉告。"

"不要忘了,在这里,你只是个陌生人。"

"所有人都曾是陌生人。"

"你的来历不明,不能不令人怀疑。"

"我已经说得很清楚了。"

"你从巴黎来,那不是一个好地方。"

"那是我离开它的原因,不是目的。"

"而且,现在,你又知道了神殿的事情。"

"难道这不是每个人都知道的事吗? 在这里?"

"不,这不是一回事……你为什么要找到它? 为了财富? 为了权力? 为了永恒的生命?"

"我已经说过了——无可奉告。"

"地质学家告诉了我。他错了。"

"告诉了你? 关于什么?"

"关于神殿,还有你。其实,他知道得很少。"

"我不相信你的话。"

"我见过它。它不像你想象的那样，完全不是！我劝你还是放弃吧。"

"那不可能。"

"但事实如此。"

"地质学家告诉我，它就在大山深处。"

"它确实在那里，但是……它不像你想象的那样。"

"那么，它的真实面目到底是什么？"

"它不像你想象的那样。"

"你来这里，就是为了告诉我这个？"

"不。对于它，我无法告诉你任何消息。"

"为什么？"

"我只能说，你还有选择的余地。"

"这就是你要对我说的吗？"

"是的。你可以继续向前，也可以转身离开。你还有机会，你还有时间。"

"可是我决定留下来。"

"你留在这里做什么？"

"想清楚在我之前的六个人都干了些什么。"

"啊，你是在说地质学家的话。"

"除非他是在撒谎。"

"不，他没有。不过他并不清楚事情的全部。"

"为什么你希望我离开？为什么你无论如何都不希望我去寻找那

座永恒的神殿？"

"因为你永远也找不到它，它是特别的。"

"不，我会找到它。我会用我的方式找到它。"

"不，你不会的。"

"我会的。既然你曾经亲眼见过它，那么我也一定能做到。"

"看看周围的一切吧！"他突然被激怒了，发出低沉的咆哮，"睁开眼睛，好好看！认真想想，你在干什么？你会死在这里的！"

"哦，不。"我笑了，"我亲爱的朋友，"我不无炫耀地说，"我已经死在这里了。"

他吃了一惊，显然，他低估了我。我的意志力取得了胜利。他再次仔细打量我，好像在看一块从天而降的顽石。我颇为得意地想象，在他的眼中，我就是那样一种胜利者的形象。他摇着头，好像刚刚得知了一个极其重要的消息，原本平静的脸上渗出汗珠，嘴里不停地念叨。我已经开始在心中庆祝。我的话变成了永恒之地的独立宣言，一种自由对独裁、意志对生命、尘世对神圣的勇敢宣言。

"不，这不可能！"他的声音颤抖。在我看来，这是他最后的抵抗。

"为什么不呢？"我说。

"这不是一个好的结果。我向你保证！"

"为什么不呢，我的朋友？"

"相信我。"他突然变得异常严肃，"你让我别无选择。"

"我不明白你的话。"

不知不觉地，我的手已经慢慢地伸向背后，去摸插在那里的那支柯尔特左轮手枪。

"你做了一个危险的决定。"

"真的是这样吗?"

"你让所有人都陷入困境。"他说,"这非常遗憾,你让我别无选择。"

他转身向牛车走去,去取隐藏在那张帆布下面的东西。这时他的后背对着我,那厚重结实的脊背看得我头晕目眩。我不无愤恨地想到,在地面上行走的任何一种生物,都不应该拥有这样不合常理的血肉之躯。哪怕是在这电光石火的一刹那,我依然忍不住这样的念头,是它催促我,给了我愤怒、复仇的勇气。这也是我如此迅速、如此决绝地举起胳膊的主要原因,那一刻我似乎看到,一个长着猎鹰一般蓝眼睛的人,正在迎面向我走来。枪声响起的时候,我感到自己的手臂如同被一列火车猛烈地撞击了一般,整个手掌与前臂全都失去了知觉,仿佛它们同那些黑乎乎的鸟群一起,顷刻飞上了天空。而我的身体依然留在原地,沉甸甸,硬邦邦,如同一块被茅草与风沙掩埋的支离破碎的岩石。

11

伟大的建筑具有伟大的形式，伟大的形式诞生伟大的内涵。这是真理，别无其他。

建筑是一项人类的基本活动，一种本能的需求，关乎生死。它源于求生的需要：一个原始的野蛮人，为了躲避风雨的侵袭，想方设法保护自己。环顾四周，他寻找一切可以利用的资源。他挑选了四根粗壮的树枝，在自己的头顶上，围成一个正方形，随后，他又在上面覆盖上更多的树枝、树叶，最初的房屋诞生了。他选择了正确的方式、正确的目标。这就是房屋的起源。

有了定居的房屋，人类才得以繁衍生息，文明才能诞生。在房屋的庇护下，人们学会使用火种，懂得狩猎，用动物的毛皮缝制衣裳，躲避寒冷，不再被气候所主宰，被迫迁徙。有了房屋的庇护，人们才能安居乐业，休养生息，就像卢克莱修说的那样：

> 他们获得了茅舍、皮毛和火，
> 当一个男人和一个女人结合后，

就一起住进一个安定的场所。

黑格尔说过，建筑是一门最早的艺术，它首先要适应一种需要，而且是一种与艺术无关的需要。

建筑活动并非人类特有，许多动物同样具有建筑的能力：白蚁挖掘出复杂的地下迷宫，内部四通八达，俨然一座庞大的城市。在它的中央有一座巨大的竖井，为蚁群带来新鲜的空气。蜜蜂建造六边形的蜂巢，这种精巧的结构不仅坚固实用，同时最大化地节约了材料。水獭兴建横贯河流的堤坝，它们熟知河流水位的高低，是不折不扣的水利工程师。燕子使用自己的唾液，混合泥巴，在屋檐下筑造巢穴，这种高超的技术，人类至今无法掌握。

最早的建筑材料是土、木条和草，这是大自然的恩赐；利用这些资源，人类建造了第一批房屋。而后，更多材料出现。泥土有了全新的身份，在烈火的焚烧下，变成坚硬的砖头。沉重的岩石被开采下来，离开亿万年的山体，经过铁器的开凿、石英的研磨，变得平滑如镜，能够在沙漠边缘的高空，反射太阳的光芒。维苏威附近的火山灰具有神奇的能力，只要同水、沙子和砾石拌在一起，硬化之后，就可以塑造成任何形状。就连最平凡的木材也脱胎换骨，化作各种新奇的构件、面材与装饰，再也不是守卫荒原的寂静生灵。

居住就是这种转变的目标，它是人类存在的方式。与动物不同，人类在建造活动开始之前，就明白这一点。作为一种生活于地球表面的物种，我们同大地有着独一无二的关系。它不只是一件真实的物体，更是一种精神的界面，在这个界面之上，才是真正的人类居住的国度。我们不是造好房子就离开，而是与它待在一起，我们的生命因此固化，变成环境的一部分、场所的一部分。作为容器，房屋是居住的证据。生命也正是以这样的方式，结束对自身的困惑，在大地上繁衍生息。

然而另一种看法是，最早的房屋是供部落中的神灵居住的，因为原始人相信，只有这样才能留住他们，让他们常驻于此。弗雷泽在《金枝》中提出这样的说法：原始人不能区分相似的东西，他们认为表面上类似的事物，本质也一模一样。对于他们来说，山川大河是神灵的化身，因此，只要模仿它们的形象，或是将它们的一部分据为己有，就能够取得他们的力量，获得庇护，平安无事。

建筑正是这种原始的标志之一。它是一种大型的符号，不仅仅传达意念的能量（比如岩画与图腾），更多地，作为一种不可见的自然之力的载体，让人们直面陌生的世界，对它审视、猜测、了解、熟悉。这是人类心灵的本能，一种与部落关系密切的基础活动，同防御、狩猎和生儿育女一样，不可或缺。同时，它也是许多重大社会活动的必然延伸，比如安慰死者、乞求转生、躲避风雨、获取启示、祭祀、庆祝、观测和祈祷。

于是，神庙诞生了。

神庙是人类崇拜活动的中心，是规范化的信仰所要求的固定场所。古埃及的神庙是众神的住处，法老选择这里作为居所，以此彰显自己的神圣身份。这些神庙高大、封闭，全部由石块砌筑而成，异常坚固，戒备森严。神庙的入口处设有两座下宽上窄的塔门，中间一条笔直的甬道，直通院落深处，那里象征世界的彼岸。甬道穿过带有柱廊的内院和厅堂，两侧树立着高大的棕榈叶造型的石头束柱，极其沉重压抑，只有一条狭窄的出路，指向前方。借助这样的形式，统治者表现力量，营造威严，远胜过精神上的抚慰。

古希腊的神庙截然不同。相比于众神统治的宫殿，它们更像是神灵在世间的化身，人们来这里祈求庇护，献上寄托心愿的布条，或是询问令人敬畏的未来。古希腊的神庙大多建造在低矮的山丘上，周围风光秀丽，四通八达，神圣的属性与精美的建筑形式相结合，诞生出理想的典范。它为整个建筑学提供了最佳的示例，影响深远。建筑学作为一门系统的学问诞生于古希腊，有它的必然性。全世界的人都在造房子，只有希腊人将它变成完备的知识体系，供人学习研究。

罗马的宗教制度发展较晚，直到公元前七世纪，才逐渐成形。努马·庞皮留斯留下一套宗教制度和祭典礼仪，确立了精神世界的运行法则，神庙正是这套法则的物质体现。他为灶神选定女祭司，为地界神划清边界，树立标石；他制定了一系列必要的规章，让敬拜神明这项活动成为一件国家大事，不容有失。他用虔敬驯服了狂暴的罗马人，让战争之神杰努斯神庙的大门一关就是四十三年，这对于刚刚建立联盟的好战的罗马与萨宾部落来说，不啻为一个奇迹。信仰的力量就是如此强大，无论是发动战争，还是缔造和平，都是如此。为了战争，人们需要城墙；为了和平，人们需要神庙。

最早的神庙并不是一座建筑，而是一块场地，这是维特鲁威告诉我们的事实。神庙的功能是举行仪式，实际的祭祀活动多发生在神庙前的开阔地上，神庙在仪式进程中，只是一个象征性的存在，直到仪式结束后，用来保管祭品。神庙的大门因此十分厚重，很难打开，第二次希波战争中，斯巴达英雄波桑尼阿斯因为背叛国家，私通波斯，被自己的母亲锁在神庙里，活活饿死，就是一个例证。古罗马神庙的不同之处在于它布局上的不均衡性。通常情况下，它只强调两个侧面中的一个，同时，在进深上做出很大退让，神庙的方向性因此更加明确，完全服从于城市广场的需要。相比之下，古希腊的神庙没有这样的特点，建筑的选址很灵活，形体也更均匀，无论从哪个方向看过来，几乎同样精彩。它们是独立的个体。

神庙的平面多为规则的几何形状，采用"门廊+内殿"的布局，形制规整。神庙设有基座，其高度与面宽有关；神庙的开间为奇数，柱子的数量为偶数，这是基本规定；神庙的门廊采用横梁，不用拱顶，这是为了体现神圣的特点。

以爱奥尼式神庙为例，根据柱廊的不同做法，分成不同的形制。对于神庙来说，柱廊的主要功能是遮风挡雨，同时营造庄严和秩序。依照柱子间距的不同，神庙的柱廊分成五类，分别是密柱式、窄柱式、正柱式、宽柱式、离柱式五种，每一种所对应的柱间距与柱径比分别是：1.5、2.0、2.2、3.0、3.5。

关于柱子有很多细致的学问，它们像一套现成的模板，供建筑师选择。有了这样一套基本尺度，整个柱式的其他部分都会随之调整。密柱式与窄柱式易于建造，但内部视线受阻，神像的形象不完整，空间深沉压抑。宽柱式与离柱式则相反，内部空间过于空旷，不够严谨，石材失去了应有的厚重，同时，由于柱间距太大，额缘不得不用木材代替，这又影响了神庙的外观。正柱式的比例是最合适的，但这并不绝对。

神庙的形制选定之后，下一步要确定模数，然后再按照比例的要求来构造整体，这就是柱式。它是古代建筑设计的基本法则，也是此后两千年里，西方建筑科学的基本原理。十八世纪的建筑师施托姆指出，柱式就像建筑的字母表，离开了柱式，也就离开了构成建筑语言的基本尺度与规则。法国的达维莱则认为，柱式是一种"富有表现力的符号"。柱式有三种：多立克、爱奥尼、科林斯。每一种柱式的做法都有明确的规定，从柱础到柱身，再到柱头的每一个细节。三种柱式带有不同的人体特征——多立克象征健美的男性，爱奥尼象征柔美的女性，科林斯则选择含苞欲放的少女作为自己灵性的化身。

柱子是柱式最重要的部分。三种柱式的柱子各不相同：多立克式的柱子粗壮有力，造型简洁，底部没有柱础，柱身上刻有凹槽，顶端的柱头为圆盘形状，上面托着方形的衬垫。爱奥尼式的柱子细腻修长，匀称均衡，底部设有柱础，柱头上方有一对涡旋形状的螺线，这是它最引人注目的标志。科林斯式的柱身与爱奥尼相似，不过比后者更加秀丽。它的柱头是一组盛开的莨苕草叶，向四个方向分层散开，气质优雅，生机勃勃。

柱子上面是檐口，这是整个神庙中最具装饰性的部分。檐口分成三个部分：额缘、壁缘和齿饰，每一个部分都有明确的比例和尺度要求。比如壁缘的高度不得超过额缘高度的四分之一，齿饰与额缘的中间饰带的高度必须相同，而混枭线脚，其高度为所在部分整体高度的七分之一，等等。檐口装饰有众多线脚、饰物和雕塑嵌板，上面涂有彩绘，讲述优美的故事与传说。比如帕提农神庙四面的檐口，分别讲述了四个不同的故事，它们是宙斯与泰坦之战、雅典人与亚马逊人之战、忒修斯大战半人马，以及特洛伊战争。

希腊时代，叠柱式与巨柱式尚未诞生，希腊建筑保持着一种宜人的尺度。到了罗马时期，由于建筑材料与技术的巨大进步，体量得到了充分的解放，建筑摆脱了石块的束缚，变得高大宏伟。与希腊人相比，罗马人无疑更具工程学才能，他们的社会生产力、组织力与协同力，远非希腊人所能比拟。希腊人是精细的工匠，罗马人则是有魄力的工程师，是伟大的开拓者。受限于传统的地域与城邦模式，希腊人缺乏宏观的理念，没有机会从事大规模的建设活动。他们的建筑细致精美，但难堪大用。

罗马人则不同，他们没有希腊人那种保守的民主制度的束缚，不会患得患失；与希腊人相比，他们更宽容，也更大胆。他们对胜利充满渴望，总是力图向外扩张，这反映在他们的建筑中。他们善于利用自然的力量，在敬畏它的同时，不忘思考如何对其加以利用，而不是敬而远之。同样，他们也从不把自己看成是它弱小的子民，而是一个谨慎的合作者，这让他们用正确的代价换取了巨大的成功。罗马人发明了许多全新的方法，通过使用砖头、灰华石和天然混凝土，他们建造了前所未有的巨大结构。在万神庙、大斗兽场、输水道和卡拉卡拉浴场面前，所有的希腊建筑全都变成了小小的雕塑。

圆 环

12

土路在阳光下悄无声息地蔓延，路两侧的茅草向中央倒伏，比别的地方要低矮一些，草的品种也有所不同。沙子浮上地面，形成细小起伏的鱼鳞状的沙丘，在微风的吹拂下，缓缓向前移动。

从西向东越过土路，宛如进入截然不同的另一个世界。这里是一片荒原，比土路西侧的草地更加贫瘠，尽管沙子覆盖的区域有所缩小，但野草的数量也在同样减少，露出一块块不规则的灰褐色土地。不过仔细查看，情况又有所不同。土壤以一种不同的方式，在顽强地恢复生机。土层变得致密，不再松松垮垮，双脚踩上去，心里会觉得踏实。偶尔出现一些低矮的灌木，高度不超过膝盖，短小的枝干上生长着卷曲的针刺状叶子。显然，严酷的环境奈何不了它们。

雪山近在眼前，从它的侧后方向东北方向延伸出一串山岭，那些山没有那么高大，顶峰上也看不到积雪；与那高耸的雪山相比，它们好像是外来的客人，在那里安然度过数十亿年的岁月。山岭的坡度较为和缓，上面带有自然形成的水平条纹，富含钙质的石灰岩组成山麓坡地，雨水从山顶冲刷而下，带走风化的岩石，形成扇状的冲积地带，与起伏的山脊连成一体。有些地方，连续的山体突然凹陷下去，暗示崩塌时有发生，地质力量在这里依然十分活跃。山脚下区域丘陵起伏，地势和缓，地下水渗出，在低矮的地方聚成浅浅的水潭。

山岭转向东南方向，划过一个大大的转弯，形成远近交织的"之"字形的缓坡，几乎看不出什么起伏，与更远处的平原连成一体。蜷伏的地平线上方，可以隐约看到库库鲁飘起的炊烟。原本蓝色的天空，因为空气阻挡光线的缘故，颜色变得暗淡。那是一个明确的信号，告诉我人类的世界就在身边。

水潭距离脚下很近，越过沙子覆盖的土路，向东走上几百米，就能够清楚地看见；再向前走上几百米，便来到它的边缘。水潭不深，呈狭长形，站在岸边可以清楚地看到沉在水底的树枝和草茎，上面覆盖着一层细小的灰泥。富含硫酸盐的石膏从水底的缝隙中漏出，在开裂的红褐色岩石旁边形成白花花的结晶。天空的蓝色倒映在水中，让人不由自主地产生了空间加倍的错觉。几株胡杨树长在水边，狭窄的水潭装不下它们前后重叠的倒影，与作为背景的天蓝色，形成一种相互矛盾的对立。水潭周围有一圈黑乎乎的泥土，与沙子混在一起，上面布满四蹄类动物的脚印，已经风干发硬，显然那是很久以前留下来的。也有一些大型猫科动物的脚印，但我看不出那是什么。

再向前走，土质又一次发生变化。蓬松的盐土看似肥沃，实际上寒冷贫瘠，植物极难生长。看不到绿洲，只有零星的草地和水潭。地势上升，形成另一片曲折起伏的坡地。地表的土层被地下涌出的力量涨破，但流沙并未出现。在那些远离山脚与冷杉树的区域，它们似乎已失去力量，不再蔓延。

直到更远的地方，土地终于发生了令人欣喜的转变。它们与远处村庄库库鲁周边的土地连为一体，直抵东方遥远的边缘。与那些戈壁上覆盖着砂石的土地不同，这里的土壤质量大为好转，红褐的颜色变淡，说明铁元素的含量降低。它软硬适中，只要一根折断的木条，就可以轻而易举地掘出一条浅沟。翻开的泥土蓬松湿润，发出一股青柠般淡淡的酸味，这是我用自己的舌头亲自品尝之后得到的真实体验。我猜想很久之前，此地曾是一片开阔的洼地，后来慢慢上升，最终变成现在这片不称职的高原。原本的地表流失，土壤在生长到一半的时候戛然停止。地质的力量将地表的物质再次分配，改变了成土的过程，最终变成现在的样子。

土壤的形成需要许多生物因素，包括植物、土壤动物和土壤微生物等。生物的生命活动将太阳辐射转变为化学能量，帮助合成腐殖质，土壤因此获得肥力。优质的土壤具有分层结构，最上面是覆盖层，由林地的枯枝落叶组成。覆盖层下面是淋溶层，它的表面有很多腐殖质，生物活动性很好，颜色黯淡，质地松软，富有养分。淋溶层的下面是淀积层，这里是较重的沉淀物堆积的场所，含有充足的水分，温度恒定。最下面是母质层，它已经不是严格意义上的土壤，而是岩石风化的地质沉淀物。它是土壤形成的物质基础，在生物气候的作用下，母质表面逐渐转变成土壤。不同母质因矿物组成、理化性状的不同，在其他成土因素的制约下，直接影响着成土的速度、性质和方向。这一过程中，气候因素举足轻重，其中气温、风向和降水又最为重要，它们共同决定土壤的水热状况、土壤中的物质成分，以及土壤的转化迁移。

我停下来，继续检查。这里距离我建造的地坑住宅，大概有三公里的路程。从这里向正西方向望去，它变成一个隐约的黑点，潜伏在焦黄干枯的茅草丛中。暴雨过去已经有一个多月，地坑的修缮工作终于完成，一切恢复正常。地坑上面的屋架也整修完毕，茅草经过捆扎，牢牢地贴附在屋顶上，再也不怕风吹雨打。它终于成了一处合格的住所，有资格在这片永恒的土地上昂首挺胸。我把它叫作"鹿宫"，那是著名的盎格鲁-萨克森史诗《贝奥武夫》中，丹麦国王赫罗斯加修建的宫殿，正是在那里，年轻的瑞典王子贝奥武夫大战前来骚扰的怪物哥伦多，并最终大获全胜。

"鹿宫"若隐若现，在它的背后是密匝匝的树林，如同凝结的血块。离它不远的地方，冷杉树高高的，清晰可辨，它像一个高耸的地标，又好像竖立在旺多姆广场上的青铜记功柱，周围环绕着带有孟莎式屋顶的四层楼房。面对纳粹的钢铁洪流，巴黎卑躬屈膝地跪下双腿。法国得以保全，但战争并未停止，反倒愈演愈烈，如今，它已变得无处不在。站在我的面前，它化身成为空旷的荒野，用一种无声无息却又异常严酷的方式，考验我生存的意志与决心。

我从地上站起来，再一次俯视面前的荒地；相比于周围其他地方，这里的土质算是最好的。它位于一片平缓的坡地上，坡度很小，几乎看不出来，再向东或是向北，土质都比不上这里，那里稀疏的植物已经说明了这一点。

自西向东，顺应坡地的走向，我用一根木棍，划出一块长方形的地块，它的长度大约有十二米，宽六米，在外形规则的前提下，尽量让内部保持平整。在它西北方不远处有一处水潭，而在稍远一点的西南方向则有另一处更大的。我知道在更远的东方，靠近村落的地方，那里的土壤要更好一些，水源也更充足，可是距离过于遥远，我无法兼顾；在我力所能及的范围内，这是我最佳的选择。我不想离我建造的鹿宫太远，同时，我也不想离那名叫库库鲁的村落太近。

锄头扛在肩膀上，沉甸甸地压人。我把它戳到地上，肩头一阵酸痛，超出了预期。上一次摆弄这样一件农具的时候，我还是个瘦骨嶙峋的孩子，在家乡山村的田间，帮助母亲挖开种植卷心菜的田垄。眼前的这把生铁锄头又笨又重，上半部锈迹斑斑，下半部银白锃亮，一根粗大的木柄被磨得十分光滑，上面包裹着一层透明的油脂，可以反射阳光。它粗得不合常理，显然不是给我这样身材的人使用的，但是眼下，它是我唯一的选择。

土地和人很像，要让它发挥最大的功效，就必须了解它的脾气。这样的话我听过很多次，对它的内涵却一无所知。薛西斯派遣的使者趾高气扬地来到斯巴达，向列奥尼达斯国王索要土地与水，显然，他的境遇比我好不了多少。我比他要强一些，尽管我对这里的土地一无所知，至少，我对自由的灵魂充满敬畏；至少，我看得见脚下潜伏的生存的希望，听得见那翻滚不停的雷声中隐藏的鲜活信息。世界上再也没有第二块安静的乐土，能够像这里一样。对这片无名的旷野，我真心实意地充满感激。

我跪下来，闭上眼睛，双手合十，默默祷告。

土地很软，符合我的预期。翻开一层风干变硬的表层土，向下挖掘大约十五厘米，松软的部分便露了出来。就算是最上面的土层，也没有那么坚硬，与死海周围干旱的高地比起来，它算不上什么。沉重的锄头举起来，从空中落下去，毫不费力就钻进土里。随着我不断地挥舞，锄头有节奏地一上一下，好像突然有了生命，又好像人类有了生存的目标，变得动力十足，甚至不再需要我的胳膊施加力量，它自己就能够沿着轨迹自动运行，活像一架机器。

于是寂静被打破了。笨重的金属撞击沉睡的土地，发出有节奏的单调的嚓嚓声，听起来令人欣喜。此地与世隔绝，长年累月无人打扰，静静地躺在连绵的山岭脚下，也许自从更新世以来，就再也没有改变过。从未有人在这里留下脚印，停驻开垦。它那原始纯粹的状态，让我不由自主地想到一名纯洁的少女，而我的所作所为，无异于玷污了她朴素洁白的婚床。

自东向西，沿着矩形长边的方向，我开垦出十六条田垄。这是我原本计划数量的一半。在耕作开始之后不久，我就发现了问题。我原先的估计有误，土地看上去很小，一旦动手，却又觉得它一下大了许多。我没有足够的种子，而土地也没有足够的耐心，忙了也是白费力气。每一条田垄的宽度大约是四十厘米，也可以再窄一些，但我面前的土地几乎用之不竭，所以没必要如此精打细算。我用锄头把坚硬的土块敲碎，与翻开的土壤混在一起，共同迎接久违的阳光。一些地下的爬虫，又黑又小，全身上下披着甲壳，随着舞动的锄头露出地面，四处逃窜；还有一两条蚯蚓，被锄头拦腰斩断，粘在泥土的颗粒上，不停地蠕动。看到这些渺小的活物我很高兴，信心又增加了不少。

接下来，我必须对土壤进行改良，增加肥力。根据眼下的情况，草木灰是个不错的选择——事实上，这也是我唯一的选择。草木灰易于获取，富含氮和磷的化合物，这些都是作物生长必需的元素。鹿宫周围的茅草已经不多，我只好去更远的地方。这不算太难，道路西侧有大片的草地，可以任意收割。

我在土路的东侧选择了一块开阔地，那里干燥贫瘠，除了砂石之外，什么都没有。我将收割下来的茅草全部堆放在这里，足有一人多高，形成一座人造的山峰；与那座雷声隆隆的雪山相比，它更令我赏心悦目。我挑选了一个适宜的方向将它点燃，让如此大的一堆植物尸体在大气中尽情燃烧，使其与氧分子充分作用，把无用的杂质带走。而后我退到远处，默默地看着那股浓烟腾空而起，带着火苗的草梗随着上升的热气飞到空中，而后熄灭，洋洋洒洒地落回到地面上，黑压压的一片。

空气中一阵火辣辣的焦味直刺鼻孔，喉咙干燥得难受。我从皮箱底翻出一块旧毛巾，蒙在脸上，以此遮蔽灰烬与灼热的侵袭。大火燃烧了整整两个小时，才慢慢熄灭。我又等了一个晚上，直到第二天清晨，灰烬才完全冷却。看着地上那一堆灰黑色的残渣，我想到不久的将来，它们会变成躲藏于地下的黑暗颗粒，随后被植物吸收，储藏在它们那丰厚的果实之中，再随着我的采集活动，离开生长的土地，进入我的口腔、肠道，最终变成我的肉体、我的血液，甚至是我的灵魂的一部分——想到这里，一阵莫名的激动袭来，我不禁全身发抖，打了一个寒战。

我用树枝编织的箩筐盛好草木灰，将它们撒进地里，用锄头平整，使之与土壤充分混合，分布均匀。这又花费了我一整天的时间。

太阳当头，晴空万里，酷热不知从何处杀了回来，大地上升起一层浮动的热气，让人焦躁不安。我解开系在胸前的绳扣，后背上的帆布袋"咚"的一声落到地上。绳索从布袋顶端的圆形锁孔中滑落出去，袋口敞开，大大小小的土豆从里面滚出来。我让它们躺在原地，自己则坐在田垄的尽头，把锄头放在一旁，掏出毛巾擦拭脖子上的汗水。开垦的土地被阳光晒得发烫，伸手抓起一把土块，轻轻一捏，便化作一摊灰黑色的粉末。

这些土豆形状各异，大体呈椭圆形，大小不一，土黄色的表皮微微皱起，这是内部水分流失的迹象。土豆的表面有很深的圆形凹陷，里面长出细嫩的浅绿色芽苞。在我眼中，它们代表着希望。我掏出小刀，将这些土豆逐个切开，小的切成两块，大的切成四块，每块的表面上都留有三四个芽苞。只有这样，才能保证其顺利生长。切好的土豆没有马上埋进地里，而是先将切口在剩余的草木灰里蘸一下，这样做的目的是为了增加养分，同时也可以防虫。我将切好的土豆埋进地里，沿着田垄的方向，每隔二十厘米放一块土豆，然后用土盖好。等到所有的土豆全部种完，剩下的土地还有十米见方的一大片。我用自制的木桶从不远处的水潭里打水，浇到地里；又在上面撒了些草木灰，还有一些捡来的野生牲畜的粪便。

当这些工作全部完成之后，我收起工具，回到鹿宫休息。第二天，我带着工具回到田里，再一次浇水、施肥，完成必要的料理。

第三天、第四天也是如此。此后每天都一样。

"现在，你又有了自己的农场啦！"地质学家站在田边，好奇地看着我给开花的幼苗浇水、除虫。

他的身材看上去比原来更矮。旷野看久了，万物的尺度全都随之变小。他是来向我道别的。

"恐怕，我要离开一阵子了。"他说。

"是吗？为什么？"我说。

"老样子，我的研究。"

"那我什么时候才能再见到你？"

"这很难说。两个月？也许更久。"

"我希望下次可以请你吃我种出来的土豆。"

"那再好不过了！"他说，"你很幸运，这是淋溶土，也就是通常所说的黄棕土、棕土和褐土。土中含有易于溶解的碳酸盐，适合种植作物。"

"我以为这种土到处都是。"

他摇了摇头："其实，这里绝大部分是干旱土，数量在九成以上。这种土出现在干旱无水的地区，表层十分干燥。"

"看来我的运气不错。"

"在土壤学的分类中，干旱土包括棕钙土、灰钙土、高山及亚高山草原土、灰棕漠土、棕漠土，分布广泛。适合的植被多为旱生、超旱生的丛生禾本科植物，也就是野草，还有灌木。"

"我想你说的就是从山脚下，一直向东延伸的大片土地。"

"土地就是这个样子。"

"我在土路的另一侧，草地的边缘，看到大片深红色的土地。"

"那是富铁土，土壤富含铁和铝，又湿又热。"

"原来如此。在我看来，它很奇怪。"

"是吗？你这么认为？"

"当然。"

"为什么?"

"很难讲……到处都不一样,到处都怪怪的……"

"你的意思是……"

"黄土、红土、白沙……"

"这是正常现象。"

"什么?这不可能。"

"土壤像水一样。"

"我不明白。"

他耸了耸肩:"信不信由你,随着大风和雨水,土壤中的物质会随之移动,形成迁徙,就像麦浪一样。"

"我从未听过这样的知识。"

"风化作用也是如此,不过过程更漫长一些,没有那么引人入胜。"

"这是这里形成的原因?"

"只是一部分。根据我的调查,十万年前,这里曾是一片茂密的雨林,后来发生了变迁。地质运动的速度太快,超出了所有生灵的预期。那些参天大树,全都埋入地下。靠近地表的物质在雨水的作用下,缓慢地溶解,沉淀到地下十米左右的深处。现在气候干旱,它们全部浮上地表,形成流沙。"

"仿佛那干燥的大地,就是托举它们漂浮的海洋……"

"周围的土壤吸收天空的热量,干燥的微尘同雨水混合后,抱成泪珠一般的颗粒。当然,这种循环很不寻常,我的意思是说……"

"这是永恒之地的诅咒……"

他愣了一下,而后笑了。"命令——我会用这个词。"他说。

"你是说，除了这里，别的土地都不适合种植作物吗？"

他略加思索，而后摇了摇头。

"为什么？"

"根据我的勘测，这里的植物生长困难，秸秆中普遍缺乏钙质。它们先天不足，更不用说重返大地。"

"你的意思是……？"

"土壤中的细菌全死了。"他说。

"是这样吗？"

"我是这样认为的。"

他突然认真起来："这里的土地不同寻常，在大部分地区，作物都极难生长。土层深处隐藏着大量红岩、赤铁、锰与高磷酸盐矿物，与远古时期的参天大树埋在一起。再向下深入一二十米，就是不变的基底胚层。水井到达这里，就不再往下走了，因为再向下，就是热气腾腾的岩石。"

"什么？为什么？"

"不同的元素在下面发生反应，永不停歇。"

"元素？反应？那是什么？"

"热量、磁场、扰动，诸如此类。"

"这是哪里来的说法？"

"曾有一个物理学家来过这里。他考察了很久，最后得出这样的结论。"

"物理学家？"

"那是很久以前的事了。他有点神经质，带着一箱奇怪的仪器，到处测量、记录。我们都弄不懂他在干什么。"

"后来呢?"

"他失踪了,再也没有人见过他。"

"他进了山里吗?"

"不知道。没有人知道。他就那么消失了,人们早把他忘了,只有我还记得他,还有他说的那些话。起初,我以为他不过是在胡言乱语。"

"热量? 磁场? 这很奇怪……"

"千真万确。"

"那是怎么回事? 我不明白。"

"我也不明白。"

说到这里,我们都沉默了。过了好一会儿,他说:

"远离人类世界的生活是一种怎样的体会?"

"人类世界?"

"嗯。"

"你是说库库鲁?"

"不,我是说你来的那个地方。不过,好吧——库库鲁。可是,为什么你现在才提起那个地方? 你在刻意回避它。"

"不,我没有。"

"不,你有。"

"我没有。"

"你有。"

我们又沉默了。又过了好一会儿,还是他打破僵局:

圆 环

"你知道，你可以回去。"

我没有回答，把头转向了另一个方向。

"冈萨雷斯有话，让我转达给你。"

有一股强大的力量，把我的头硬生生扭了回来，正对着地质学家那瘦小精干的脸。那张脸紧凑、简洁，好像一张白纸，看不出丝毫的喜悦或悲哀。尽管他的脸上挂着微笑，然而我所看到的，却是全然不同的另一番内容。这让我怀疑，不是对这张脸，而是对所有的事实。这事实早已将我自己包括在内，这事实令人不寒而栗，毛骨悚然。

"他说了些什么?"我鼓足最后一点勇气问道。

"他祝你成功。"他平静地说。

13

　　尽管不同的神庙需要不同的选址、不同的样式，但是在意大利，人们还是采用了最常用的巴西利卡形式。这是罗马人留下的独特遗产。这是由于，一方面在传统习俗中，建筑从私人向公共转换，普遍采用这样的形制；另一方面，这种建筑内部的空间布局、视线与声学效果，最容易满足其功能的需要。

　　这种形式影响深远。在此后一千多年的时间里，它统治了基督教世界。主教们想方设法，把它单一修长的矩形平面，变成了正统的拉丁十字形平面，在它的端头添加盛大的祭坛，并且装饰得越来越华丽。祭坛上方悬挂着十字架，上面有受难的耶稣。祭坛的周围布置半圆形的回廊，上面覆盖着十字交叉的肋状拱券，这是从前的神庙中从来没有过的。回廊的一侧向祭坛开放，另一侧设有小型的壁龛，作为祈祷室，两边对称，向外突出。回廊与教堂的主体部分——也就是所谓的本堂——相连，形成连贯的环形动线，从某种程度上说，这是传统的巴西利卡侧廊的变体。

　　因此，祭坛成了无可争辩的焦点。在它的前方，十字交叉的部分，空间变得异常高大，连同它两侧的耳堂，共同构成十字形平面中的横向空间。耳堂象征十字架的双臂，同时也是受难的耶稣那流血的手掌。这里的空间横向贯通，从南向北。两只巨大的圆形玫瑰窗高高升在空中，五颜六色的光线穿过绘有各种《圣经》传说的彩色玻璃，落到条石砌筑的地面和墙面上，色彩斑斓，美轮美奂，神圣的属性在此彰显无遗。

宏伟的本堂是巴西利卡——或者说城市大教堂——最主要的空间。高大的束柱从两侧升起，在几十米的高空分散交叉，组成树枝状的拱顶图案。拱顶下方，两侧的墙体上，排列着整齐通透的高窗。室内的建筑结构如同从地面上生长出的巨树，拔地而起，直通天堂。连续不断的尖形拱券，架设在一系列柱子上方，将人们的视线引向深处的祭坛，引向神圣，引向彼岸。

建筑的外形同样发生了巨大变化。柱式消失了，取而代之的是一整套僵直怪异的垂直线条。它们紧贴在建筑表面，排布紧密，又细又长，让人不由自主地想到栅栏与铁杆。它们组成一个又一个尖塔、山花、基座和壁龛，不断地向上伸展，直到炫目的高空，蔚蓝的天际不得不伸手加以阻止。一座座鱼骨状的飞扶壁，连接坚实的基座与轻薄的檐口，好像大理石发育而成的异域生灵。数不清的雕塑，狭长而又怪异，布满每个角落，那是砍头的圣徒、沉思的魔鬼、堕落的天使。

很难再说这些全新的哥特式建筑，还能被称为通常意义上的神庙。它们早已面目全非。神庙献给普世的神祇，哥特建筑并非如此。它们被建造出来，只为了服从单一的统治。没有了对新鲜活力的自然向往，也不再自由表达无忧无虑的美好愿望，进而转向寻求一种强力的规律，以此来体现绝对的崇拜、敬畏与服从。

二　炼狱

如果说瘦削挺立、直抵云霄的外形是哥特建筑最显著的特征，那是有充足理由的。无论是最早的圣丹尼修道院，还是具有开创意义的沙特尔大教堂，抑或那竖立在斯特拉斯堡、科隆与乌尔姆的非凡巨构，全都遵循了相同的原则。哥特建筑诞生于一个特殊的时代，那时，粗犷与细致、变革与保守、叛逆与虔诚并肩同行。建筑学来到一个全新的转折点。古典主义建筑形体富有几何特点，建筑语境丰富，充满直陈式的对话，不同的角色之间相互制约，共同为了一个主题，彼此协调，形成平衡的同盟。哥特建筑打破了这样的传统，将它抛弃，把它贬低成不值一提的幻象。古典主义的秩序被狂热的激情所取代，它不再遵守现有的构造原理，就连最基本的重力法则，也遭到无情的抛弃。建筑第一次成为情感的直接结果，不再只是间接的载体，也不再只是理智的奴隶。

成熟的哥特建筑给人以粗野宏大的冷漠感，细节中带有精致，如同高高的路标，指明清晰的方向。创造它们的力量是骄傲的，它在建筑高耸嶙峋的筋骨间穿行跳跃，姿态优雅细腻，运步稳健平衡——窗花格的曲线饱满流畅，柱顶的装饰变化万千，雕塑丰富多彩、光怪陆离、赏心悦目——毫无疑问，它们是世界上最具表现力的结构形式。

然而事实上，那种所谓的独特的精致并不成立。哥特建筑是粗野的、蛮横的。它是意志的体现，一种起源于北方冰天雪地中的原始意志。它生来就违反建筑学的基本原理，这是它的使命。它甚至算不上一种真正的建筑，而是一种浪漫的抽象场景。这种抽象源于情感，而非经过反复提炼证明的几何学知识，这一点常常被人们忽视。它将主题收敛、明确，然后集中力量，充分表达。它将所有的表现方式全部转化为哥特式这唯一一种语言，这就是它的全部秘密。

不仅如此，它们也因此而失去了继续发育的机会，而一座不会生长的建筑，无论如何都很难让人感到生命的特征。哥特建筑，在其无限接近完美的巅峰时刻，不可避免地突然堕落，变得僵化、烦琐，往日创造性的活力消失殆尽，最终被进化的枷锁禁锢，只剩下冰冷坚硬的外壳。

所以，哥特建筑是彻头彻尾的独角戏，无论在什么地方，从什么角度观察，都是如此。它的声音一如既往地强烈。它是场景，是变成现实的幻象，又是通向幻象的现实。它是浪漫主义涌动到难以自持的时刻，突然冷却、凝固、收缩的产物，直到它变成一个明确的主题、一种单一的时态、一个单调的声音。那一刻它像一支停下来的舞蹈，除了扭曲变形的肢体，别的什么都不是。

那一刻，它只是一具伟大的尸体。

文艺复兴把神庙变成完全不同的另一种东西，尽管在那个时代，人们对希腊罗马的建筑几乎一无所知。绘画也是如此。只有雕塑的情况略好一些。人们测绘罗马建筑废墟，重新找回柱式的知识，努力仿造它们的样式。原始的神庙改头换面，哥特式大教堂不再重演，人们开始追求一种全新的东西。它不再献给上帝，至少，不再是从前的那个高高在上、残暴无情的上帝。

第一个例子是建造于罗马的坦比哀多，用来纪念殉道的使徒圣彼得。它称得上是第一座现代的神庙。设计它的人是杰出的建筑大师伯拉孟特，他构想了许多优秀的大尺度建筑，品质上乘，超出一般。他是营建纪念性建筑的大师，在他的那个时代，没有人比他更优秀。

　　建筑位于一座小山上，据说当初使徒之首圣彼得，就是在这里被钉上十字架。这是一座圆形平面的集中式神庙，周围有一圈多立克式柱廊，中央覆盖着圆形的穹顶。神庙很小，坐落在一座方形的院落中，尽管如此，却并不显得局促。它一开始就被当作一个殉道者的圣祠，根据古代围柱式神庙的布局设计而成。这是多立克柱式最早协调使用的例证之一。因为根据维特鲁威的说法，神庙采用的柱式与所供奉的神明特质必须保持一致，比如，维斯塔女神的神庙采用科林斯柱式，因为她是处女神，而多立克柱式，因为其象征英武的赫拉克勒斯，显然更适合圣彼得的主题。这种选择并非基于美学考虑，而是出于礼拜方式的需求，同时也为其寻获一种正式的古典主义形式。

　　在伯拉孟特眼中，坦比哀多是一种对早期基督教原型式圣祠的再创造。它不是任何实际建筑物的翻版，而是某个可能存在过的类型的完美形式。表面上看，它复活了诞生于古希腊的圆形神庙，与罗马广场上的灶神庙也颇有相似之处，但实际上，它是个全新的类型，后来无与伦比的圣彼得大教堂，正是从它这里，获得了最早的尝试。

　　原有的圣彼得老教堂，始建于君士坦丁时期，有一千二百年的历史，已经十分破旧，濒于倒塌，教皇尤里乌斯二世下令更新。最初的目标不是拆掉，而是翻新，就像《列王纪下》中，约阿施王对他的祭司们说的那样："你们怎么不修理殿的破坏之处呢？"不过后来，人们发现这难以实现，只好下定决心新建。新的教堂位于圣彼得的陵墓之上，作为一座圣祠，它不可移动，教皇对此态度坚决。不仅如此，它还需要有足够宽大的空间，以便举行重大的祭祀仪式。这种功能的混合并非第一次出现，君士坦丁堡的圣索菲亚大教堂，也曾面临同样的困境。

新建的大教堂必须满足三个不同的重大需要：首先，它必须足够高大，足够宏伟，可以替代原有的建筑物。其次，它必须成为罗马教堂的象征，不能有失偏颇。最后，它必须采用纯粹古典的形式，以适合它古老的身份。

受到教皇的邀请，伯拉孟特来到罗马，对圣彼得大教堂的兴建，提出他的构思。他的任务十分艰巨，不但要建造一座全新的教堂，取代原来老旧的巴西利卡，同时还要赋予它全新的意义。尽管他倾心于古代样式，对几何学心爱有加，但是他的眼界比关心单纯的几何形体要宽阔得多。他花费了大量时间，研究了各种古罗马建筑的结构，思考如何将失落的古代建筑的优雅美丽，重新带回当下的世界。

他采用了希腊十字平面形式，一种极其简洁的几何构成，从地面一直建造到穹顶，内部空间沿着十字形的四臂扩展。对角线方向上分别设置有四个较小的穹隆，与十字方向上的主空间联通。站在穹顶下方，人们可以围绕着教堂的中心四处走动，形成主次有序的、连通的空间序列。双轴对称提供完美的建筑形式，美学方面的优势无可比拟。穹顶作为构图的中心，是伯拉孟特所主张的纪念性特质的核心。他对宏大尺度有一种特殊的敏感，并一直用各种方法，努力保护建筑完美的几何形态。如此庞大的体量、如此贯通的空间，这是之前的历史上任何一座建筑都不曾拥有的。

然而主教们更加倾向于拉丁十字平面，因为那可以容纳更多的人群，举行盛大的仪式活动。这毫无疑问会极大地破坏原有建筑的整体性，统一的造型优势将不复存在，不但穹顶失去统率作用，集中布局的纪念式风格也将荡然无存。纵观这座教堂的建造历史，这个矛盾始终挥之不去，难以解决。伯拉孟特去世之后，许多人尝试做出调整，但一直都不成功。

另一个问题是它的结构。教堂的实体部分过于单薄，外墙和柱墩不足以支撑起如此庞大的重量。伯拉孟特仅仅根据从前的经验做出设计，没有采用更科学的静力计算方法。这也是它最终未能实施的重要原因之一。

米开朗琪罗的到来改变了这种情况。这个时候，英国正在建造亨利七世礼拜堂，法国则在为枫丹白露宫忙个不停。这些建筑与亚平宁半岛上如火如荼的复兴运动截然不同。伯拉孟特去世后，小桑迦洛接替了他的工作，深化设计方案。作为伯拉孟特的追随者，小桑迦洛在把握圣彼得大教堂纪念性方面并没有太大失误。他是技艺娴熟的建筑师，名声在外，但是在他的继任者、真正的艺术巨匠米开朗琪罗看来，小桑迦洛华而不实，他的方案就像养牛场一样粗鄙不堪。

在去罗马之前，米开朗琪罗在佛罗伦萨待了近二十年，为美第奇家族服务，后来在其遭到驱逐之后，又继续为共和政府工作。他以独一无二的天才，设计了一批极具开创性的全新作品，包括劳伦齐阿纳图书馆、圣洛伦佐教堂等。在这些建筑中，他极大地偏离了传统的艺术准则，大胆突破，不再循规蹈矩，不再拘泥于纯粹的古典比例与柱式。他设计了优雅漂亮的檐口、柱头、基座、壁龛，为世人所惊叹、称奇。这些尝试在后来圣彼得大教堂的建设中，或多或少得到了体现。

一五三四年，米开朗琪罗离开佛罗伦萨，前往罗马。在他看来，罗马是一片理想之地，虽然朴实细腻，但也极致单薄，经不起刀裁斧剁，或是强力意识的冲击。只要一次小小的失误，马上就会烟消云散。他相信这是它存在的根本，也是它消亡的原因。在他的设想中，那里将建成一座永恒的神殿，它那硕大的形体代表人间所能企及的最高境界。为此，他准备采用更加厚重、更富体积感与冲击力的造型语言，来建设这座基督世界的中心神庙。这与伯拉孟特的古典主义理念相悖，不过从建筑形式上来说，他还是遵从了伯拉孟特的设计。他尊重后者的设计，更尊重他的思想。他简化了伯拉孟特的方案，考虑到实体支撑结构的工程需要，原来设想的空间序列被取消，加大了内部的柱墩与外部的承重墙。同时，他也对他的前任，小桑迦洛，那并不成功的设计做了修改，在缩小面积的同时，拆除了其主持建造的附属累赘的部分，让主体更加集中，也更加节约。为了最终目标的实现，他牺牲了一些个性，保全了宝贵的集中式构图，大体上实现了伯拉孟特最初的设想，这是值得称颂的巨大成就。

然而损害也来得同样迅猛。教堂还在建设中，主教们便开始密谋，打它的主意。米开朗琪罗，他的作品是完全的创造，为的是一举超越那些古代世界最宏伟的建筑——大斗兽场、万神庙、卡拉卡拉浴场——这是他的目标。圣彼得大教堂所呈现的不仅是庞大的几何体，也不仅是全新的基座、壁柱和高窗。它是坚决的意志、进步的挑战、创造的决心。

众所周知，米开朗琪罗以冲动顽固著称于世。市民们崇拜他，贵族们敬重他，主教们厌烦他。他处处受敌，殚精竭虑。拉丁十字平面的问题再次卷土重来，而此时他已无力阻止。终于，穹顶被遮蔽，建筑的整体性遭到严重破坏，原本单纯的建筑语言、宏大的体量、和谐统一的几何形式，最终被笨拙、混乱的杂音所掩盖。崇高的事物失去了基础，艳丽的表皮之下，敬畏变成玩笑，神圣变成庸俗。就像瓦萨里说的那样：

> 愚蠢的教皇们辞退了米开朗琪罗，卑鄙无耻的人们把圣彼得大教堂杀害了，里里外外，现在的圣彼得大教堂呆头呆脑，像一个腰缠万贯而又厚颜放荡的红衣主教，一切都没有了。

太阳完全落了下去，荒野以它特有的破败让人肃然起敬。昆虫的叫声响起，变得异常纯粹；因为缺少折射，它们听起来像是来自无限远处，在耳边轻轻地划过。就那么划过一次，然后一去不返。

天空完全变黑了……也许，还没有完全。最后一点夕阳的余晖，弥漫在远处的天际，那是玫瑰一般深沉的紫红……

迎着那梦境一般迷幻的天空，我从皮箱中拿出速写本，削好铅笔，然后坐下来，深吸一口气，开始勾画草图。

14

雅典人代达罗斯，墨提翁之子、厄瑞克透斯之曾孙，我是米诺斯，宙斯之子，克里特人的国王。你成就了一项非凡的工作，以下是对你的宣判。

仔细聆听，切莫走神，不要让骄傲蒙蔽了你的耳朵。不要挑战宙斯之子的智慧，更不要质疑他的威严。你刚刚完成了一项委托，对此，他保持了沉默。他有他的决断。他明晰的神意，不是凡人所能参透；他洞察的真理，并非奴隶所能揣摩。

你拥有娴熟的技艺、高超的学识、充沛的热情、丰富的经验。你能够洞悉雇主的心意，然后找到方法，出色地完成委托。你善于观察，明辨事物的利害，从多种可能的道路中，找到最适合的捷径。你有智慧，有勇气，有毅力，这是你不可多得的优秀素质。你严肃认真，甚至不惜与宙斯之子对抗，只为坚持自己的判断才是最佳的选择。你因此赢得了信任。你证明了自己的才能。

你受过良好的教育、系统的训练，世代流传的建筑技艺，你全都了如指掌。你熟悉建筑设计的原理、构图的法则、结构的技术、建造的工艺。你通晓天文地理、风土人情，掌握各地的语言文化；阿提卡鼻音厚重的方言，到了克里特岛，已经变成完全不同的另一种事物，若不是你细心分辨，恐怕早已寸步难行。

你具有特别的能力。通过数字、图画与模型，你记录自己的所思所想，而后提炼加工，这反过来丰富了你的技能，增加了你的想象。

你擅长文笔，作为记录的需要，让思考更加深刻，让记忆更加真实。你能言善辩，通晓声音的知识，懂得气象的原理，了解大气的走向、水源的运动、地质的变迁。你懂得制图，思想的传达因此准确清晰。你精通几何和算数，它们帮助你正确构建形体，核算工程开支。

你熟悉历史，懂得各种神秘的符号、咒语和标志的含义，了解它们的来源。你掌握医学，可以觉察场地周围不利的水土，协调季节与人体的健康。你懂得哲学，知道如何在辩论中出奇制胜，击败那些出言不逊的智者。你通晓法律，熟知怎样在公民大会上公开陈词，以此赢得公众的赞许。

你的工作备受瞩目，国王们听闻你的名望，向你发出盛情邀请，去为他们描绘宏伟的规划蓝图。为此你自信满满，踌躇满志。你出入王宫大殿，在大臣们面前慷慨陈词，在美酒飘香的宴席上，俘获貌美贵妇的芳心。你是城邦的贵客，你是权贵的宠儿。

你具有敏锐的直觉，可以洞悉事物背后的真理；你懂得抽象的方法，能够发现千差万别的表象之间的关联。你精于观察，细致入微，哪怕最不起眼的痕迹也不例外；大自然刻意隐藏的东西，你最是留心。你急切、热烈，总是不停思考，总是不停描绘，兴趣有增无减。你像智者一样思考，你像画家一样表达。你摆弄线条和色彩，将它们串联起来，变成另一种美妙的图景，这是你思辨的语言。

圆环

这些能力并非与生俱来，而是神意的赏赐。身为建筑师的你，一出生就被赋予神圣的职责，注定要去完成超然的使命。世间的天才总是独一无二。透过命运女神编制的丝线，我可以看得一清二楚。这是起始，也是终焉。

然而，尽管极力掩饰，你还是犯了错误。你轻率、固执、冒昧，为了实现自己的私心，你宁愿激起憎恨；为了满足自己的好奇，你不惜扭曲不可动摇的事实，心甘情愿地成为缪斯的奴隶。创造的魔力，总是难以抵制，对此，我再清楚不过。你屈从于那种阐释的诱惑，为此，你以身试法；为此，你成了第二个普罗米修斯。

建筑是高贵的，这毫无疑问。自古以来，它就带有卓尔不凡的高贵气息，同时又具有完全的现实价值。没有任何一种艺术能够像它那样，那么直观、强烈而持久。与绘画、雕塑相比，建筑艺术丰富有力。它像诗句，富含韵律，深刻清晰。任何心灵在它面前，都不得不侧耳倾听。它唤起人们心中对崇高的记忆，架接起人性与自然互通的桥梁。对永恒神性的渴望，最早正是通过献祭与建筑加以体现，人们以此来表达对万能神祇的向往之情。建筑活动不只是精神世界的单纯表达，它也是生活的载体，是人类血肉之躯的对立面，是他作为独特受造之物的堂堂明证。

没有建筑，就没有人类；作为全体人类的大祭司，建筑师向世人揭示生存的真谛。他开疆破土，用卑微的石块和泥土，化腐朽为神奇，为不同的生命个体，创造生存的契机。他伪装自己，擢升自己，犹如另一个神明，指挥一种不同的生命降临。他亲自动手，眼看着不同的组织、不同的器官生长、发育、分化、变形，直到覆盖整个大地；直到所有的个体都有了各自的形态，建筑也就实现了它最初的使命。

你熟知建筑的价值，对它深怀敬意，为此你充满自豪，坚信自己从事的是一门神圣的职业。在你的内心深处，你相信建筑的本质，是适宜、亲切、振奋与崇高。它孕育思想，宣示启迪。它具有无可辩驳的美感，如同悲剧净化心灵。它充满活力，富有同情。它提醒世人，不要因为终日的琐碎而忘却应有的尊严。它训教你们，纯粹的美德才是世间唯一的财富。作为寄居在大地上的脆弱物种，这是你们为数不多的清晰的真理。

你崇尚工程的技术，敬畏它的力量。它是一种确信，一种承诺，神秘莫测的未来在它面前，也要弯腰鞠躬。人们信仰这种承诺，疯狂地迷恋它，迷恋那种能将他们远远带走的强大动能，而对其中潜在的危险却视而不见。这是人类的本性，就像西西弗斯的宿命，悲惨而又不可改变。

啊，卑微的人类，渺小的蝼蚁。这是多么恼人的事实！从出生的那一刻起，你们就不得不终生辛苦，没有一刻安宁。自从脱离母体、呱呱坠地的那一刻开始，便忙不迭地要逃离，想尽办法保护自己，免于暴露在世界面前。你们用破布包裹身体，紧紧地缠住胳膊与手脚，一层又一层，如同再次回到母亲的子宫，那是灵魂降临之前，安然躲避灾祸的神殿。长大之后，你们又继续费力劳神，为自己打造外壳，给整个城邦铸造铠甲。从童年开始，你们便全身心地投入到这样一项活动中去。你们一同合作，在小河中筑起拦水的堤坝，用柳条与麦秆编制捕捉昆虫的笼子，将泥巴砌筑成歪歪扭扭的矮墙。成年时节，你们住进土坯建造的房屋，彼此商议制订计划，向大自然索取。你们从树林中砍伐木材，在山岭脚下开采岩石，把黏乎乎的土坯烧成热气腾腾的砖块。

你们发起挑战，建筑成为强大的武器。你们费尽心思，在神意面前反复试探。你们像孩子一样，惶恐不安，但又异常兴奋，闪烁的双眼中充满期待，仿佛在无声地询问：

"这样行吗？这样行吗？"

你们就这样问个不停，带着侥幸，带着试探。你们是不知疲倦的冒险者，为了攫取终极的宝藏，不惜冒生命的危险。你们是凶恶的罪犯，你们是贪婪的赌徒。

然而微不足道的人类，形如蝼蚁，终其一生忙忙碌碌，在大地上操劳不止，希冀为茫茫无际的荒原，增添一丝生命的气息。你们双眼盲目，心智混浊，为一点微不足道的诱惑而蒙蔽，背离了众神指引的道路，抛弃了绚丽的光华，变得迟钝笨拙；黄金打造的健美躯干，终于堕落成锈迹斑斑的青铜。

不可否认，建筑充满灵性的秩序。它教你们懂得节制，远离狂乱，让你们学会控制自己动物的本性，不让它任意肆虐。从一开始，它便找到办法，驯服你们身上那种低级的冲动，教导你们学会计算，掌握取舍的度量，训练精确的均衡，最终重新认识自己，欣然接受命运的安排；而建筑，它就是那项终极的技能。它注定要触及人类情感的根基——罪恶与宽恕、脆弱与崇高、宽宏与勇气、淳朴与谦恭，殊不知最后迎接它的，却是彻底的失败。

听——什么是实现？什么是表达？什么才是升华与彰显？如何将

一种世人皆知、众生共晓的生命赋予坚硬的石块？如何让它那肃穆的肢体，具有血肉之躯所特有的温度？如何将大自然许可的、万物应有的灵魂注入它冷漠的躯壳，随着几千年岁月的洪流，怀着默默的微笑被抚慰、拥抱，直至倒下、带走、消失？如何跟随历史的轮回，将它那唯一的形态再一次提炼、升华，并在未来的世纪中，重新焕发异样的光彩？这些问题，是谁给了你们警示？又是谁给了你们答案？

上古的神祇们创造了世界。他们制订规律，为它写下基本的法则，无论是星空的转动、昼夜的运行，还是季节的更替、生死的轮回。透过纷繁复杂的表象，他们才是真正的主宰。就像茫茫星空一样，纵然星系拥有壮丽的螺旋结构，精美绝伦，但真正称得上伟大的，却只有浩瀚的宇宙本身。

可是你打破了这个惯例。你欺骗了高贵的宙斯之子。借助他的手，你满足自己的狂妄，实现自己的野心。你伪装起自己贪婪的欲望，一步步不露声色地引诱他落入你精心布置的陷阱，直到最后，将那无比危险的妄想，变成不可逆转的灾难。在他的国度上，你建造起一座永恒的宫殿，足以与那位于奥林匹斯山顶的神殿分庭抗礼，这是不可宽恕的背弃，这是彻头彻尾的亵渎！

同样，你欺骗了众神，把这个尘封已久的秘密昭然于世。你盗取了神明才拥有的智慧，将它变成一个大地上不灭的印记，树立在人类的国度中，永远流传。不仅如此，你还超越了神明画出的界限，践踏了神圣的意志。你将自己的意愿凌驾于诸神之上，这是无可否认的事实。你扭曲了众神的理智，让混沌之神的标志重返人间——在那无可缩减的内部，与遥远无边的外侧之间，到底还有些什么？是生命的意志、存在的模式，还是难猜难解的命运本身？在地狱与天堂之间那片茫然的未知地带，在那片嘈杂喧闹、饱受摧残的荒土上，到底还有哪些迷途的生物、流浪的神祇？——啊！无知的人类，是谁给了你这危险的启示？是谁让你泄露这不可明示的天机？你构造了一个难以抵御的诱惑、一个无法破解的谜题，就连崇高的众神也不能将它化解。它是终极的祸乱，末日的预言，除非这个世界走向毁灭，否则，它永远都不会消失。

雅典人代达罗斯，你已经触犯了崇高的律法，犯下了深重的罪孽。你洞察了终极的秘密，为此，你必须接受裁决。因为你的缘故，我的诅咒又加重了一等；因为你的缘故，我的王国将万劫不复。这就是我对你的审判。从今往后，你要与你建造的迷宫相伴，直到时间的尽头。记得这是你的宿命，也是众神不可违背的决议。

15

　　我的手中有一把锯子。

　　那是一种常见的框锯，任何一位欧洲木匠的作坊里，都少不了这种必要的工具。这种锯由工字形的木框架、绞绳、绞片和锯条组成，锯条的两端用旋钮固定在框架上，可以自由调整角度。当绞绳绞紧后，锯条被绷紧，变得强韧有力。

　　框锯的使用方法很简单。

　　首先，根据不同的使用需要，转动锯条两端的旋钮，把细长的锯条调整到一个合适的角度。通常情况下，锯条的平面与木架的平面之间，保持四十五度的倾角，因为这样的角度最适合手臂的运动。角度调整好之后，便开始转动绞片，将绷绳绞紧，锯条随之绷直拉紧。注意不能太松，那样锯条无法发力；但也不能太紧，以免锯条吃力过度，有绷断的危险。

　　开锯的时候，先将木材放置牢固，不能左右滑动，而后用左手按住木材的边缘，右手紧握锯把，在端头的记号处轻轻推拉几下，锯出一个细小凹口，借此感受木材的质地与阻力，以及锯条绷紧的状态，是否恰到好处。

　　　　　　　　　　　　　　　　　　　　　　　　　　　　圆　环

从这条细小的切口开始，沿着之前使用角尺与划子在木材表面画出的墨线，开始用力拉动锯子。注意锯子上下运动的速度，同时保持节奏，不能左右晃动，力道不宜过大，以免失去平衡。要充分利用前臂和手肘的力量，手腕正直，切忌左右摇摆。向下送锯的时候发力，向上提锯的时候收力，不能一味蛮干，更不能次序颠倒。拉锯的过程中要以肩部为轴，身体平稳，呼吸均匀，所有的力量集中在两条手臂上，同时利用脊柱和腰腹，协调全身的肌肉，共同保持身体平衡——没错，这不是一件轻松的差事。

根据树木的不同种类，以及生长的地点、时节、寿命与发育情况，木材的质地也各不相同，差异极大，所适用的场合也千差万别。比如，橡木质地坚硬，构造密实，可以用作支撑屋架的立柱，这样的木材锯起来十分吃力；杉木质地较轻，易于干燥，强度适中，只要稍用些力气，就可以轻易锯开，很容易加工。

木材的加工是一项专门的学问。对于那些室内设计师、家具设计师来说，这门学问尤为重要。不同的木材品质各异，要做到物尽其用，各司其职，实属不易。把树立在大地之上的一种生命体，转化成另一种更加高贵持久的形态，这需要高超的技巧，也需要格外的专注与决心。

从原木开始，木材必须经过多项加工处理，才能最终成为适合装饰使用的材料。包裹在原木最外侧的是树皮，其内部构造因树龄而异，由外而内，大体上分为表皮、皮层与韧皮部三层。树皮的内部是原生的木质部，这是木材的主体。木质部可以分为边材与心材两种——那些靠近树皮、颜色较浅的外环部分称为边材，而位于髓心与边材之间、颜色较深的部分称为心材。随着树木的不断生长，边材细胞中储藏的淀粉被快速消耗，细胞分裂、枯死，形成空腔。材质变硬，密度增大，颜色变深，色素、树胶、树脂等化合物沉积下来，形成坚固耐久的心材。这是木材最重要的成分。

借助三种不同的切面，可以判断木材的特征：

一、横切面。这是与树干长轴相垂直的切面，也称作横截面。在这个切面上，可以看到木材的生长轮、心材和边材、早材和晚材、木射线、薄壁组织、管孔、胞间道等，是识别木材最重要的切面。

二、径切面。这是顺着树干长轴的方向，通过髓心与木射线平行，或与生长轮相垂直的切面。在这个切面上，可以看到相互平行生长的轮线、边材和心材的颜色、导管沿纹理方向的排列方式等。

三、弦切面。这是顺着树干长轴的方向，与木射线垂直，或与生长轮相平行的切面。在弦切面上，生长轮呈抛物线状，可以用来测量木射线的高度和宽度。

通过比较不同切面上的生长轮线、边材和心材的颜色、导管沿纹理方向的排列、木射线的情况等，就能够判断树木的种类与木材的质地。

比如杉木、红松，这些木材的生长轮在横切面上呈同心圆状，边缘见不到导管的痕迹，取而代之的是一系列浅色的小点，那是树脂的通道。还有一些表面具有槽沟，那是由木射线在木质部折断时形成的。

比如鹅耳枥，它的生长轮为不规则波浪状，在径切面上呈现平行的条状，而在弦切面上则显示出抛物线形的花纹。有时，它的树干表面折断，很容易在内部留下凹痕。

再比如桦树，它的横切面上，可以清楚地看到髓射线的痕迹。它们从髓心向树皮方向呈辐射状排列，线条很细，颜色也较浅。在沿着年轮的方向，每厘米内的数量是四十至五十条。

木材的纹理分为直纹理和斜纹理。前者的轴向细胞排列方向与树干长轴平行，如杉木。这类木材强度高，易加工，坚固耐用。后者则呈现一定的角度，强度低，不易加工，但是会形成诸如螺旋状，或是分层交替缠绕的异形花纹，具有特殊的装饰效果。

许多树木具有特殊的气味，这是常见的现象。一些木材闻起来又苦又涩，比如栎木；还有一些莫名的树木具有辛辣的气味，那来源于其木质中含有的水溶性抽提物。另一些特殊化学物质混杂其中，难以辨识。

这些就是木材的知识。

树木经过砍伐，还不能马上作为原木，必须干燥脱水，这是不可或缺的程序。木材有吸水的特性，伐倒的木材必须注意防护风雨。最原始的办法是在木材的表面涂抹牛粪。这种方法看似原始，实则非常有效。更讲究一些的做法是将木材浸泡、埋藏，然后涂抹好适量的油料、沥青与明矾，放到太阳下面晾晒。

如今，这套笨拙的程序早已被现代工业所取代。砍伐好的木材首先被放入一个密闭的特制圆筒形钢罐内，通过气泵和加热管向罐内增压加热，将水溶性防腐药剂注入木材内部，使其有效成分与木材细胞中的淀粉、纤维素及糖发生化学反应，破坏木材细胞的内部环境，杀

二 炼狱

死导致木材腐烂的虫类与细菌。这会完全改变木材的属性，原本暗黄的木材变成灰绿。这时便可以将它们从钢罐内取出来，摆放在露天的场地里，在自然状态下晾晒风干。

我选了一些高矮适中的树木，动手砍伐。这些树看上去很像水曲柳，或是白蜡树，但又有所不同。水曲柳的表面十分光滑，纹理清晰，内部的导管呈散星状分布，质地坚韧，花纹优美，耐腐蚀，油漆涂上去，很容易吸附贴合，是制作家具的好材料。这种树木略有不同，它们的表面在剥去树皮之后，里面露出棱条、网纹、波浪、刺尖等不同的图案。我用拇指甲在它的表面擦拭，用石片轻划，发现其硬度适中，留下的凹痕不深不浅。有一些地方可以看到腐烂发黑的斑块，还有一些紫红色的斑块，那是虫害侵袭后，木材勉强自愈的痕迹。

我将砍伐下来的树干剥去外皮，去掉节子，将它们并排放在空旷的场地上，下面垫上枝条，以便空气可以顺畅流通。在第一层的上方，横向铺设了四条稍细一些的枝条，然后再排放一层原木，以便在最短的时间内，让所有的木材都在太阳底下排出水分，充分干燥。尽管这种办法很不彻底，费时费力，却依然必不可少。在此期间，木材很容易产生虫蛀、腐朽、变色、开裂，不过这也在所难免。

天气逐渐转冷。正午的太阳划过头顶，每一天都比前一天更加靠近南方的地平线。盛夏已经过去，秋天悄悄来临。荒野改变了颜色，原本的青绿变成嫩黄，而后变成熟褐，继而变成紫红，最后又变成黑夜一般的空旷。只有那高高雪山，依然洁白如初。

木板准备就绪，这花了我近三个月的时间。我默默地劳动，默默地等待。每天清晨，我在隆隆的雷鸣声中醒来，钻出鹿宫，提着水罐，到山脚下的小溪旁打水。晨雾在草叶间结出轻盈的露水，沾湿了我的鞋袜。我回到住处，把水倒进一只焦黑的铁锅中。铁锅挂在地坑中央，一根又细又长的树杈从棚顶垂下，铁锅就挂在上面，悬在半空，在它的下面，是石块垒砌的满是木炭和草灰的炉灶。我点燃炉灶，把锅中的水烧开，将两只洗净的土豆丢进去，然后静静等待——除去那些在田间挥舞锄头，或是在林地旁拉动锯子的时间之外，等待是我唯一的工作。我久久地注视那片冷杉树统治下的荒野，任由微风吹动我那已然混作一团、难以区分的头发与胡须。我并不是在思考，也没有回忆，巴黎似乎成了一个遥远陌生的所在，没有面目，没有生机，只剩下一片废墟。在我的印象中，那里的树木比这里更低矮，那里的荒草比这里更枯黄，仅此而已。

在冷杉树的西侧，林地的东边，二者之间连线的中点上，我打下第一根木桩。它与冷杉树之间的距离大约有二百四十米，与林地边缘的距离也是如此。不过，由于冷杉树那高大笔直的身形，这段均衡不由自主地被打破。从木桩向鹿宫所在的地点引出一条线段，其长度差不多是木桩与冷杉树之间连线长度的一半，加上鹿宫与冷杉树之间的线段，三者刚好组成一个形状特殊的直角三角形。至于那高耸的山峰，它那覆盖着白雪的尖峰，在蔚蓝的天际上留下一个至高的顶点，两侧锋利的山体，犹如地面上的三角形在第三个维度上的投影。从木桩所在的地点看过去，转动了角度的圆形草地好像月亮的阴影，而鹿宫则像一头低头吃草的驯服的山羊。在这只山羊背后遥远的平原上，坐落着那个名叫库库鲁的小村庄。

　　沿着木桩与冷杉树连线的方向，我在地上画出一个整齐的长方形，让两条短边中点的连线，正对着它宝塔形状的树干。长方形长十五米，宽六米，因为没有测量工具，我只能用脚步丈量，而后再用视线加以纠正。我用锯好的木条做了一把T形的尺子，又做了一只带有直角的三角尺，它的三条边长符合最经典的勾股定理的比例，那是古老智慧的中国人在两千年前发现的。我用它仔细校准了长方形的四个直角，然后分别在每个顶点上打下一枚木桩。

　　草地已被清空。茅草被拔出地面，又薄又浅的土层破裂，露出下面细细的沙子。大部分的沙地都很松软，但也有一些地方很致密，经过雨水的浸泡，变得坚硬，挖掘起来需要花一些力气。松软的地面不适宜建筑房屋，必须想方设法予以加固。我最初的设想是建造牢固的基础，将浮动的沙子全部清空，下面垫上碎石。不远处的山脚下散落着不少碎石，它们是在长期日晒雨淋之下，不断风化，而后从山体上跌落下来的。碎石形状各异，大小不一，沿着山坡散落下来；低处的石块个头儿大，高处的石块个头儿小。石块的表面呈灰白色，这是最普通的石灰石，上面覆盖着枯干的地衣，还有一些指甲大小的白色凝结物，又脆又硬，那是在此歇脚的鸟类的排泄物。我本想将它们搬运过来，铺满整个地基，上面覆盖着新鲜的黄土，再用重物碾压平整，可是后来发现工程量太大，只好放弃。材料总是建造房屋的最大约束，在这方面，建筑师不得不做出妥协。

　　我改变策略，不再坚持大范围的挖掘计划，改良全部的土层，那项工作惊天动地。我转向外部，集中力量，加固长方形的四条外边。

沿着四条笔直的线段，我向外丈量出半米左右的宽度，形成另一个更大的长方形，工整地套在原来的长方形外面，这是我准备动手建造夯土外墙的范围。我清理了两个长方形之间的场地，向下再挖掘大约半米的深度，将松软的沙土移走，而后填入石块。石块的大小经过仔细挑选，差不多都在二十厘米见方。我将它们统统埋入地下，形成一道结实的地下城墙。这是我即将兴建的重大工程的基础。它的顶部稍微高出地面约十厘米，这么做是为了避免雨水侵蚀。为了保证墙体处于同一水平面上，我又用木板和细绳制作了水平仪，放在矮墙顶上，按照顺时针的方向逐一检查，直到在所有位置上，支架中央的铅锤全都指向中心圆点，这才长出一口气。这项工作耗费了我八天时间。

接下来，我开始寻找合适的泥土，这异常困难。周围的地表已经被沙子覆盖，我只好远离场地，向东越过土路，艰难寻找。就在距离我播种土豆的田地不远的地方，偏向北方，有一片开阔的灰土地。那里的土质干燥，软硬适中，其中含有活性的铁质与硫酸盐矿物，经过强力挤压之后，外表可以看到一层浅白的颜色，再往下面，颜色逐渐加深，直到变成暗淡的红褐色。我用藤条编制箩筐，在筐底垫满宽大的树叶，然后把灰土装进去，一筐接一筐地运回到场地上。由于路途遥远，这几乎耗尽了我的全部力气。

夯土准备的过程是这样的：先将大的土块打碎，变成细粉，而后动手清除杂草树根等杂质，再加水搅拌。水不能太多，那样很容易变成泥浆；但也不能太少，否则土会直接散开，无法聚合成团。我反复尝试了好几次，这项工作听起来简单，实际动起手来，却是完全不同的另一回事。如此大量的泥土堆在面前，绝不是轻而易举可以完成的一件事情。

接下来，我开始正式建造墙体。首先在底层支模。我用三角尺确定了第一个直角，然后沿着已经建造好的地基墙的外延，画出支撑模板的控制线，在控制线的边缘，每隔半米打入一根小木桩，以此定位，放置模板。在支模之前，我又检查了一遍基槽是否水平，以免夯筑的过程中出现外露或倾倒，然后才开始铺设模板。从房屋的转角处开始，按照顺时针的方向——这是我的偏好——进行铺设，同时注意给门窗预留出空洞。我仔细计算了所需的面积和高度，后者不会超过墙体厚度的四倍。

第一组模板至关重要。首先，将两组装上端板的模板相互垂直放入木桩线内，再放入辅助板，用卡子固定，并再次核实模板是否水平。待到一切就绪之后，开始加土夯筑。我将土倒入模具中间，然后用扁状的石块用力锤击，把土层压平。转角夯筑完成之后，我松开卡子，将模板沿着基准线向前滑移，直到模板与刚刚砌筑好的墙体保持有近三十厘米的交接，便停下来，再使用水平尺校平模板，上紧卡子，继续填土，夯实。在转角的地方，我使用芦苇，还有生长期在两年以上的树枝进行加固，作为拉筋。树枝在使用前，先在水中浸泡，以便增加强度。

底层夯筑完成之后，我开始继续向上。模板自下而上，不仅要保证墙体横平竖直，还要注意夯筑的顺序。要先在下面一层的表面浇水，然后才能加土夯筑，这样二者才能结合牢固。最上层的夯筑大同小异，不过需要注意的是，要在墙体中预先埋好门窗的过梁。我选用了几块厚实的长条形模板，当墙体夯筑到梁底高度的时候，考虑到墙体下沉的因素，我将埋板的高度提高了几厘米，然后刮平土层，将木板放进去，继续填土夯筑。山墙的砌法大同小异。在整个墙体夯筑完成之后，我将两侧的山墙，沿着顶部铲除一部分，做成一个倾斜的三角形，这是屋顶的方向。

工作进行得非常缓慢，每天差不多只能夯筑一只手掌的高度，因为我做得非常仔细，同时因为缺少帮手，我不得不经常停下来休息。我格外小心，好像有什么东西在注视我……每次加土高度大约在十厘米，夯实之后，就只剩下不到五厘米了。加土后，先用脚踏平，然后再用石块夯实。先夯筑边缘，再夯筑中心。夯筑分三次，第一次很轻，只是将其压平，夯击的位置首尾相接。第二遍用力大概比第一次多一半，密度提高一倍。第三次力量最大，密度更大，用尽全力。每天我只夯实三圈，然后便停下来休息，对着远山默默地凝望。

墙体夯筑完成之后，我将它留在那里，静静地风干。三天之后，我在留有过梁的木板下方画线，然后开挖出窗洞。挖掘的时候从中心开始，向四周扩散，直到画线的边缘。我挖得很小心，一边挖，一边风干，每次只挖一点点，前后用了将近六天，才最后完成。我敲击墙体，声音清脆。挖出来的夯土坚硬光亮，说明夯筑的质量很好，我的汗水没有白流。

外墙还需要额外的处理。墙体的表面在风干之后，局部有些脱落，我向上面淋水，及时补充新土，然后用木板压平。后来我准备抹草泥。我用细小的木棍在墙体上画满纵横的沟槽，然后将混合有切碎的茅草的泥巴贴在上面，以便二者结合紧密。在第一遍粗草泥风干之后，我再抹第二遍细草泥。我本想在外面再粉刷一层石灰，以此遮风挡雨，但我实在是太累了，没有力气去准备焚烧石灰石块的炉子。

16

深秋里的一个清晨，太阳还没有升起，雾气弥漫，四周悄无声息。我刚刚钻出鹿宫，一个瘦小身影出现在土路边。他远远地站在那里，引人注意，但又十分普通，活像我皮箱中剩下来的那截短短的铅笔。自从地质学家离开之后，三个月过去了，我没有见过任何人。我也没有这样的期望。或者干脆这样说——我不希望再见到任何人。

起初，我以为那是地质学家，可是，在眼前的一片薄雾缓缓飘过去之后，我才看清楚，那不是他。与他相比，眼前的人要高一些。他站的地方距离我有一百多米，在这样的距离上，我看不清他的长相，只是发现他一点也不强壮。他似乎很年轻，身上穿着一件深绿色的呢绒外套，双手放在两侧的口袋里，一副满不在乎的样子。

看到我走出鹿宫，他迅速跨过土路，向我走来，动作有些匆忙。然而很快，他又放慢速度，故作镇定，显出一副刚刚赶到的样子。我不知道他是谁，从什么地方来，又在那里站了多久，不禁心里一惊，站直身子，握紧了手里的锄头，目光紧盯在他身上。他的双手依然放在外套两侧的口袋里，故意将其撑得鼓鼓的，随着他的脚步左右摇晃。我提高警惕，向他背后看去，没有见到别的人。我又快速看了一眼四周，一切如故，只是黑黝黝的树林在迷雾的笼罩下，显得黯淡无光。

他摇摇摆摆地穿过草地，看上去很不肯定，脚下不稳，对于此地的境况，好像十分陌生，又好像是在极力避免引起我的误会。然而这种表现颇为笨拙，那种小心翼翼的姿态，就算不是故弄玄虚，至少也是滑稽的表现。这让我想到一个心智尚未成熟的大学生，为了博得心仪之人的欢笑，不得不在她面前卖力地表演。

很快，他来到我面前，站在离我大约五米远的地方，抽搭了几下鼻子：空气中有什么特殊的气味，引起了他的警觉。这时我才看清他的脸。他身材瘦弱，不过比地质学家要强得多，至少让人看了，不会不由自主地心生怜悯。他长着一头蓬松的鬈发，鼻子明显歪向左侧，一双圆圆的大眼睛，脸上的皮肤又白又亮，看上去确实很年轻，几乎有点不真实，仿佛他的年龄是一组可以自由调节的数字，无论何时何地，都能够任意组合。我不知道这是他本来的模样，还是永恒之地赐给他的礼物。他似乎有点东欧血统，但是那双大眼睛看上去，更像是以睿智著称的犹太人，让人难猜难解。他的嘴唇很薄，上下唇紧贴着，边缘尖锐清晰，中间含着一条又细又窄的夹缝，几乎看不到血色，好像从一整块石头上凿下来，而后又被孤独地搁置了几个苍白的世纪。他很整洁，身上的衣服干干净净，看不到一点草叶或泥土的痕迹，想必他花了很多时间，想方设法让自己一尘不染。当然，不管那段时间有多长，与真正的永恒比起来，都短暂得不值一提。

圆 环

我突然想了起来——我见过这个人，在"酒馆"里。那是在我刚刚到达村落的时候，地质学家带我去"酒馆"，也就是冈萨雷斯的家，他的客厅，里面坐着几个人，就是在那里，我见到过他。没错，正是这样，我记得他一直在好奇地看着我，但是我们没有交谈。

　　现在他又一次出现在我面前，显而易见，他从库库鲁来。这座夯土建造的村落里，到底还住着多少像他这样的人，我无从知晓。地质学家告诉我，那些人来自四面八方，有早有晚。他们留下来的原因千奇百怪，只有一点是相同的，那就是对于他们来说，在这个世界上……

　　"没有比这更好的地方了。"我说。

　　年轻人站在我面前，双手依然放在口袋里。他的外套敞开着，没有系扣子，里面露出一件带有锯齿状水平条纹的羊绒衣，下面穿着一条淡蓝色的美式牛仔裤，脚上一双网球鞋，显得神气十足。他面无表情地站在那里，头歪向一侧，直挺挺地看着我，又看了看我背后的鹿宫，还有远处那还在进行中的建筑工程。他的眼睛瞪得更大了，不时眨动几下，看上去很茫然，又似乎在犹豫。他打量着我，好像在打量一件奇异的外来物品，它引起他的好奇，同时又让他心怀忐忑。

　　"能为您做点什么？"

　　我率先打破沉默。年轻人看着我，嘴唇扇动了两下，干巴巴的，没有声音。有一个短暂的瞬间，他的表情十分痛苦，好像在记忆中努力寻找着什么，不是在寻找词句，而是在寻找语言本身。他的样子让我想到几个月前到访的冈萨雷斯，那个顶天立地的巨人，到了这块冷杉树统治的荒野之地，说话竟然变成一项格外艰苦的差事。永恒之地的人都沉默寡言——这是地质学家的话。他说得一点不错。那时他突然语重心长起来，俨然一副哲学家的派头：瘦小的田鼠摇身一变，成了睿智的海龟。现在看来，这话不失为一条真理，只有他自己是个例外。不难想象，在这空旷之地，语言的功能早已退化，人们有太多的时间，而它们中的绝大部分，并不需要语言的点缀，就像平静的大河不需要喧闹的帆舟。

面前的年轻人回过神来，发出"哦"的一声，好像刚刚从一条深水沟里爬上来，终于重见天日。他的面部舒展，脸上露出微笑，我不知道那是友善的信号，还是怯懦的掩饰。初升的太阳拨开雾气，洒下阳光，多少给了我一点并不可靠的信心。凭着它，我至少可以系紧鞋带，戴好围巾，把悬挂在鹿宫入口处的草帘放下来。

"你好！"他说。

"你好。"我用同样的方式回答他。

"我有一个问题。"他说。简单明了，单刀直入，言语间带着稚气，是那种让人没法拒绝，但又很想笑的大学生式的天真。"一个简单的问题。"他重复了一遍。说这话的时候，他那苍白的脸上浮现出淡淡的红晕。"它很重要……你能帮助我吗？"

他开始发问，显然他有备而来。在他的心中，原本藏着千言万语，只是有什么东西在阻止他，不能随心所欲。那种东西与此地的特殊属性有关，只是我还来不及展开思考。"你是一名建筑师吗？"他说。

"是的。"

"你从巴黎来？"

"是的。"

"啧啧，多么美妙的城市啊！我曾经在那里……待过两年，妙不可言……你有妻子吗？"

他显出热切。他正在用自己的不成熟，一步步证实我的猜想。我渐渐明白，这种语言能力的削弱，不是一种剥夺，而是一种阻碍。这是永恒之地特有的律法，这是它的禁忌。然而，就像所有的律法、所有的禁忌一样，总有一些人会想方设法地避开它。

"您所知道的那座城市，如今已经不复存在了。"我平静地说，"我很遗憾地告诉您。"

"什么？这怎么可能？这……不可能。"

"不，我说的是实话。这是我离开那里的原因。"

"不，并不是这样……"

"您何以如此肯定？"

"有人告诉了我。"

"是吗？他是谁呢？"

"冈萨雷斯……他说巴黎好得很，面积至少是过去的……十倍。"

"您觉得我在撒谎吗？"

"不，我没有那个意思。"他连忙解释，"是冈萨雷斯这样说的。是冈萨雷斯……"

他羞愧地低下头："如果是你的话……"

我不明白他的话。

他突然抬起头来，眼前一亮："你在那里生活了很久吧？它现在什么样子啦？"

"忘了那座城市吧，"我淡淡地说，"它已经变成了魔鬼的巢穴。"

他又一次露出失望的神情。显然，我的冷漠让他备受打击。

"不过，"我改变了口气，"如果您真的感兴趣的话，我可以尝试着回忆一下。"

他的眼睛再次亮起来，像个真正的年轻人那样。啊，年轻人，他们总是简单冲动，沉迷于个人的幻想，对世界抱有希望，但又分不清理想与现实的区别，就像过去的我一样。

"那都是些陈年往事了。您想知道些什么？"

"太多了。任何事！你知道在我们这里，有趣的事情可不多。"

"您是什么时候来到这里的？我的意思是，您该不是出生在村落里的吧？"

"哦，不，当然不是。你真会开玩笑。那怎么可能？"

"您这是什么意思？"

他露出诧异的神情："你不知道吗？"他说，"没有人在这里出生。"

现在轮到我吃惊了："没有人？你的意思是，没有人……在这里出生吗？"

"是的。"他似乎被我吓了一跳，尽管我的表现完全谈不上有多夸张。

"在我们这里，有股神秘的力量。"他说，"人们不会老去，也不会有新生命诞生。所有事物……保持原样，一直如此。"

"原来如此。"我自言自语地说，"地质学家告诉过我。看来，他没有告诉我全部。"

"啊，他是个开心果，这里唯一的开心果。"他说，"不过有时候，他也令人讨厌——我这么说，你知道……你明白我的意思。"

"是他带我去冈萨雷斯的家的。"

"是的，我知道。那一天我见到你了，我们大家都见到你了。"

"大家?"

"差不多吧，也许还差几个……你知道，村里的人一直少得可怜。"

"可是我听到很多狗的叫声，听起来，它们活得很好。"

"噢，那是另一回事。"

"从前的人留下来的?"

"不，不是……就像我说的……那是另一回事。"

他好像有些词穷，不是故意回避，而是不知道该怎样更好地描述。不知不觉中，我已经开始将他引向预期的方向。我有我自己的打算。

"也许，你所说的长生不老，其实并不存在。"我试探着说，听起来更像是在抛出诱饵。

"哦，不，当然不是。当然不是!"

"或者，并不是所有的人，所有的生物，都可以做到?"

"我不知道，不是这样的……是的，你说得没错! 我不知道……你为什么不去问冈萨雷斯? 这种事，只有他最清楚。"

鱼儿上钩了。

"他是这个村里最早的居民吗?"

"也许吧，我不知道。"

"是他建造了库库鲁吗?"

"我不知道……我想应该不是。我……"

"他是这里的守护神吗?"

"什么?"

"守护神?"

他先是一惊,而后大声笑起来:"哦,不,绝对不是……绝对不是……"

"那么,他又是什么?"

"嘿,我……我不明白你的意思。"

"冈萨雷斯,他有什么特别之处?"

"特别?不!没有,当然没有……他和我们一样。守护神?上帝啊,你怎么会有这样的想法……?伙计,你在想什么?"

"没什么。"我轻轻地说,"算了吧。"

但是显然,我的话引起了他的警觉。我必须想点办法,来转移他的视线。于是我同他谈起巴黎,谈起战争爆发之前,那座花花绿绿、纸醉金迷的城市。这一招很管用,他很快便听入了迷,不难看出,无论是对冈萨雷斯,还是库库鲁,抑或这座永恒之地,他都没有什么兴趣。

也许,只有一件事,是他真正感兴趣的。

"你是建筑师吧?"

他又一次问我,而我却在想完全不同的另一件事。

"地质学家也问过我同样的话。"我说,"这个问题很特别吗?"

"当然。"他说,"在我们这里,有一个……传说。"

"您指的是永恒的神殿吗?"

"是的。神殿,是的……"

我没有回答。我把锄头放在一旁，转身走进鹿宫。我很快走出来，手里捧着两只木板刻出来的盘子，每只盘子里面有两枚新煮熟的热土豆，还有一串蓝紫色的浆果。我将一只盘子递给他，出于礼貌，他勉强接了过去，直挺挺地站在原地，看着我坐在粗木打造的椅子上，捧着另一只木盘在他面前狼吞虎咽。

　　"这有什么关系?"我问。

　　"当然。"他把盘子放在我面前的木桌上，而后拉过另一把椅子，坐在我对面。"村里的每个人都说，只有建筑师才能找到那座神殿。"

　　"真有这样的说法?"

　　"当然。千真万确!"

　　"我听说，从来没有人找到过它。"

　　"并非如此。"

　　"哦?"

　　"是谁告诉你的?"

　　"地质学家。"

　　"啊，不出所料……"

　　"听你的口气，你的意思是……?"

　　"他并不知道所有事……他还年轻得很……"

　　"是这样吗?"

　　"他来到村里的时间很晚。在那之前，发生过很多事……我们不会把所有的事……告诉所有的人……"

　　"听起来，你来到村落的时间，比他要早很多。"

　　"是的。"

"那是什么时候？我是说，你的年代？"

"一百年？两百年？还是五百年？我记不清了，这里的人们没有……计量日期的习惯。"

"你从哪里来？"

"布拉格。"

"从那里？是什么把你从波希米亚，带到了比利牛斯？"

"一个吉卜赛姑娘。"

"什么？你是说……"

"加上一把鲁特琴、一点迷迭香……啊，你知道，只要她们想，没有什么是她们带不走的……"

"那是哪一年？"

"哦，我记不清了……太久远了，我只记得拿破仑打过来的时候，神圣罗马帝国的皇帝还是……弗朗茨二世……"

"之后，你一直住在这里？"

他耸了耸肩："还能在哪里？"接着又摇了摇头，"除非，你能够帮助我。"

"帮助你？你要我怎样做？"

"找到那座神殿。"

"我不明白。"

"听我说，我很早就听到过这样一种说法，这块永恒之地……是受到神灵诅咒的土地，而那座神庙就是它……唯一的出口……只有找到它，才能离开这里，离开这片……绝望的土地……"

我睁大了眼睛。

"曾经有人做到过，但那是很久之前的事了……那可是一件大事，有人找到神殿，并离开了这里。他带走了一些……极其宝贵的东西，没有人知道那是什么……所以，听着，并不是没有人找到过神殿。它就在那里，等你……去发现、去开启……"

"你的话让人很难相信。"我说。

"我说的是真的。"

"你有什么证据?"

他被我的质问惊呆了。看他的模样好像在说，他无论如何都没有想到，我原来是这样一个胆小如鼠的家伙。

"地质学家告诉我说，从前有人离开过这里。"

"他说谎。从来都没有过。那些人都死了。"

"这不可能。我不相信你的话。"

"没有出路。那些人再也出不去了。"

"那么冈萨雷斯呢?"

"什么?"

"冈萨雷斯。他可以离开这里。他对外面的世界很了解，显然，他知道另外的出路。"

"哦，不，不是那样的! 不……不……"

突然间，他好像再次陷入那种之前发作的失语症之中，开始口齿不清。

"不! 不! 这不是……一个……好主意……"

"为什么?"

"我……我……你不明白。他……他不会……允许的……"

"为什么不会？你刚刚不是说，他和你一样，只是一个普通人吗？"

"事情……不是这样的……"

"为什么你不去找他，把一只手枪抵在他的脑门上，然后命令他放老实点，回答你的话？"

"不，那是……不可能的。你还不明白……"

"不，我很明白。"我打断了他。我站了起来。"很抱歉，我帮不了你。"

"什么？为什么？"

"因为，"我说，"我不是建筑师。"

"不！这不可能……这不可能……"

他一下子变得异常激动起来，喘着粗气，全身发抖，再也不能说话。我不得不让他平静下来，同时拿来水罐，让他喝上几口。

喝过水之后，他长出了一口气，坐在原地休息了好一阵，才慢慢恢复正常。他抬头看着我，目光中充满无助。

"我过去是，"我蹲在他面前，盯着他的眼睛，一字一句地说，"现在不是了。"

"你在说谎！"

"我没有。你很清楚。"

"不！你说过……你说过……"

"很遗憾，我不再是了。这个世界不需要建筑师，它需要的是毁灭天使。"

"你到底在说什么？"

"你听到了。"

"那你是……"

"哦，不。"我笑了，"不必担心，我不是毁灭天使。"

"什么？那你是……"

"一个幽灵。"

"什么？"

再一次，我目不转睛地盯着他："你听到了。"

他露出异常恐惧的神情，站起来，不住地倒退。我感到他的目光在我的注视下，正在快速地退却、萎缩。那种恐惧不同于我曾经见过的任何一种。它不是普通的人类因为害怕、绝望而产生的情感，而是完全不同的另一种东西。只有那些面对永恒的承诺，最后却又被永恒所背叛的人，才能够真正遭遇、体会，并因此而弥散、毁灭、消亡。

17

　　我做出一个新决定。我要建造一道围墙，将鹿宫连同它周围半径十米之内的区域全部包围起来。年轻人离开之后，我望着他远去的背影，默不作声地静坐了十分钟，这个念头自动跳了出来。我采纳了它，我不想再有人突然出现在我的面前。

　　木材很多，我甚至来不及加工。砍伐下来的树木堆在西南方向，树林的边缘，在它们的上方，我建造了另一座窝棚，上面覆盖着厚厚的茅草，以免雨水侵袭。由于个人力量的限制，我无法砍伐大树，只有选择粗细适中的树木。然而即便如此，木材的数量依然充足。眼下我的问题不是如何节省材料，而是如何更好地使用它们。

　　这是建筑学的一个根本问题：如何最有效地使用材料。它不仅关系到建筑物的设计、建造与使用，同时也关系到另一个更为隐蔽的重要因素，那就是经济性，或者说，合理性、适当性、得体性。建筑师的责任就是让一切都恰到好处。因为一座建筑包含许多要素，而其中任何一项遗漏、缺少、过度或不适，都会导致整个作品的破坏，变得不完美。这也是阿尔伯蒂在他的著作中，不厌其烦、反复强调的理念。作为一名建筑师，他不仅要考虑建筑的功能、美学问题，同时还要衡量各种材料的价值、用量，计算工程的总体花销，努力将其控制在预算范围之内，不能超出，否则就是失败，是不折不扣的灾难。

围墙应该按照圆形建造，这是经济学得出的结论。因为在覆盖相同面积的情况下，圆形的周长最短，所需要的材料也最少。从鹿宫的中心点开始向外，我精确地测量出十米的距离，画出一条直线，在直线的端头埋下一根木桩，就像我在建造夯土神庙之前，在地上画出它的外形轮廓时那样。然后在与之相反的方向上，利用同样的方法，我画出第二条直线，埋下第二根木桩。接下去再在与之垂直的方向上，埋下第三、第四根木桩。这样我就有了圆形的基本的四个象限点，只要用同样的方法，再多打下一些木桩，我就可以很容易画出一条完整的圆弧。

关于精确测量的方法，是这样实现的。我利用自己衬衫上的一颗纽扣，作为基本的刻度单位，制作了一把尺子。它有一米长，是一把标准的米尺。我用自己的身高进行了校核，最终确定了它的有效性。有了它，建筑师就有了一套完整的尺度单位，而任何一座建筑的构成，在他们的眼中看来，都是一套由基本尺度组合而成的数字和图形。

沿着地上画出的圆形弧线，我挖出一条宽三十厘米、深半米的壕沟，作为木围墙的基础。考虑到这里土质松软，白沙泛滥，我又向下多挖了十几厘米。我挑选了一些直径大约在二十厘米的圆木，这些树木大多是生长在林地南侧、西南侧的杉树，我用斧头将它们砍倒，然后用框锯将其锯成三米左右的长度，再拉回到场地上。我将这些圆木并排竖立在挖好的沟里，它们埋在地下的长度，大约有七十厘米，露在地面上的长度，刚好超过一个人举起胳膊可以触及的高度，可以有效地起到防护作用。我并没有将所有的木材全部密布排列，而是有疏有密，在那些从鹿宫的门口可以直接眺望的方向上，我有选择地留下一些间隙，圆木之间大约留有一个拳头的宽度，这样我可以从鹿宫内部及时观察外部的动静。圆木竖立好之后，我将沙土填回沟内，局部松动的地方埋下石块加以固定。除去这些，我还留下一个出口，宽度大约有两米，为它制作门扇又花费了我不少力气，好在最后大功告成。待到所有的圆木都排列好之后，我仔细清点了一圈，总计二百一十八根，比我最初设想的要多一些，但也相差无几。

圆形围墙总共花去了我二十八天的时间，再加上制作木门的十二天时间，前后刚好四十天。在此期间，夯土工程不得不暂停下来，我的精力不允许我同时工作。再说，这里是永恒之地，我有足够的时间来完成工程，没有必要这样着急。

然而，看着这些排列成圆环形状的笔直的木桩，我突然有了一种特别的感觉……

围墙竣工之后的第二天，下雪了。荒原上一片银白，与灰蒙蒙的天空连在一起，变得难以分辨。空中飘着细小的雪花，如同凝结的雾气，随着寒风飞舞，在空中打旋儿。树林被压在一层白色的绒毛下面，仔细看去，尚能分辨出几片深绿，余下的则是大片沉重的灰黑。山脚下的溪水并未结冰，依然同往常一样轻快地流淌。水流急促，浪花滚滚，飞舞的雪花从浪头的一边掠过，又在另一边马上消失了。

远处的雪山已经看不出轮廓，它被弥漫的雪片遮蔽，只有那株高高的冷杉树，挺立在荒原正中，无论怎样严酷的风雪，对它都奈何不得。

风雪肆虐了一整天，直到第二天傍晚，才缓缓退去，露出晴朗的天空。此时太阳已经落下，夜幕降临，纯蓝的天空中混入了一丝黝黑，随后不断地溶解、扩散。随着时间的流逝，西南方向上的天际慢慢显现出一种不可思议的粉红色，而后又变成熟悉的深红，最后停留在清澈的灰蓝中。在遥远的树梢，一片裙边似的树林头上，点起明亮的光带，不过也是转瞬即逝，很快就消失了。

明亮的月亮升了起来，跳到头顶上，夜空中几丝淡淡的云朵，在黑色的天穹上划出一片淡淡的伤痕。月光的传播有了阻碍，不再一泻而下。它轻轻地落到雪地上，叫人看了忍不住想去聆听那温柔的回响。远远望去，曲折的土路在白雪的覆盖下依稀可见，而更远处的平原上，不时有轻盈的亮光闪动，那是夜间的动物在水塘边活动，搅乱了水中月光的倒影。大山再次展现出清晰的轮廓，清澈的空气让它更加遥远，仿佛可以听到它的心跳，却感受不到体温。一切全都恢复了宁静，一切似乎又与从前不同。

鹿宫的屋顶被大风掀翻，我不得不重新修整，借此机会，我对其进行了一番必要的扩建，以对抗即将到来的严酷寒冬。看到那突如其来的暴雪，我突然醒悟，明白永恒之地的神祇并不是一个好客的主人。为了成功找到他的住处，我必须做充足的准备。

我开始储存粮食。我收集了大量土豆，把它们装进一只大筐里，存放在鹿宫旁边我新开辟出来的一处地窖下面，与它们一同储藏的，还有我想方设法采集的野生山栗、榛子与核桃。我还准备了很多水果，放在太阳底下脱去水分，制成果脯收藏起来，以备不时之需。我还找到了一些可以食用的野菜，这些不可多得的绿色食品，尽管很难储藏，我还是收集了一大捆，一同放进地窖，祈祷它们可以保存得尽可能长久一些。

我还缺少必要的生活用具。虽然我从冈萨雷斯那里收获了一些，但还远不够用。我没有蜡烛，到了夜里，我只能依靠天上的月亮，或是蜷缩在朦胧的炭火旁。我必须制作灯具，为此，我需要动物的油脂。我尝试过猎杀一些小动物，比如偶然出现的兔子、迷路的松鼠，还有跑跑跳跳的小鹿。它们那天真无邪的模样总让人难下狠心。我不是猎人，没有一颗超越生死的冷酷之心，更没有那种能够让我在荒野求生的高超的狩猎技巧，但我别无选择。为了活下去，我必须学会这一切；为了一个难以理喻的信念，我必须学会这一切。

我尝试制作弓箭，作为猎杀的工具。我学着设置陷阱，这项活动让我意兴盎然。有时，它甚至让我忘记一切烦恼，再次体会到了童年一般的快乐。无论是看到猎物落入口袋，还是仓皇逃走，我都会开怀大笑。在这里，成功化作喜悦，失败变成乐趣。这种神奇的转变，几乎完全不可理解。然而欢乐之余，我又会忍不住回想起在巴黎度过的那段艰苦时光，心中酸甜苦辣，不禁泪落衣衫。

情况开始好转。在我不懈的努力下，成功猎杀了第一批猎物，它们为我提供了身体急需的蛋白质，还有用来保暖的皮毛，以及可以磨制成各种针尖器物的坚韧的骨头。我将鹿宫进行了彻底的扩建，面积比原来大了一倍，深度也加深了一倍，以此躲避出其不意的暴雪的袭击。我将混合有切碎的草梗的泥巴涂抹在它的外表，防止冷风渗透，这样再在里面升起炉火，热量也不容易散失。在土路另一侧，比土豆田更远的地方，我幸运地收获了一批野生作物的种子，开始自行种植，它们生长的速度超出我的设想，这令我欢欣鼓舞。现在，我拥有了几乎一切必要的保障，足以让我安然度过这个陌生的冬天。面对着鹿油灯中平静燃烧的火苗，在这样寒冷孤寂的冬夜，我竟然感到前所未有的安逸与温暖。

甚至，我开始享受这份安逸，享受生活。自从我离开巴黎，八个月的时间里，还从未有过这样的时刻。当寒冷与荒芜渐渐收起凶相，不再咄咄逼人，我的身心也随之平静下来。巴黎五光十色，繁花似锦，街道上车水马龙，剧院里红男绿女，可是在纳粹的铁骑隆隆驶入、我不得不远遁他乡之际，这些美妙的景象却如同白沙砌筑的城堡一样，瞬间倾倒，化作惨淡的荒漠。美好的事物总是脆弱不堪，只有最质朴的真相才永世长存，这就是荒野带给我的启示。

神庙的建设重新开始。虽然冬天还没有过去，但气温已经回升。积雪消退，看不到结冰的迹象，融化的雪水浸湿了干燥的土壤。它们从周围的空气中吸取热量，凉飕飕的，让人神清气爽，忍不住要活动身子。我的夯土神庙只完成了四面的外墙，模板还没有撤掉，为了避免融雪的侵蚀，我将带有嫩绿色松针的松树枝条捆起来，覆盖在土墙的顶部与两侧。夯土是我在这里能够找到的最具塑性，同时也是最质朴、最纯粹的建筑材料。它代表着大地，与众神居住的天空遥相呼应，用它来营造供奉神祇的庙宇，再合适不过。这是对人类原始生命意志与精神的最佳表达。

然而正是在这样的时候，我的周围开始出现一些古怪的现象，打破了原本的平静。一个平常的早晨，我像往常一样，钻出鹿宫下方的地坑，提着水罐去山脚下的溪边打水。远远地，我看到左侧的树林深处，有一个黑影突然闪过，转眼又消失了。我被吓了一跳。起初，我以为那是一头小鹿，或是别的什么动物，但从它那迅捷的动作上来看又不像。我骤然警觉，停下脚步，站在原地张望，却没有再发现什么异常。第二天清晨，同样的现象又一次出现。这一次，我集中精神，仔细察看，那个黑影似乎潜伏了起来，有意躲避我的探查。我大声吆喝，问是谁在那里，没有人回答，只有高空中的风声，在冷杉树的头顶上飒飒作响。我提起一根木棒，朝着黑影最后出现的方向，小心地走过去，一路上把野草踩在脚下，发出嚓嚓的声音。我丝毫不敢懈怠，保持着最高的警觉，两只眼睛不停地向左右张望，提防是否有什么潜伏的生物，突然跳出来加害于我。这种如临大敌的紧张，几个月以来还从未有过。

我提高声音，继续喊话，警告对面看不见的危险，不要轻视我的力量。如果它提早现身，还可以避免一场可怕的战斗。我用强有力的语言发出威胁，同时也是在给自己鼓劲；在这荒无人烟的野外，勇气是比食物和水更为重要的生存资源。从那黑影的动作来看，很可能是一个人。直觉让我下意识地想到，那个发誓追踪我到天涯海角的、疯狂的盖世太保头子。可是又不像。那个德国人生有一副高大、坚硬、如同机器一般僵硬的身材，而这个在我眼前跳动的黑影，动作十分灵活。它快速地躲开我的视线，迅猛而又敏捷，就像一头健壮的黑豹。

我的追踪一无所获。等到我赶到树林边缘的时候，一切都已恢复平静。黑黝黝的树林遮天蔽日，一眼看不到头，根本找不出那狡猾的窥视者，到底躲避在何处。我站在原地思索再三，最后不得不放弃。

这给了我一个警告，我提醒自己，此地并非只有我一个活人。这令我非常不安。

此后的几天时间里，黑影又出现了三次，每一次都如同鬼魅一般，一闪而过。待我再去追查，已经不见踪影。我十分懊恼，担忧之情与日俱增。不过我也有了新的发现：那黑影确实是一个人，他穿着一身黑布裹成的长袍，头上戴着头巾，看不清长相，好像他用一块黑布，将面目整个蒙了起来。我还发现，他窥探的对象似乎并不是我，也不是我的住所，而是我正在建造、即将完工的夯土神庙！这更加令我迷惑不解。

为此，我陷入沉思，往日的欢乐一扫而空。我开始殚精竭虑、忧心忡忡，生怕这种来之不易的宁静就此打破，同时又害怕那不知疲倦的追踪者，此时已经发现了我的行踪。一种不祥的预感笼罩着我。我又想到被自己焚毁的建筑图纸，虽然已经过去许久，但每次想到这里，依然令我不寒而栗。

我加快行动，全力以赴地建造神庙。夯土工程进展很快，即将全部完成，剩下的任务是想方设法建造屋顶。我一刻也不敢松懈，仿佛背后有一个黑洞洞的枪口，正在暗地里瞄准我的脊梁，逼迫我不时地站起身，回头张望。我加强了鹿宫周围的围栏，在立柱之间填充了新的木料，以此增强防御。我还选择了一批结实的木桩，把它们的一端削尖，朝向外部，另一端埋进土里，围绕着鹿宫的外侧，密密麻麻地排列了一圈。后来觉得不保险，我将木桩的密度又增加了一倍。然而尽管如此，我还是无法安心，我越是准备，就越是担忧。

日子变得十分缓慢，夜晚格外难熬，以往温暖的干草与皮毛，如今也无法让我安然入睡。我躺下去，面前的火塘散发出余烬的热气，烤在脸上，干巴巴地发紧。我怀念起从前在巴黎舒适整洁的木床，那些过去的时光，随着无可化解的忧虑，再次浮现在眼前，如同迟迟不肯散去的迷梦，又一次死灰复燃。我无力驱赶它们。这是否是我尚未完全脱离尘世的明证？我是否应该为此而羞愧难当？还是说，那闪烁的黑影就是撒旦的化身，前来引诱我远离坚定的道路，转身堕入它悉心编织的罗网？

　　我无从知晓，我意识朦胧。我不知道自己是醒是睡。现实与梦境，自己的双脚，分别站在了哪一边？我似乎听到冷杉树的枝头上传来乌鸦的鸣叫，又好像是那远处的山峰再次奏响滚滚雷鸣。我不知道那低沉的声音到底是哪一个，它围绕在我的四周，如同呢喃的咒语，又好像碾压转动的钢铁战车，直刺我的脑椎。我扯开嗓子厉声尖叫，耳边回响的，却是蚊蝇一般的细小回声。直到一个冰冷嘶哑的声音突然闯进来，好像从大地的脚下、从漆黑的树林里、从看不到尽头的永恒之中突然涌出来一般，重重地敲在我的心头：

　　你是塔奥斯的敌人！

18

春天到来的时候，夯土神庙终于竣工。它和我一样，挨过了冬天的考验。我起早贪黑，费尽千辛万苦，将它建成。它长十五米，宽六米，高四米半。本来，我想将它建造得更高一些，可是这已经到了夯土结构承重的极限，如果再要加高，那就只能增加墙体的厚度，显然得不偿失。

我用十五厘米见方的木材制作三角形的屋架，这种结构在众多哥特式大教堂中普遍采用。它们建造在狭长的本堂上方，同样采用木质结构，下面是由沿着对角线方向交叉的四分尖拱砌成的砖石屋顶。与这些大型的木质屋架相比，我的屋架小得多，也简单得多。两侧的坡度没有那么陡峭，只有四十度左右，最高处的屋脊与地面之间的距离，大约是六米。在这样的高度上工作，我必须格外当心。为此，我在室内外同时建造了坚固的脚手架，为了节省木材，我对其结构做了简化，刚好可以满足工作需要，又能保障我的安全。这花费了我大量精力。我在地面上把木料逐一加工好，再利用悬挂在脚手架顶端的滑轮，把加工好的木料运送到屋架的高度，在那里，我耐心地将其拼装起来。我的工具不多，只有一把斧子、一张锯子、一只刨子，还有几把长短不一的凿子，这些都是我从冈萨雷斯的牛车上找到的。它们用起来并不得心应手，但已经是仅有的可以依赖的工具。利用这些工具，我把粗笨的木料一点点加工成我需要的形状。

木屋架沿着长边的方向，树立在夯土墙的顶端，它们下方的墙体经过加固，局部向外突出，形成专门的扶壁，避免墙体在顶部重量的挤压下突然垮塌。木屋架间隔放置，相邻木屋架之间的间距是二点五米，总计七个，通过三个顶点上的杆件彼此连接起来，以免倾倒。屋架的上方铺设木梁，架设木板，作为最外侧的屋面。正常的情况下，屋架的下侧、相邻的屋架之间都需要加设手指粗细的铁拉杆，以增强刚度，确保不同的屋架被连成一个稳定的整体，但是在这里，我没有这样的材料，只能用木料有限地替代铁杆的作用，同时祈祷不会遇到强烈的地震。

神庙的正面采用了传统的巴西利卡形式，就像人们在比萨或是佛罗伦萨见到的那样。我没有采用希腊式布局，因为夯土无法表现出古典建筑柱式中特有的比例与精确；相比之下，巴西利卡的形制虽然平凡，但也易于实现，适合这荒无人迹的旷野。立面的正中开辟出一座方形的大门，宽两米，高三米，这是神庙的主入口。我用一株桦树的木材制作了门扇，左右对称布置，门扇的一侧装有圆形的门轴，与镶嵌在顶部与底部的木质门框相连。门框的两端各有一个圆形的孔洞，门轴安装在里面，可以自由转动。门扇的下方设有门槛，门槛的前方是一块不大的入口平台，同样由夯土建成。平台坐落在三级台阶上，整个神庙都被抬起相同的高度。另外三个方向上的围墙也是如此，只是墙基的外部加砌了一层碎石，防止雨水溅落。主入口的两侧各有一座向内凹进的壁龛，这借鉴了传统的形制。主入口的上方，凸出的山墙顶部被做成舒缓的钝角三角形的形状，下面挖出一个圆形的采光窗，由于我没有可以充当玻璃的材料，所以只能任由其敞开，只在圆形窗扇的中央，象征性地加了几条横竖交错的格栅。

神庙的内部很规整，没有什么装饰，只有两侧平整厚重的夯土墙面，以及支撑在上方的规整的木制三角形屋架。屋架下方的墙身上开辟有下方上圆的窗洞，根据屋架的位置交错布置。窗洞的位置被故意设得很高，这样可以让光线进入更深的室内，同时保持了低矮处墙面的连续完整。神庙的地上铺着一层细细的白沙，那是我用刺出孔洞的围巾一点一点筛出来的，而后均匀铺设到室内每一个角落；它那平整的表面反射窗口落下的光线，为空间增加了特有的宁静。它摒弃了各种颜色，只有独一的洁白，以此暗示无所不包、无所不容的永恒时间。在遥远的东方国度日本，人们用松树、石块与白沙建造小巧精致的庭院，以此来象征天地万物，人们在这里盘膝打坐，修养身心。

它像一个朴素的盒子，安静地站在荒野中，又像一个新生的婴儿，茫然注视着周围陌生的世界。因为刚刚建成，新添夯土中的水分还没有散尽，发出湿漉漉的气味，同时混合着泥土中的草根所特有的香味，在室内轻轻飘动，微风拂过，沁人心脾。

我打开皮箱，从它底部的夹层中取出一只方形的木盒子，掀开盒盖，里面有一只银白色的金属圆环。那是我当初逃离巴黎之际，从纳粹密室的保险箱中盗取出来的。不难设想，对于德国人来说，它意义非凡。我不知道它的真实用途，只是隐约地感到，它十分重要，同时也被它表面上那神秘的图案所吸引。一路上，我都将它带在身边，直到这荒无人烟的旷野。它那奇特复杂的图案在山岭的映衬下，显得更加神秘难解。

我从盒子中取出圆环，将它挂在神庙深处的墙上——在基督世界的教堂中，那里安放的是带有受难十字架的大理石祭坛。我将它挂在墙面的中央，正对着入口的大门，在它的背后，就是那守护着永恒之地的、高高的冷杉树与雪山。在我看来，这是它最好的去处。我需要一件代表某种神性的物品，这无论对于我，还是对于神庙来说，都至关重要。

除此之外，神庙内空无一物，没有任何多余的物品，只有弥漫的光线与无尽的白沙为伴。在一切安排停当之后，我将神庙的大门关闭，回到鹿宫。像往常一样，我把斧头放进角落，把直尺挂在墙上，然后熄灭炉火，钻进兽皮缝制的睡袋，闭上眼睛，进入梦乡。

现在，我拥有了一座真正的圣所。看着它，仿佛那神秘的永恒神殿近在咫尺。这座长条形的夯土建筑的诞生，赋予这片荒野另一重不同的内涵。原本漫无边际的草地林场，如今有了明确的、凝聚的指引。这正是当初我在绘图本上描绘的内容：一座朴素的方形建筑，带有木构架建造的三角形屋顶。它的墙体由来自大地的泥土筑造，与周围的景色融为一体，但又带有鲜明的人工痕迹，那是拥有智力的劳动者在大地上留下的特殊印记。它是通向浩瀚夜空的一座古老的驿站，是潜伏在时间长河中的一块光滑的礁石。它是人类——至少，是我自己——献给永恒神祇的信物，一座纯粹的精神化身；它那空荡荡的室内容纳着坚定的意志、热切的渴望，还有对卓越技艺的真情实感。白天，我在神庙中静坐，闭目冥想，山川荒漠围绕着我，缓慢地浮动、旋转。我如同坐在一只虚空中涌现出的螺旋形状的漏斗顶端，随着贴服在它表面的光线一起弯曲、下落，直至进入另一个完全超然的领域，在那里，实体的概念将不复存在，时间与空间相互转换。到了夜里，我和往常一样，将神庙的大门关闭、锁紧，然后回到鹿宫休息。

春天已经过去，天气越来越暖，气温回升。树林重新换上绿色，荒原长出青草。季节的交替并未像我想象的那样难以辨别。在这里，永恒的属性对轮回的概念，似乎并未予以苛求。历史上的人们根据季节开展生产活动，它是时间天然的计量尺度。自从我离开巴黎，十个月的时间过去，随着我越来越接近那个标志性的端点——七月二十六日——我的记忆也在慢慢苏醒。虽然那曾经的噩梦已经结束，彻底离我远去，十个月的时间里，我没有见到任何恶魔出现，但我依然不敢掉以轻心。我知道在这个特殊维度的外面，有一个人还在苦苦追寻我的行踪，一旦他找到它的入口，便会毫不犹豫地闯进来。

还有一件事令我担心，就是那不时出现的林间黑影。它消失了一段时间。自从神庙竣工之后，它便再也没有出现过，仿佛二者之间有着某种神秘的关联，让人难猜难解。不过我没有放松警惕，我很清楚危险随时可能再度降临。

转变发生在六月的一个早晨。那天一早，我背上农具，推开鹿宫围墙的大门，准备去东边的农田里干活，远处林地边缘，一个黑色的人影映入眼帘。这一次我看得清楚，是一个男人。他的身上披着长长的黑色斗篷，遮住了面部与身体，然而尽管如此，从他的动作不难看出，那是一个男人。他很机警，还没等我说话，他已经转身消失在树林中，动作之快，就像一只树梢上的猿猴。

我甚至不知道后来发生了什么，只记得自己的脚下一阵旋风，耳边呼呼作响，紧接着传来沉重的喘息声，树枝在身后噼里啪啦地折断。我眼前的景物争先恐后地向后倒去，树干从两侧划过，叶片纷飞。我的双眼紧盯着前面那团黑点，它在前面的树林间左右跳动，若隐若现。有那么几个时刻，我觉得自己是在做梦，树林变成无数条手臂，从四面八方向我伸来，要将我紧紧握住，阻止我继续向前。

我用尽全力大喊一声，将自己唤醒，也向前面逃窜的人影发出警告。那人行动敏捷，不时改变方向，但并非慌不择路。我的怒火油然而生，人生之路无论走到哪里，都会遇见敌人。它们赋予你力量，没有了它们，再纯洁的生命也会显得黯淡无光。

不知不觉中，我已经将那把0.45口径的柯尔特左轮手枪紧紧握在手里。自从我发现黑影以来，我便将它带在身边，时刻不离，以备不时之需。一旦发生意外，这就是我最后的武器，如今，它终于有了登场的机会。我盯着眼前的人影，一股愤怒豁然升起。那并非仇恨的力量，仇恨与它相比，简直渺小得不值一提。那是一种压抑已久的能量，带有永恒的属性，在自己面前爆发，任何阻挡它前进的障碍，都要被无情地抹平。

也许，这就是战争，我想。我停下脚步，目光迅速捕捉着前方忽隐忽现的黑影，然后飞快地举起枪。我双手握紧枪把，伸直胳膊，对准黑影，用力扣下扳机。一声清脆的枪声响起，震得我耳膜发痛。声音在林间回荡，一群黑色的乌鸦从四面八方飞上天空。我的身子不由自主地向后倒退，差点摔倒。

不过我很快又重新站好，再次集中精神，向前察看，搜索黑影的踪迹。我在心中默念，希望它应声倒地，那再好不过，然而事与愿违，远处的黑影并没有倒下，而是完好无损。显而易见，我错过了目标，这令我一阵焦急。黑影似乎受到了惊吓，行动更加迅捷，加快了速度，与我的距离也越来越远，完全超出了手枪的射程，这让我更加焦急。无奈之下，我只好收起手枪，跟在后面继续追赶。

绕过几株大树，前面的黑影消失了，无论我如何寻找，都是白费力气。它好像突然分解，化作看不见的分子颗粒，融入空气之中。我停下脚步，气喘吁吁，单手提着手枪，四处张望，一无所获。这时我才发现，自己已经身处树林深处，周围布满参天大树，蔽日遮天。回头望去，来时的方向难以分辨，犹如一座迷宫。我一阵焦急，随即陷入恐惧。树木包围着我，黑暗包围着我，只有左前方的远处，有一丝太阳洒下的亮光。

我别无选择。我知道这一点，但我还是要再一次大声告诉自己，以此鼓起勇气。与那些留在白色恐怖下的街巷中反抗的斗士相比，我只是个懦弱的胆小鬼。我没有力量，没有财富，没有信仰。我所拥有的全部，只是手中那把笨拙的左轮手枪，还有那一点可怜的建筑学知识。

也许还有一点点倔强，我想——如果它也可以算作一种勇气的话——是它引导着我，远离了所有的幸运与幸福，直到充满讽刺的今天。不过，同样也是它保护着我，免受任何一种下贱与卑鄙的骚扰。现在我的问题是，我到底该如何评价它？

究竟谁能给我答案？是那高高耸立的杉树，还是雷声隆隆的雪山，抑或是那片被永恒所诅咒的、不死者居住的土地？谁又能想象，在这个世界上，竟然真的有人可以逃脱死神的魔爪，也竟然真的有人能够在喷火的枪口前倒下去，而后又从遍地深红的血泊中，毫发无伤地站起来！然而不仅如此，更重要的是，竟然真的有人能够咬紧牙关在这里住下来，耕种土地，建造房屋，与这样一片鬼魅般的生灵为伍，只为了看一眼那传说中的永恒的神殿！这是怎么回事？这又怎么可能？不用说，那个人一定是个不折不扣的白痴！

一个倔强到无可救药的白痴。

面前的光亮越来越近，我看得也越来越清楚。那是一片林间空地，周围的树木高高挺立，中间露出一块平地，上面长满野草，四周树木环绕，围成一个近乎完美的圆形。我用目光大致丈量了一下，圆形的直径大约有五十米，也许有五十五米，但不会更大了。这里的树木与林地边缘相似，以松树与杉树为主，也有一些鹅耳枥、欧洲枫树与桦树，但土地的样子却完全不同。这里的土地十分坚硬，好像高原地带的冻土，又好像是尚未风化的岩石，似乎大山的一只脚趾在不经意之间，从地下伸出了地面。看不到一点沙子，那种冷杉树的脚下涌出的白沙，在远离荒原的地方，就再也不见踪影。地上野草也很古怪，不像是刚刚过去的春天产物：别处的草全都又嫩又绿，这里的草却低矮枯黄。

就在这块圆形平地的中央，有一座石头建造的，外形十分奇怪、简直难以描述的建筑遗迹。

我甚至不能肯定，那是一座建筑，还是一块伸出地面的石柱。乍看上去，它好像一座倾颓的神庙的一角，两道石块砌筑的墙壁彼此垂直，后面是断壁残垣。墙体顶部的屋顶已经坍塌，但是附近却没有任何散落的石块，令人心生疑窦。我提高警惕，握紧手枪，小心翼翼地走近它，心脏跳个不停，预防危险随时降临。

我来到遗迹附近，在距离它大约五米远的地方，脚下踩到坚硬的岩石。它十分平整，很像是那座遗址的基础，也可能是别的建筑的一部分，就像鳞次栉比的古罗马广场一样，大大小小的神庙与巴西利卡挤在一起，共同组成了那座无与伦比的大理石之城。我抬头仔细观察这座残留的建筑，很快便推翻了自己刚刚得出的结论。这不是一座神庙，也不是一道石墙，甚至很可能都不是一座建筑，倒更像是一整块弯月形状的石块，从地面上直升起来。石块的形状并不规则，呈现出明显的三维特征，长宽高三个方向上各不相同，只有转角一侧的垂直线条比较有规则，令我误以为那是交错的壁柱，实际上相去甚远。这里的石块很光滑，呈暗红色，表面上有厚薄不一的凹凸曲折，形成类似于柱子表面的凹槽一样的特殊肌理。有些凹槽深深陷入墙体内部，令人无法看清，那究竟是一整块石头，还是不同的石块集中在一起，组成的束柱状聚合结构。凹槽的表面有一些不规则的裂痕，或者更准确地说，是一些长度、深浅各异的划痕，好像被某种巨大的金属利器所损伤，在石头上留下的特殊痕迹。石墙的顶部空空荡荡，直上直下的线条在那里戛然而止，似乎整座墙壁在空中突然折断，而非在自然的力量下，逐渐腐朽崩塌。除此之外，通高的墙体完整致密，看不到任何石块的拼缝，这是最令我感到疑惑不解的地方。

石墙面向我的一侧——我姑且将其称为正面，而与之大体垂直的另一面称为侧面——凹槽的密度相对较小，大概只有侧面的一半，线条的走向也并不严格垂直，而是彼此相交，形成新的交错图案。正面的墙体下部有向外凸出的方形部分，看上去像是条形基础，但也可能不是，我完全不能说明它的具体功能，这再次加剧了我的迷惑。

侧面的墙体与正面不同，最明显的一点是，一条从顶部到底部连续贯穿的、长长的弧形轮廓。为了看得更加清楚，我不得不离开正面，转到另一侧，站在它的对面，这样它那犹如新月一般完美的弧线便可以一览无遗地呈现在我眼前。

弧线很长，从头到尾将近十五米，这是我根据整堵石墙的高度，结合弧线的曲率所得出的估算，不过这已足以说明，这一奇观到底为何令人惊异。它看上去像是一个更大的圆形边缘的一部分，似乎很久之前，有一个诞生于虚空之中的圆形洞穴突然造访此地，摧毁、吞噬了那座坚固的石质建筑，在它的躯体上留下这条曲线，作为那场巨大灾难的证明。原本的建筑早已荡然无存，只剩下这最后一点残存的遗迹。种种迹象表明，此地充满未解之谜，远远超出我先前的想象。

是不是那永恒的神殿？是不是那传说中的神之寓所，其实早已被神秘的力量摧毁，化作繁星一般的尘埃，而面前树立的，就是它仅存的一点巍峨的实体？是不是另一座远古时代的村落，里面居住着与库库鲁一样的永生的村民？他们凭借无与伦比的高超的建筑技艺，兴建了这座不可理喻的人造仙宫？是不是在我之前，那遥远的古代世界，曾经有人和我一样，为了一个偏执的理念，在这里建造庙宇，休养生息？后来又因为种种未知的原因，湮灭于历史的大火之中，落得一个可悲的下场？

想到这里，我再次心生畏惧，一股寒气从脚下涌上头顶。我再次感到冥冥之中，似乎有某种不具其名的超然生命，正在注视我的一举一动。我记得地质学家告诉过我，这里的地质结构十分年轻，岩石圈的构造运动非常活跃，仿佛永恒之地在动用各种手段，重新塑造周围的山川地貌，来让自己永葆青春。现在看来，他的话并非痴人说梦。又一阵恐惧袭来，我几乎无法站立。

　　带着满身的疲惫，我花了一天的时间，才找到出路。太阳落山之前，我终于离开密林，回到鹿宫。两天之后，地质学家来了。

　　他还是那副无忧无虑的样子，全然看不出在他离开的大半年时间里，有什么重要的事情在他身上发生，就算有，也早已风平浪静。他总是有一百种办法转移所有人的注意力，包括他自己在内。这也是他受到欢迎的秘诀，因为无论什么时候，你都无法对这样一个人太认真。

　　看到我取得了如此丰硕的成果，他很吃惊，对我大加赞赏。的确如此，这是我配得上的。作为一名白痴，我干得不错；作为一名建筑师，我的工作才刚刚开始。他没有久留，只是简单地同我聊了几句，同时又给我带来了一些烤面包。我接过篮子，感谢他的好意。此时的我，俨然已是一名合格的永恒国度的公民。我不再将他看作不可理喻的特异生物，而是彼此相安的邻居。他给我讲了一些村子里的情况，没有什么特别，时间久了，这成了一种再正常不过的状态。他起身告辞，我将它送出鹿宫的大门，临别之际，我向他提起了黑影与建筑遗迹的事。

我向他询问，希望得到解释。出乎我的意料，他没有回答。他低下头，思考了一阵，脸上露出古怪的表情。我从没见过他这样，这本身就是一种令人不安的回答。他又思考了好一会儿，仿佛这是一个非常艰深的世界难题，比如何战胜法西斯、拯救全人类更加令人伤透脑筋。这很不寻常，我已经嗅到了危险的气味。

　　"你可以去问问伊莲娜。"沉默了好一会儿，他最后说。

　　"伊莲娜？你不是在开玩笑吧？"我说，"伊莲娜？冈萨雷斯的妻子？那个哑巴？"

　　"没错。"他又恢复笑嘻嘻的模样。

　　"她能告诉我什么？一个哑巴？"

　　"别急着下结论。她知道很多事。"

　　"我不相信你的话。"

　　"别这样说嘛，我的老朋友。"

　　"我知道，你有很多事情瞒着我。"

　　他耸了耸肩，没有否认，但也没有肯定我的话。

　　"也许吧。"他说，"有些事，我也只知道一部分。"

　　"我该如何相信你？"

　　他笑了。"你已经相信我了。"他说。

　　随后他又说："不过，我还是建议你去找伊莲娜。"

　　"她有什么理由帮助我？"

　　"嗯，这一点我可以向你保证……"

　　"就算是这样，冈萨雷斯也不会允许。"

　　"不用担心。他经常外出，很少在家。"

　　　　　　　　　　　　　　　　　　　　　　　　　圆　环

"你的建议丝毫也不高明。"

"可是很有用。相信我吧！"

"我相信，黑影就是酒馆里的那个黑衣人。"

"你是说'黑幽灵'？"

"'黑幽灵'？你们这么叫他？"

"一点不错。"

"如果是这样的话，我想是的。"

"可是你没有证据，不是吗？"

"我听到'你是塔奥斯的敌人！'"

"是他的声音？"

"不，不是。"

"那是什么？"

"不……我不知道。那是什么意思？"

"什么？"

"'塔奥斯'？他指的是什么？"

他耸了耸肩："我不知道。"

"你不知道？"

"是的。"

"还是你不肯告诉我？"

"朋友，相信我。在我之前很久，那个人就在这里了。"

"竟然有这种事？"

"是冈萨雷斯告诉我的。但他只告诉了我这么多。"

"冈萨雷斯？你让我该如何相信？"

"我明白，但事实如此。"

"我该怎么办？"

"我告诉过你了。"

我低下了头。

"所以，你需要帮助。"

"我不知道……"

他笑了："去找伊莲娜吧。她会告诉你一切。"

他又向我挤了挤眼，好像在说，这件事情上，相信他不会有错；但又像是在说，他不会再有机会对我犯错了。

说完这些话之后，他便离开了。看着他的背影，我莫名地感到，自己在送别一个再也无法相见的客人。

太阳落得很慢，影子很长。夕阳把天边的云朵刮开了一个长长的口子，漏出融化的白银般明亮的光芒，而不是通常设想中的金黄色。天空中有大片红彤彤的云朵，远远地组成不同的图案，从中我看到有字母、石像、宝塔、战车、方块、圆环……

天色暗了下去。没有了城市的灯光，万物随着天空一起暗下去，直到夜幕降临，明月高升。皎洁的月光照亮了荒原，新生的野草躺在月光下，静静地俯卧着。偶尔有几片草叶抖动几下，反射出水一般的光亮，跳动着，如同丛中飞舞的萤火虫。

　　我是大山之中的异类，

　　冷杉树下的阴影。

我是远离城市的弃子，

追逐时间的流星。

我是浪迹荒野的囚犯，

守卫永恒的幽灵。

我是寄居于天地之间的孤独的

建筑师，

在那一片大地睡去后的静谧中，

我听到另一种

来自天空的寂静，

正在悄然向我靠近，

等我苏醒，

唤我倾听……

19

　　黎明时分，我被一种奇怪的声音惊醒，一种连续的、低沉的金属声，听起来离我很近，方向难以把握，因为它从房屋外部、鹿宫的屋顶上方传来，占据了四面八方，让我不由得怀疑，发出这种声响的，就是那灰蒙蒙的天空本身。我翻身坐起，四周一片黑暗。空中好像有一只巨大的乌鸦，漆黑的翅膀遮蔽了天空，整个鹿宫都处在它的阴影之下。

　　然而这片黑影很快又消失了，从我的头顶移开，要么升上高高的天顶，要么原地消散，变得无影无踪。四周再次亮起来，清冷的光线从墙壁、入口处的缝隙间射进来，地坑里恢复了活力，不再像一口棺材一样，让人喘不过气来。

　　奇怪的金属声停止了，紧接着响起的，是一声清脆的雷鸣。它比我之前听到过的任何一次都要响亮，简直震耳欲聋，仿佛它的源头，从那遥远的山巅，突然来到了我的头顶。发出的声音是如此强大，如同地震来临，以至于房屋的四壁随之抖动。我匍匐在地上，不敢站立。自古以来，地震一直都是建筑师最可怕的梦魇。它挥之不去，如影随形；它是恐怖的死神、毁灭的天使。在这个世界上，没有一座房屋能够逃离它的魔掌，除非它是悬浮在云端的空中楼阁。

巨大的声响逐渐平息下去。很奇怪，那并不像地震。从前，当我在南美洲的智利旅行的时候，曾经遇到一场真正的地震，尽管强度不是很大，但已经非常厉害。城市完全瘫痪，道路开裂，楼房倾斜，低矮的建筑墙倒屋塌，一派末日的景象。那是我距离死亡最近的一次经历，现在回想起来，依然心有余悸。当时的天空被一种地下涌出的特殊能量所映照，呈现出骇人的血红色，而后地面开始剧烈地上下跳动，继而左右摇摆。沉闷的轰鸣声从脚下传来，随着地震波冲出地面，在空气中炸裂，向四面八方传播。显然，眼前正在发生的一切与此明显不同。

声音终于完全消失，四周恢复了平静。又过了一会儿，一切复旧如初。我从地上站起来，抬头看了看屋顶上方的天窗，又看了看支撑在地坑上方的几根倾斜的木梁。我在它们的表面用力拍打，摇晃了几下，以确保其依旧坚固如初。我又尽可能细致地检查了屋内的每一个角落，最后才想起自己——没错，我很好。不，应该这么说：再好不过了！

我长出一口气，虚惊一场。我这样告诉自己。这不能怪我，也不怪任何人，作为一种生存在地球表面的渺小生物，我们的生命过于脆弱，稍有不慎就会失去，被各种各样的强大力量夺走，不管那力量来自山崩、海啸，还是火炮、机枪。

我穿好衣服，整理好用具，一切恢复正常。我像往常一样，提上水罐，准备去山脚下的小溪打水，一路上，我可以远远眺望晨光中的神庙。我沿着倾斜的坡道走出地坑，推开入口处的门扇，走上地面。

我刚刚走出来，面前出现的一幕就把我完全惊呆了。

在我面前，站着一名美丽的少女。

她站立的地方离我不远，就在围墙脚下，距离不到五米，背靠着成排的木桩，正对着我出入鹿宫的木门。她的身材不高，脸上带着一种早熟的从容，两只大大的黑眼睛，一头棕色的头发略显凌乱，微微带卷的发鬓从两侧垂下来，随意而又活泼。她的身上、脸上带有些许尚未抹去的泥土的痕迹，活像一名刚刚从一场野外狩猎中凯旋的猎手，又像是一个初长成人但又不听管教、野性未驯的邻家女孩。

她穿着一件亚麻色的披风，遮住大半个身体，披风的下面露出瘦削的肩膀，还有那交叉在身前的双臂的轮廓。她的胸前挂着一长串五颜六色的石子串成的项链，与那件披风相映成趣。她的头上系着一根细细的皮条，将那原本蓬松的鬓发束起来，余下的头发刚好垂至肩头，遮住耳朵下方两只兽骨雕刻的圆形耳环，看上去轻快干练。她的后背靠在木桩上，一条腿伸直，一条腿弯曲，脚上蹬着一双柔软的鹿皮靴子，开口直到小腿肚的高度。在接近开口的地方，靴子内侧的毛皮外翻，露出又细又软的乳白色绒毛，盖住绑在靴子外侧的十字交叉的鞋带。这时我再次观察她的脸庞，惊讶地发现那个粗野天真的女孩已然不知去向，取而代之的，是一名英姿飒爽、身经百战的亚马逊女战士。

最引人注目的是，她的额头正中，有一个由三条尖锐的短线组成的特殊符号，用一种不知名的特殊红色颜料画上去，好像是某种印记或图腾，十分醒目。符号中的三条短线彼此分离，围绕一个共同的中心，组成一个形如 Y 字的三角状图案，但并非严格对称，而是各有长短，形状也略有差异，这为她那原本业已灵光四射的容貌，又增添了一分未知的神秘。

然而从她这一身动人的装束中，我却无法说出她的身份，更无法判断她的来历。从天而降——我只能这么说——她就这样出现在我的寓所门口，令我瞠目结舌。我偷眼看了看周围，又向围墙的大门处眺望，发现一切如初，没有丝毫闯入的痕迹，看不到任何异常。只有面前这位陌生的少女，她的出现就是最大的异常。

"你是谁？"

我冒冒失失地问，忘了斟酌词句，也忘了可能潜在的危险，尽管她看上去，无论如何都不像是纳粹派来的杀手。她是谁？来自哪里？是库库鲁吗？还是别的什么地方？我可从没有见过她。

"齐娜。"

她干脆地回答了我的问题。"我是冈萨雷斯的女儿。"

这个回答出乎我的意料。从没有人告诉过我，冈萨雷斯有个女儿。

如此说来，她也是伊莲娜的女儿吗？那个可怜的、不会说话的女人，冈萨雷斯的妻子。我正准备去见她。

"你从村庄来吗？"我继续发问。

这一次，少女没有回答。她的目光落到我背后的鹿宫上，脸上显出好奇，任由我怎么提高声音，她全然不予理会。看到她那任性的样子，我再次想到那些刚刚步入花季的少女，但又转念觉得，眼前的女孩与她们截然不同。如果她说的是实话，那么她那看似靓丽的青春容颜，不过是永恒之地所伪造的又一副虚假的表皮，就像那个懵懂地闯入我的领地的年轻人那样，轻薄而又愚蠢，茫然而又无知。

不过，我又忽然想起年轻人的话。他告诉过我，永恒之地的人群中，从未有新的生命诞生。如果这是事实，那么眼前的这名少女，她存活的时间，势必长到难以想象。我暗自叫苦，应该提早戒备，把我那位沉默已久的、带有六个孔洞转轮的朋友带在身旁。

"你从哪里来？"我再次问道。

她离开围墙，沿着逆时针的方向，围着鹿宫缓步绕行，一边走一边上下打量，如同一名监工，在现场实地勘察工程。我在她的后面五六步远的地方，不情愿地跟着，目光始终没有离开她的脸庞。我不知道自己在看些什么，也许什么都没有；也许，我只是在默默地享受，那种难言的感觉。

围着鹿宫的外部，少女转了一整圈，最后回到原点。她没有停下来，而是又转了一圈，随后是第三圈，好像那座木条野草搭建的房屋上，有什么东西总也看不够。

"你从库库鲁来吗？"我改变语气，第三次发问，尽管我并没有真的期望得到她的回答。

"库库鲁？"

出乎意料，她突然停下脚步，转过身来，气势汹汹地盯着我，似乎我问了一个傻问题。那个名字让她想起了什么，尽管我不知道那是什么，但不难看出，那不是什么有趣的经历。

"库库鲁？"她歪着头，好像在自言自语，"库库鲁？"

她的眼睛突然一亮："啊，库库鲁！"显然，她想起了什么。"那个玛雅村落！"她说。

"玛雅？村落？"

这次轮到我自言自语了，我完全不知道她在说什么。

少女笑了起来，这个话题引起了她的注意："一点不错，我想起来了！"她说，"就是那个玛雅村落。冈萨雷斯去了一趟中美洲，除了这个名字，什么也没有带回来。他可真是个小气鬼！"

我被彻底弄糊涂了。我还来不及弄清楚眼前发生的一切。永恒的国度在用一种最直观的方式，给我补习它那纷繁厚重的历史课。我努力平静下来，深吸了一口气，试着将这些杂乱无章的信息，逐渐拼接成一个可以理解的整体。我最后吃惊地发现，事实其实很简单，只要将时间倒溯，一切都会变得清晰。那些发生在过去的事实，现在正在经由一名少女的言语，快速浮现在我的面前。这不难，我应该很清楚——与真正的永恒相比，四百年的跨度根本算不了什么。

于是眼前的问题就只剩下一个：她来这里做什么？

"你来这里做什么？"我问。

对我的问话，少女完全不予理睬。"你是一名建筑师，是吧？"她反过来问我。

"是的。"

"说来听听。"

"你指什么？"

"你的经历。你都做过什么？"

"这位年轻的女士，"我说，"我们萍水相逢，我还不知道你的来历……"

"别这么矫情，建筑师。"她干脆地打断我，随即又冷不防甩了一个媚眼给我——更多是出于顽皮——"除非我看错你了。"她不无挑逗地看着我，"你在离开巴黎的时候，有什么东西被人割下来，再也带不走了？"

我被她的一番话弄得满面通红。我不是一个善于言辞的人，一年以来，这种能力又再次大幅退化，毕竟平均算来，我每三个月才能见到一个活人。

"说吧。"

她纵身跳上旁边的一只木桶，那是我花费了十二个日夜，挑选最好的橡木，精心打造，准备用来酿造野生水果酒的酒桶——在这杳无人迹的荒野，一个男人怎么能没有一点酒精为伴？

"说吧。"她在桶的顶盖上坐好，两条腿从桶的边缘垂下来，穿着鹿皮靴子的后脚跟不住地敲打桶壁，发出咚咚的回响，催促我不要再磨磨蹭蹭。

我感到一阵不安的冲动。眼前的少女，洋溢着出人意料的热情，与那些生活在永恒村落中的沙漏一般缓慢木讷的人截然不同。她像一朵鲜艳挺拔的花朵，为这白沙遍地、杂草丛生的荒野，带来罕见的活力青春。那一刻，我忽然想到那以秀丽婉约著称的科林斯柱式——啊，修长的比例、精美的柱头、华丽的檐口！啊，美丽的少女、精致的花篮、柔美的草叶，还有那站在原地唏嘘不已的卡里马库斯！

木桶对面的墙角下有一截圆形的树桩，那是我用来劈柴的木墩，它的表面布满横七竖八的斧痕，在它旁边便是堆放木柴的窝棚。我学着她的样子，走过去坐在木墩上，把它当成赖以攻守的阵地。我心中忐忑，似有不安。我该如何应对面前这位少女卡门？我该如何让这永

圆 环

恒的时间流逝得再缓慢一些？我该如何细细品尝这份从天而降的精妙？我思考着下一步的行动。

她的双脚还在不停地敲打木桶。"你还要等到什么时候？"她催促着。"你为什么不说话？你该不会是个冒牌货吧？"

"不。"我说，"我是建筑师，这千真万确。"

"冈萨雷斯告诉我，你在巴黎，为德国人做事。"

"并非如此。我的意思是……那只是……"

"我并不在乎。你知道吗？"她说，"德国人也好，法国人也好，俄国人也好，对我来说都一样。"

"我真希望你是在开玩笑。"

"不，我没有。"她露出认真的表情，"我是认真的！"

"好吧。"我说，"女士，也许对于你来说，无论是德国人，还是法国人，都没有什么区别。那是因为你生活在这片独一无二、与世隔绝的土地上，不用去担心那从头顶上掠过的枪林弹雨，也不必为自己的国家蒙受战争之苦而痛心疾首。你甚至不必为自己的生命、为别人的生存而忧虑。在你居住的这片土地上，事情就是这样，但外面的世界要大得多，也复杂得多。并不是所有人都像这里的人那样，能够那么无忧无虑地生活。"

无意之中，我改变了语气。我并不想争执，我只是表明立场。这或多或少有些关系。我的意思是，不管我走到哪里、身处何处，或是与什么样的人对坐相谈，有些事实，我永远都无法回避。

"你把我当小孩子。"

她突然变了脸色，原本的笑容一扫而空，取而代之的，是一张冰川一般冷峻的面孔。我的心随之"呼"的一声落入了冰窟。她的话听起来比我还要坚定，不容辩驳。那一刻我惊讶地发现，她的全身仿佛被一层金色的光芒团团包围。

不过那很快又消失了，如同太阳再次躲进云层，留在尘世间的，只有黯淡与平凡。少女的脸上再次露出顽皮的笑容，"不过，你说的没错，"她说，"我只是讨厌所有人都和冈萨雷斯说一样的话。"

我长出一口气。不知什么原因，我对面前的来人有种莫名的担忧——也许，是莫名的惧怕，只是我不愿承认——她那轻松自如的神态，来自大山深处，从林地荒原中天生地长；她那灵秀的身姿、乌黑的双眼、小麦色的皮肤，还有那额头上特殊的符号、两耳下佩戴的圆环，等等，无一不引起我的注目。所有的一切都在明确地向我表明，这里是她的家，她对这里了如指掌；同时又似乎在向我暗示，她才是这里真正的主人。

"你还没有回答我的问题。"她再次提醒我。

我收回思绪，平静心神，认真思考她的提问。本来，我无论如何都不愿谈起这些，可是经过这么一番折腾，我改变了主意。一个奇怪的念头抓住了我，让我无法摆脱。它提醒我、告诫我，这是我唯一的机会，我必须做出正确的选择。

"我的经历，它并不怎么有趣。"我说。

"不要把结局说在开头。"她鼓起腮帮抱怨道，"你把气氛全都搞砸了，建筑师！"

我苦笑了一下，摇了摇头，不再解释。我集中精力，开始回忆往事。我向她说起我求学的经过，说起在巴黎大学度过的青年时代，那

圆　环

是一段荒唐透顶的经历。我讲到自己如何在大街上分发宣传新建筑的小册子，与此同时，学校里的课堂上还在一板一眼地教授帕拉第奥的《建筑四书》；我讲到自己不满足于法国的低沉傲慢，为了学习最先进的建筑技术，只身远赴柏林，在那里，我如何在十八个月的时间里，度过了六个连绵不断的严酷寒冬；我讲到自己四处流浪的经历，从波希米亚进入巴尔干，一路向南，最终抵达心中的圣地雅典，然而那里早已被土耳其人搞得满目疮痍，就连不朽的卫城也变成了乌烟瘴气的集市广场。我又讲到自己如何历尽艰辛，终于回到巴黎，那一天的太阳就像今天这样，仿佛被一根钉子牢牢地钉在了天上。我还讲到，自己随后的经历，错综坎坷，五味杂陈，如今回忆起来，可谓满纸辛酸。因为我做过那么多的尝试，却从未得到肯定；我付出了难以计数的努力，最终得到的，只有世人的冷眼与嘲笑。从法国到瑞士，从摩纳哥到阿尔及尔，从欧洲到南美，从东半球到西半球，同样的结果上演了一遍又一遍。不过它也磨炼了我的意志，让我从一个脆弱敏感的青年，成长为一名坚定的斗士。我并没有夸大其词，我只是想重拾当年的勇气，找回曾经拥有的自豪。我讲到战争爆发之后，自己如何成功进入了帝国的建筑部门，利用来之不易的特殊职业，为抵抗组织提供了不少有用的情报，最终赢得了他们的信任。对于我这样一个身份特别的人来说，能够做到这一点，本身就是一个壮举。然而形势还是急转直下。我发现了一个纳粹德国隐藏已久的惊人秘密，为了阻止它的实现，我冒着生命危险，将这份秘密偷盗出来，带在身上，四处躲藏，直到命运将我带到这里，带到那个名叫库库鲁的小村落。此后的经过变得很简单，我只身来到旷野，住了下来，只为了见一眼那传说中的永恒的神殿。尽管我并不肯定，那座神殿真的存在，但是在我的心中，在一名真正的建筑师心底，除了这里，它不可能在任何别的地方。

少女倾听着。我的讲述越来越流畅，越来越清晰，我自己都不敢相信，从什么时候开始，我的语言能力竟变得如此强大！少女听得很认真，搭在木桶两侧的双脚停止了敲击。她到底在倾听些什么？是我的来历，还是我的目的、我的决心？她到底想从我这里得到些什么？她真的是冈萨雷斯，那个笨拙的巨人的女儿吗？

我不知道。此刻我唯一知道的是，在她面前，我已经没有任何秘密可以保留。

她静静地等我讲完，没有提问，也没有打断我。她坐在我面前的木桶上，居高临下地看着我，脸上十分平静。讲话的过程中，我不时地打量她，可每次接触到她的目光，又迅速地闪开，最多不过一两秒钟，不敢凝视那双眼睛太久。就在这样一个个短促的瞬间里，我发现她眉头微皱，嘴唇咬得很紧，想必是因为我的讲述过于精彩。当然，这只是我暗自猜想，而这样的猜想一般都与事实相去甚远。

我在等待，等待她的回应，等待她的裁决。在这万籁俱寂的一刹那，她俨然就是我心中唯一的女神。此时此刻，我已经没有力气再去揣度她的来历、她的身份、她的所思所想。一股强烈的、顺服的意识牢牢抓住了我。我能做的，只有等待。

她没有回答，翻身从木桶上跳了下来，来到我的面前，蹲下来，双手扶在膝盖上，仰着脸，继续好奇地看着我，好像在看一个气息奄奄的病人，又好像在看一座即将坍塌的房屋。我不由自主地坐直了身

　　　　　　　　　　　　　　圆　环

子。我还没有那么软弱，要用虚伪的表演，去赢得别人的同情。直到这时，我还在耐心地等待。

我的耐心得到了回报。她站了起来，点了点头，脸上恢复了笑容。那笑容在我看来，比之前少了一分恣意，多了一分肯定。毫无疑问，这是积极的信号。我非常高兴，用同样的微笑回应她。我们就这样一边笑，一边对望着，谁也不说话，但谁也不停止，直到最后，两个人全都忍不住放声大笑起来。

"我欠你一个人情，建筑师。"

"你说什么？"

"人情——你这傻瓜！"

我们一起又笑了很久，好不容易才停下来。我看着她那闪动的双眼，如果我的眼睛没有欺骗我的话，我想她的目光里饱含着深情。

"我也要谢谢你，齐娜。"我说，"我已经一年没有这样笑过了。"

"准确地说是三百二十八天。"她说，"我数得很清楚。"

"你在暗中监视我？"

"我观察你很久了。"

"为什么我从来没有见过你？"

"因为你看不到我。"

"为什么？"

"我从天空中来，能够看到你的一举一动。"

"这不可能。"

"随便你怎么说。"

"那条黑影是你吗？"

"不，你想错了。"

"这么说，这是我们第一次相见?"

"是的。"

"我想见你。我该怎样才能找到你?"

"你不可能找到我，冈萨雷斯不会允许。但我会想方设法找到你。"

"又是冈萨雷斯，他到底是什么人?"

"他是国王，是这里的看门人，是不朽的仲裁者。没有他的允许，任何人都不能进入永恒之地。"

"你是说，永恒的神殿，对吗?"

"是的。"

"这么说，它是真实存在的。"

"不要相信别人怎么说，你自己知道答案。"

"它在哪里?"

"我不能告诉你太多，你必须自己找出真相。"

"那条黑影真的不是你吗?"

"不，那不是我。"

我遗憾地低下了头。

"是那个黑衣人。"她说。

"黑幽灵?"

"你猜得没错。"

"他是谁?"

"一个真正的敌人。"

"我不明白。"

"他是宿命，他是惩罚，他是你不可回避的挑战。"

"我该怎么办？"

"你必须提高警惕，格外留心。他很危险，我只能告诉你这些。"

"那片空地中的庙宇，或者遗址，那是什么？"

"亲爱的，就像我刚才说的，我只能告诉你这些。"

"为什么？难道我真的要去找伊莲娜？"

"是的，这很重要。我可以帮你，但这同样很冒险。"

"我不明白。"

"你还有太多工作要做。"

"我到底该怎么做？"

"你必须找到正确的方向。"

"你要回库库鲁去了吗？"

"是的，我已经离开太久了。"

"我什么时候才能再见到你？"

"很快，也很慢。"

"这是什么意思？"

"我不能肯定……我无法告诉你准确的时间。"

"为什么？"

"如果你想见我，我可以去求冈萨雷斯，让他不要再从中作梗。不过那也不会容易。"

"他会伤害你吗？"

"噢，不，亲爱的，你想到哪儿去了？他不会的。"

"可是他是个恶魔。他主宰这里的一切——那村庄、那神殿，还有你！"

听到这里她笑了，好像在嘲笑一个被爱情冲昏头脑的莽撞的年轻人。"不，"她说，"事情不是那样的。"

我摇头表示不能理解。齐娜显出焦急的样子："听着，"她说，"你必须找到那座神殿，这是你的任务，你的使命。"

"可是我该怎么做？我连它在哪里、是什么样子都不知道。"

"不，你知道。"

"不，我不知道！"

我忍不住喊了出来，比她还要焦急："告诉我，它在哪里？"

看到我如此冲动，她难以置信地再一次平静下来，试图安抚我。"我知道你建造了一座神庙。"她说。

"是的。"我说，"就在那边，正对着冷杉树的方向。"

"是的，我知道。"她说，"在它的墙上，有一个圆环。"

"一点不错。"

"你做得很好。"她说，"但还不够。你还有很多工作要做。"

"工作？不，我不明白。"

"你会明白的。"

"不，告诉我，我该怎么做？"

"圆环会告诉你。你已经有了一个很好的开始，你必须完成它，否则，你将再也无法见到我。"

"如果为了寻找那永恒的神殿，"我冲动地说，"就要无法再见到你，我宁愿放弃这一切！"

她又一次笑了，伸出细腻的双手，捧住我的脸颊："不，你不会的。"她说。

"你要回到库库鲁去了吗?"

"是的,我已经离开太久了。"

"我什么时候才能再见到你……"

"很快,也很慢……"

我们又一起说了很多话,直到太阳转过南方的天顶,向着远处的山岭落下去。

"记得我的话,建筑师。"她最后对我说。

"什么?"

我闭着双眼,世界在我的周围旋转。

"为了我,你必须找到那座神殿。"

"什么?"

"找到那座神殿。"

"你在哪里?"我迷迷糊糊地问。

"在我的婚床上。"她说,"找到它,你就能找到那座神殿。"

"你的……婚床……"

"你要来登上我的婚床吗?"

"你在哪里……?"

"在我的婚床上。"

"婚床……"

"记得,它是红色的……"

"什么?"

"我的婚床。记得,找到它,我在那里等你……"

这是我最后听到的几个字，随后，那甜美的声音从我的耳边逐渐远去，直到完全消失，取而代之的是螺旋式不断下坠、旋转的黑暗，将我的身体整个地抓取、吞没。

20

我重新踏上那片干旱的土地，沾湿的双脚踩在沙地上，携带起细小的土粒。天气越来越热，不时涌来一股燥气，从脸颊两侧划过，吹动我那蓬松杂乱的胡须，痒滋滋地难受。名叫库库鲁的村落就在眼前，它坐落在一片高起的台地上，在它的一侧是茂密的树林，另一侧是长满野草的荒原。它位于二者的正中间，将它们截然分开，不偏不倚，如同天平中央的指针。

烈日当头，土路上满是干燥的气息。树林发出咔吧咔吧的声响，那是不安的信号，要着火的迹象让人焦躁不安。用不了多久，野外的落雷很可能从天而降，点燃枯树野草；还有动物腐朽的尸体，分解出的磷元素忽然冒出火苗……说不上来的危险，熟悉的夏天。

我沿着土路向南走，朝着村落的方向，距离上一次我造访它的时间，已经过去整整一年。那座安静的、低矮的、夯土建造的村落一如既往，看不出丝毫的改变。随着它在我的视线中越来越近，我仿佛可以嗅到它那满是干柴与烟灰的味道，经过长年累月的沉积，吸附在房屋的墙壁中，与开裂的泥土混合在一起，再慢慢散发出来，形成一道无形的屏障。

我走进村落，周围一片安静。它沉默而又顽固，犹如一座坟场。我独自前行，脚下是一段和缓的坡地，坡度很小，几乎看不出来。沿着自西向东的方向，坡地上排列着一系列的方形房屋，一条大道从房屋群落中间穿过，爬过另一段短坡，消失在房子背后的乱石丛中。在那片乱石丛的尽头，躺着一条迟缓的小河，当初我就是从那里，进入了这片永恒之地。

　　到处都是黄土，它是这里的主宰，它是这座悄然无声的村落的骨架、筋肉、皮肤。一阵微风吹过，尘土打着旋儿飞到空中，扫过一段狭窄的巷子，在它的入口处撞在垂直的墙角上，分成两半，一段保持原有的姿态，越过土路旁边的浅沟，从土路的这一头飘到那一头；另一段沿着覆盖着干巴巴的茅草的墙根，突然间打了一个折损，几乎完全贴附在地面上，钻进黑乎乎的小巷深处。

　　与鹿宫不同，也与神庙不同，这些夯土建造的方形房屋，外形几乎一模一样，如同从那黄色的土地上生长出来，彼此相似，难以分辨。它们体积不大，连成一片，然而仔细观看，却又彼此分离，房屋的山墙之间留有狭窄的缝隙。它们就像是波斯高原上那些土生土长的住宅，伊斯法罕、色拉子和花剌子模等地随处可见的原生房屋，只不过年代更加久远，大部分已经荒废，无人居住。这些低矮、狭小、大同小异的土质房屋，沿着村落中央的大道，向两侧呈鱼骨状排列，布局十分生硬。不难看出，有一种统一的力量在主导这座村落的形成，然而仔细查看，却又发现事实并非如此。房屋的排列似乎只是遵循了最简单的自然哲学原理，在去除了所有人为表达的欲望之后，所得到的必然结论。作为唯一的建筑材料，黄土进一步加强了这种朴素的效果，它暗示来访之人，如果要有所寻获，必须远离现代文明。同样，鱼骨形状的布局，以及那千篇一律的建筑外形，也都强烈地表明，一个隐秘的终极理念的存在，正是它开辟了最初的场地，建造了最初的住所。所有的后来者都不约而同地效仿了它的法则。人们放弃了独立的思想，变得千篇一律；只要根据它提供的模板，稍加改动，便可以自动进入这座永恒的村落。

这可以从房屋建造的细节中找到证据。仔细观察那些房屋的基础，能够发现细微的不同。有些基础的土质较暗，其中含有较多的杂质，这说明要么是地壳发生了变迁，要么是它的建造者选用了不同的土壤；毫无疑问，后者的可能性要高得多。然而很快，到了墙体的部分，这种改变又全都突然消失了，变成清一色的赭黄色。再比如，尽管房屋大体相似，但也有一些例外，那些从主路上分叉出去的巷子里，地形依然有起有伏，形成错落的台地。这些台地相邻排布，大致呈方形，上面坐落着夯土房屋。有些台地的边缘微微凸起，房屋退在后面，二者之间留有一段奇怪的空隙，令人怀疑。在我看来，那些凸起很可能是最初建筑的基址，后来因为一些不知名的原因而被摧毁、重建，最后形成今天看到的规整外观。

夯土施工留下的痕迹同样能够说明问题。几乎所有的房屋，在外墙的较低部分，表面上的夯土层都有高有低，不尽相同，但是到了较高的部分，这种差异便彻底消失了，取而代之的是一种惊人的一致性。无论是夯土层的厚度，还是水平性、均匀性，全都极其相似，很难看出有什么差别。

所以，与这些缺乏个性，但又为数众多的房屋比起来，那座位于村落最高处的、被称作"酒馆"——尽管它不是，而只是一座私人住宅——的二层土楼，无疑显得格外显眼、与众不同了。

我沿着土路登上缓坡，从它的侧后方逐渐接近"酒馆"，绕过一个转弯，来到它的正面。一年前，我跟随着那形如鼹鼠的地质学家，从另一个方向进入村落，来到这里。"酒馆"的门前有一片小广场，就像是那种遍布法国各地的小镇的中心广场。那些广场尺度不大，四通八达，在它们的北侧，坐落着镇政府办公楼，而在它的东侧，则是带有高高的钟塔的基督教堂。

站在门前，我陷入了沉思。我在犹豫，不知如何是好。这并不是因为过去一年的时间让我担心，自己已经遭到遗忘，也不是因为害怕见到那些冰冻、迟缓、谈不上熟悉，但又难以忘怀的面孔，而是因为一些别的原因。那究竟是什么，我一时难以说清。也许是我不想说清。有太多的谜团，我已深陷其中。一种不祥的预感告诉我，无论面前的那扇门背后有什么，都不大可能是我期望的答案。

正门，还是后门？光明正大，还是悄无声息？赤手空拳，还是全副武装？一想到那幽灵一般的黑衣人，想到那在神庙附近的树林间神出鬼没的黑影，我下意识地把手伸向背后，摸了摸插在腰间的那把左轮手枪。一年以来，它一直与我形影不离。我欣赏它，我喜欢它，尤其喜欢它的沉默，绝大部分的时间里，它都一言不发，只有在我最需要它的时候，才会替我仗义执言。

正门，还是后门？光明正大，还是悄无声息？我无法决定。只有最后一个问题，似乎已经有了答案。

正门，还是后门？光明正大，还是悄无声息？

都会有谁在大厅里？那个大学生？还是那一对不知姓名的青年男女？或者还有什么从没见过的新面孔？也或者是，冈萨雷斯那雄壮的身躯？

　　正门，还是后门？光明正大，还是悄无声息？

　　我不知道。我无法决定。不过，这并不重要——门开了。

　　一个女人出现在门口，是伊莲娜！真的是她，没错，我清楚地记得，绝不会弄错！她还是那身典型的农妇打扮，只不过头上多了一条三角形的头巾，上面印着规则的菱形花纹，下面露出又黑又长的辫子，腰里系着一条长长的围裙，向下遮住膝盖。她一身干练，袖子挽到手肘上方，手里提着一只水桶。水桶左右摇晃，看上去是空的，这说明她很可能是外出去打水，也可能是去到屋后的牛棚，给那里的几头奶牛挤奶。这个体格健壮的妇人，不知道她在这里生活了多久，也不知道她像现在这样，不知疲惫地劳作了多久。在我看来，正是她而不是别的任何人，在默默地养活整个村子，就像一座燃烧煤炭、发出电能的机器，为身旁的城市提供温暖与光明。那身衣服，已经成了她身体的一部分；那只水桶，俨然是她生命意义的象征。

　　出乎意料的是，她并没有发现我，不知道是因为房屋的阴影遮蔽了我站立的位置，还是因为我安静得如同一条夏夜之中的壁虎。总而言之，她没有看见我，而是径直转向右侧，从另一条路急匆匆朝西北方向走去。我先前的猜测落空了。我必须当机立断。

　　我没有时间再犹豫。我不知道眼前的女人去向哪里，也不知道下一刻，从那扇黑乎乎、沉甸甸的木门后面，还会有什么别的人走出来。在这危机四伏的村落中，我必须格外当心。尽管此地的时间无穷无尽，眼下我的全部生命，却被骤然压缩进短暂的一秒之中。

移动，疾行，接触，阻止——这就是我的全部计划。它不需要漫长的论证，也不需要反复斟酌。它简单可靠，立竿见影。我需要答案，至少是一个有用的解释，尽管我很清楚，对方是一个哑巴，而如何才能让她做到这一点，我还毫无头绪。

我坚定地实施了计划。凭着一股强烈的冲动，我迅速发出信号，驱动肢体，执行我的意志。这是一年来的荒野生活留给我的最宝贵的礼物，没有它，恐怕我早已暴尸野外，化作根根白骨。我猛地冲出来，两眼直盯着她的背影，狼狈不堪的样子，活像一名意欲不轨的暴徒。我喘着粗气，两眼充血，有种难以抑制的切肤之痛在催促着我，我再也无法忍受。

"去找伊莲娜吧。"我的耳边响起熟悉的声音。

是谁呢？是地质学家，还是齐娜，那个神秘的美丽女孩？

"她会告诉你很多东西。"

"伊莲娜……"

没错，是你，伊莲娜，那个曾经因为我而痛哭的伊莲娜……

告诉我吧，伊莲娜，关于那村落、那高山、那神殿、那遗址；还有那黑影、那女孩。

还有那个冈萨雷斯，你的丈夫。他到底是谁？

还有你，伊莲娜……

伊莲娜？

一切仿佛都在瞬间，电光石火，难以分辨。永恒与刹那，在那一刻彼此对调了身份。伊莲娜，是的，我记得这些，可是，到底发生了什么？伊莲娜，我冒冒失失地冲过来，忙不迭地绊在一块凸起的石头上，身不由己地向前跄了几步，发出异常的声响，被她发觉——是的，伊莲娜，你不是聋子，这一点，我并没有忘记，这也是我谨慎行动的原因——啊！真是太糟糕了，我已经别无选择。

她身体强壮，这是事实。此时，如果暴力已经不幸变成唯一方案的话，我没有指望自己能够胜出。不仅如此，我也没有指望，对方能够平心静气地听我说明来意，毕竟，她是冈萨雷斯的妻子。同样，我也不想利用齐娜的名字，那是我们之间的秘密，我宁愿一直守护它。

我承认自己有些手足无措，但动作还算灵活。她发现了我，惊叫了一声，但声音并不高，也许是她长时间不会说话所致。我不知道她是否认出了我，因为一年以来，我从未修剪过自己的头发和胡须，只有已经磨得开花的衬衫与裤子，还能依稀看出一点当初的模样。她先是一惊，随即开始后退，脸上露出惊恐的神色，不过那神色不像是因为我那凶神恶煞一般的外表，或是我手中的左轮手枪，或是二者齐心协力，共同召唤出来的独特风景。她目光不定，两眼失神，似乎在告诉我，透过我的外表，她看到了某个更加高大辉煌的物体。我很是吃了一惊，动作有所迟缓，怀疑自己背后有什么东西，脚步慢了下来。她转身逃走，我回过神来，不由得一阵气急败坏。那一刻我狠狠捏了捏握在手中的枪柄，最终还是没有举起，随即拔腿追赶。我的鼻孔里喘着粗气，脑子里一片空白，只看到眼前的女人丢掉了木桶，双手提着裙子，沿着缓缓向下的土路，摇摇摆摆地向前跑。

她跑得并不快，由于衣物的束缚，她行动不便。我的突然出现让她受到了惊吓，她毫无准备，全身松软，平时的力气消失了大半——

至少，我是这样想的，不然的话，她怎么会那么快就东摇西晃、气喘吁吁？不然的话，她又怎么会在下一个路口处被我轻而易举地追上，再也难以脱逃？我的动作十分迅猛，如同一头猎豹，荒野就是我辽阔无边的竞技场，而眼前的女人就是我锁定的猎物，已然无路可逃——啊，你终于无路可逃了，我的野兔，我的母鹿，我的瞪羚。

我追上她，从后方抓住她的左臂，用尽全力向后一拉，她的身子随即向一旁倒去。我大吃一惊，没想到自己使出如此大的力气。她的右侧是一堵房屋的山墙，夯土表面已经剥落，露出细小的沙粒，她的身子整个撞在墙上，发出很大的声响。这让我心头一颤。我无意伤害她，只是下定决心，要取得胜利，为此我不能有丝毫大意。她不停地反抗，用力将我推开，还有几次试图用拳头攻击我的头部，所幸被我一一躲开，没有成功。我被激怒了，因为我发现她在竭力保护的，不是自己心中的秘密，而是自己平凡的肉体，这让我感到莫大的侮辱。我发了狠地将她按在墙上，同时举起那把上了膛的左轮手枪，把枪口抵在她的下巴上。这么做很不光彩，但是与巴斯克族的女性搏斗，率先使用武器也没有什么好丢脸的。手枪起了作用，她的反抗减缓了下来，但她的目光依然在用力抽打我的脸颊。我很想辩解，不过我必须首先彻底制服她。我抓住她的双臂，将它们死死地按在墙上，用肩膀抵住她的胸脯，让她动弹不得。我用了非常大的力气，尽管我想到，她可能是这个村庄里唯一对我心怀善意的人，可是又转念记起，她是那个在过去一年的时间里，唯一没有出现在我门前的人。于是一阵莫名的妒意涌了上来，双手抓得更紧了。

出乎我的意料，她停止了反抗，泪水沿着脸颊流了下来。她不再

圆环

对我怒目而视，而是闭上了眼睛，不停地摇头，嘴里发出呜呜的声音。我被眼前的情景弄糊涂了，不由自主地松开了手，丝毫也没有想到，这很可能是对方为了脱身而故意装扮的假象——不，我从没那么想过！在那一刻，我突然无比信任眼前这个无辜的女人。我感到一阵强烈的悔意。她没有逃走，而是站在原地，后背靠着土墙，双手交叉抱在胸前，低着头，不停地哭泣。散落的围巾披在脑后，遮蔽着她那一头被弄乱了的乌黑的秀发。

正在这时，一个粗犷的声音从不远处的巷子里传来，似乎那里有一座不大的院落，有人在它的围墙背后，正弯着腰忙碌些什么。我没有听清那人说的是什么，不过我听出了他的声音——没错，是冈萨雷斯。

伊莲娜抬起头，对着空中呜呜了两声，那声音应了一句，不响了。她转过头来看着我，眼角下的泪痕还在闪光。我感到羞愧，脸上阵阵发热，埋怨自己从一开始就不该来这里，这件事从头到尾都错得离谱！我进退两难，伊莲娜看出了这一切，露出不解的神情，但很快又释然了，好像看透了我的心思。她止住了哭声，平静下来，但依然对我抱有警惕。她做了一个手势，似乎在询问我。凭借猜测，我想她是要了解我的来历，可是一时间，我却不知该如何回答。

现在，轮到我丧失语言能力了。情急之下，我不知从何说起，同时还想努力弄清她的意思，这让我左右为难，额头上渗出汗珠。她看出了我的困境，也和我一样着急起来。她一边示意我冷静下来，一边用手比画着，指向远处那声音传来的地方。我想她是在告诉我，这实在不是个好机会，为此，我最好抓紧时间。

我明白她的意思。本来，我还想向她讲一些自己的经历，现在只好放弃；作为一个自我放逐的流亡者，我的生死并没有多少引人入胜的内涵。我的想法只是自怨自艾，是过去残存的幻影。现在的我必须放弃这些软弱的念头，集中全力，找出真相。在这个问题上，眼前的女人无疑比我更清楚。我逐渐恢复了理智，头脑清晰起来，这是我唯一的机会，我不可能再询问她第二次。

　　"告诉我，伊莲娜，"我尽量言简意赅，也尽量让她能够回答，"我在山脚下的树林旁建造了一座房子，住了下来，这些，你应该都知道吧？"

　　她点了点头。

　　"很艰苦，不过我想我找到了正确的地方。我想方设法建造了一座神庙。我必须这样做，因为我想要找到那座永恒的神殿。"

　　她又点了点头，随后皱了皱眉，好像在问，我煞费苦心地找到她，难道就是为了说这些？

　　"不，不，"我急忙说，"不只这些。相信我，伊莲娜，我需要你的帮助。"

　　听到这里，她快速做了几个手势，我没有看清，就算看清，我也不懂那是什么意思。我苦笑了一下，告诉她自己不懂手语，"孤独吗？信任吗？不，伊莲娜，不，都不是。"

　　显然，我没有猜对。她很疑惑，也很着急，她又更加快速地做了几个手势。我尽力去跟上她的动作，同时全力开动脑筋，去思考它们的含义。她的手一边比画着，嘴里同时发出咕咕的声音，不难看出，她在努力向我解释，又似乎在极力规劝，这是我从她的表情、她的眼睛中得到的信息。女人们的话语可能很难相信，但是她们的眼睛不会撒谎，这是一条永恒的真理。从她那明亮、忧郁而又焦急的双眼中，我看到的是另一种全然不同的语言。

那是一种关切，也是一种恐惧。那是一种混合了深绿与天蓝的艳丽的色彩，同时又是一种即将消散的梦幻的彩霞。它在我的面前闪动，如同一条停止流动、滞留在原地不停打转的小溪，从它模糊不清的倒影中，我看到自己憔悴不堪的身躯！它瘦削、干瘪，不成人形。我倒吸了一口冷气，全身的汗毛都竖了起来，但如此清晰的意境，很难让人说服自己相信，那不过是眼前一闪而过虚无的幻景。不，我不相信！在我面前出现的只有一种真实，那就是她的善意、她的真诚。

她伸出手来抓住我，把我推向一旁，意思是让我赶快离开。有什么不好的事物正在赶来的路上。她显出急切的样子，我的到来不仅让她左右为难，更让她心痛不已。

"再告诉我一件事吧，伊莲娜。"我说，"我在树林深处发现一座奇怪的建筑，一座遗址。它非常奇特，与众不同。你明白吗？你知道我在说什么吧？"

她点了点头，这是她与我交流的最有效的方式。她用手比画着，我努力猜测她的意思。她的手势做得很快，以至于有些时候，她不得不停下来，将一两个重要的手势不断重复，只为了让我尽量弄懂它的正确含义。然而尽管如此，那又谈何容易？如果那真的是关于永恒的秘密，又怎么可能只凭几个简单的手势、几句简单的话语，就可以说清道明？有那么几个时刻，我感到自己完全是在白费力气。眼前的女人，她已经进入了自己的世界，在那里，有另一套截然不同的符号体系，来描写周围的万事万物。而现在，我却依然站在它入口处的边缘，对它深藏不露的秘密困惑不已。

"移动？改变？消失？"我不停提出猜测，由她来进行验证。有时她会点头，但摇头的时候更多，这时我必须迅速提出下一个说法，以便让已有的说法可以延续下去。不得不说，这是一项非常累人的工作。

"古老的过去……许多次……许多人……"

我还在继续努力。

"神明。他们在供奉神明。但是……发生了灾祸，不，变革？不，还是灾祸……"

我还在继续努力。

"后来，又有许多人……大地，发生了改变……"

我还在继续努力。

"鸟。神明和鸟……它们是一体的……那山，那树，那神殿……它们也是一体的。"

我还在继续努力……

远处的巷子里又传来一声呼唤。

伊莲娜变了脸色，露出慌张的样子，示意她必须离开。我拉住她，现在我无论如何都不能将她放走。"它们是谁？"我说，"它们是真的神祇吗？还是什么不明的超自然力量？"

伊莲娜痛苦地摇着头，我的话不仅难以回答，同时也触及了她的伤心之处。"村落，它存在了多久了？你们从什么时候开始，就在这

圆 环

里生活?"

她勉强做了一个简单的手势,不再出声了。那个手势,它的含义在我看来是:无限。

"冈萨雷斯,是他在呼唤你吗?"

她点了点头,看着我的眼睛里再次布满泪水。

"他是谁?他是神吗?"

她摇了摇头。

"有人告诉我说,他是这里的管理者,是这样吗?"

她一下子惊呆了,好像完全没有料到我的话,"有人?"我从她的手势中读出这样的信息,"什么人?"她问我。

"她的女儿,齐娜。没错,我见到了他的女儿。"

"什么女儿?"她问我。

"一个美丽的女孩,"我说,"十分年轻,留着齐耳的短发,额头上有一个奇怪的三角形标志。我想,她应该是你的孩子吧?"

完全出乎意料,她大为不解,随即陷入极度的惊恐,以至于我完全没有办法安抚她。她极力挣脱了我的手,嘴里发出呜呜的声音,同时双手比画着,不过完全不是在打手语,而是在单纯地表达惊悚与恐惧,直到最后,低沉的呜呜声变成了刺耳的尖叫。我被她惊呆了,不知如何是好。一种不祥的预感,正在快速变成现实。

远处巷子里响起了脚步声。伊莲娜已经无法站立,她沿着土墙滑下去,身子蜷缩在路边,双手抱在胸前,不时地抽泣。脚步声更近了,我几乎听到空气中传来沉重的呼吸。我知道自己再也没有办法待下去了,此时此刻,我背后的左轮手枪成了一无是处的玩具。我知道自己已经别无选择，要么战斗，要么逃走。

　　而这并不是一个艰难的选择。五分钟后，我已经快步走在通向北方的土路上，把村落远远甩在身后。女人那凄厉的呼号，还在荒原的上空隐约回响。我不知道最后到底发生了什么，只知道此时此刻，自己的心还在剧烈地跳个不停。鹿宫就在前方，此时的我，比以往任何时候都更加想念，那个毫不起眼的地坑窝棚。虽然我没有如愿以偿，但我还是有所收获，也许下一次，那个名叫齐娜的女孩，她可以告诉我更多。

　　想到这里，我加快了脚步。一整天的奔波，让我筋疲力尽，我急需休息，同时补充能量和水分。我走得更快了，脚下的土路心领神会，加快速度，主动向我的背后延伸。此时天色已晚，树林黑黝黝的边缘映入眼帘，根据我的经验，它距离脚下，不会超过二十分钟的路程。我心里高兴，步履轻松，也因此而完全没有注意到，在那一片黑色边缘的上方，有一个缓缓发亮的橙黄色光点，正在不断地升高、扩展。

　　很快，光点越来越大，越来越高，升上了半空，在它的映照下，冷杉树的身影清晰可见。光点变得更大，颜色由橙黄变成了鲜红，形状也模糊起来，从一个椭圆形状的扁平球体，变成了一团摇摆不定的、变形虫一样的不规则云团。它越变越大，越变越大，最后终于冲上高空，将整片林地、整个荒野全都照耀成了鲜亮的赤红色。直到这时，我才回过神来，忘记了抛在背后的名叫库库鲁的村落，忘记了哀号的伊莲娜和即将赶到的冈萨雷斯，忘记了黑影、遗迹，还有那个自称叫齐娜的女孩，所有的注意力都集中到眼前的那团鲜红的颜色上。它跳跃、升腾、狂暴，任何力量都无法与它对抗，只能眼见着它肆虐不止。直到这时，我才看清它的本来面目，并不由自主地停下脚步，呆呆地站在原地，目睹它那残暴的行径，再也动弹不得。

那是一场燎原大火。

21

　　我的脚下是一片漆黑的土地，从土路的西侧，一直延伸到圆弧形状的林地边缘。那里的树木奇怪地没有受到大火的影响，在飞腾的火焰面前，一道看不见的屏障将其隔离开来，保护它免受火焰的吞噬。同样毫发无损的还有场地中央，那株屹立挺拔的冷杉树，在它周围一片圆形的阴影范围之内，地面上的青草依然郁郁葱葱，似乎昨晚那场骇人的大火，从来都没有出现过。在那里，和往常一样，我看到细腻的白沙涌出地面，缓缓蔓延。放眼望去，四周一片漆黑，只有这里还能见到这种炫目的洁白。

　　踩着焦黑发脆的土地，我走进场地内部。昨天的这个时候，这里还是绿油油的原野，现在却是一片死寂。所有的植物全被烧毁，化作黑色的灰烬，渗入混有细沙的泥土中。空气中满是焦煳的气味，直刺鼻孔，干巴巴地难受，令人作呕。

　　我努力辨识方向，找到鹿宫的位置，并由此进一步认清远处神庙所在的地点。大火异常凶猛，清理了整片场地，没有留下任何东西。我那由原木和茅草建造的房屋，被烧得片甲不留。远远望去，除了地面上一层厚厚的炭灰之外，什么也没有剩下。我那费了好大的力气才开挖出来的地坑居所，竟然莫名其妙地完全消失！取而代之的是一片微微隆起的黑色沙土，上面覆盖着被烧毁的木质围墙与屋顶留下来的灰烬，与周围的地面并无二致。整个鹿宫被完全抹去、清除了，包括我所有的食物、储藏，还有我的衣物、我的工具、我的铅笔与绘图本、我的全部图样，等等。它们被完全摧毁，再也不复存在。我苦心经营了一整年的居所，就此荡然无存。

　　凭借着逐渐清晰的方位和距离，我又成功找到了神庙的所在。这里的境况与鹿宫相似，不过更加严重，不但木材搭建的三角形屋架无踪无影，就连夯土建造的墙壁也完全倾倒、消失，只剩下一层薄薄的基座。这令我大为震惊，因为我实在想不出到底需要什么样的火焰，才能够将坚忍不拔的泥土彻底摧毁、蒸发！它所留下的，不再只是被焚毁的焦土，而是一种令人毛骨悚然的、惊人的恨意。它异常冷酷、凶恶至极，没有丝毫的怜悯，只知道忠实地完成使命。在它看来，所有的生物、所有的建筑，都与我脚下的沙土一样，没有任何存在的价值。

　　结论是清晰的：这是人为的纵火。所有的迹象都指向这个结论，除此之外，我再也找不出第二种解释。毫无疑问，那神出鬼没的黑影就是最大的嫌疑。在我离开的一天的间隙里，他终于找到了最佳的时机，来实施他的阴谋诡计。他就是那个身披斗篷、眼露凶光的黑衣人，这一点我不再怀疑。然而，他到底如何做到的这一点，却令我困惑不已。我记得大火发生得非常迅速，如果不是做了精心的准备，很难达到这样的结果。他为什么要这样做？他的目的何在？他的身份到底是什么？

我仔细检查神庙附近的场地，勘察地面，寻找残留的证据，进一步肯定了自己的推测。这里的土地被烧得更久，破坏也更严重，地面的颜色不再是暗淡的灰黑，而是犹如煤炭一般凝重的深黑，只有超乎寻常的灼热的高温，比如火山喷发，或是熔炉中涌动的鲜红的铁水，才有可能留下这样的痕迹。这不由得让我想到那座林间遗迹，它那黑黝黝的身躯上所留下的、可怕的熔融边缘。它不做声响地隐藏在树林深处，犹如一把指向夜空的弯刀，阴森可怕，冷酷无情。

　　眼前的这场大火同样令人后怕。不仅如此，它的效果也一样使人疑惑。它燃烧得非常彻底，我越是仔细观察，就越是怀疑，它根本不是人为的结果，倒更像某种超自然力量的所作所为。它是一场蓄谋已久的清除计划，当所需的一切条件全部成熟的时候，它便自然而然地发动，迅速达成目标。它执行得十分坚决，这种感觉似曾相识。就像我在村落里发现的那样，有种强烈的意识在这里发号施令。它从不出现，无色无形，但种种迹象表明它的存在。它一直在看守这片土地，看守那不可撤销的永恒的属性。任何可能试图做出改变的努力都要经过它的审查，接受它的裁决。也许，它就是那人们口中念念不忘的、永恒的神祇。

　　我坐了下来，在漆黑的土地上。它的表面覆盖着一层坚硬的半透明状薄膜，那是沙粒中细小的石英，在大火中融化，变成混浊的玻璃状物质，与土壤灰烬融为一体。灼热早已散去，只剩下寒彻心扉的干燥与冰冷。我把双手放在它的表面，任由自己体内所剩无几的暖流，从掌心向大地深处尽情流动。我抬头仰望苍穹，身子向后倒去，最后干脆完全躺下来，让自己的目光飘移到无限遥远的虚空。那一刻，我感到一阵灵魂死去一般的寒冷。

时间仿佛停了下来，身边的一切全都停止了流动。大地在周围旋转，围绕一个固定不动的中心，这个中心就在我的身下，它与遥远高空中的另一个看不见的顶点，共同组成了一条永恒不变的轴线。所谓的宇宙无非就是那圆盘一样的花花世界，串联在这条经久不变的轴线上，从古到今，再到遥不可及的未来，永不停息地旋转。

我似乎还能听到一些声音，不是远处树林的耳语，也不是枝头乌鸦的悲鸣。在这万籁俱寂的黎明，是谁在我的耳边细语呢喃？还有谁，能够将这无限的悲凉与愤恨，毫无征兆、毫无怜悯地灌入我的心中？让我在绝望到来的最后一刻，还要清晰直视它那狰狞的面孔？如同直视一把悬在头顶的铡刀，等待它最后的下落。还有谁？除了那不具其名的震怒者——就算是在我的意志弥留之际，他还在征用我仅存的一点理智，向我发出最后的忠告。他明确地告诉我，他不是在焚毁一片场地，而是在焚毁一种陈旧的思想，一种早已不适合在此地生长、表达的理念。为此他发出警告，坚定不移地终止了这一过程，这是他的权力，也是他至高无上的宏旨。借此他高声宣布，让我明白，被禁止在此地繁衍生息的有生命的物体，并非只有那些被称为人类的血肉之躯。任何一种清晰的思想，足够自洽、足够坚强的理念，都可以在这里为自己谋得一席之地，只不过它必须在最高的审判者面前，为自己的存在争取足够充分的理由。

这听起来很有道理，然而已经与我无关了。我决定停止思考。我闭上了眼睛。

就让我安然入睡吧！

就让这罪恶的永恒把我埋葬于此吧！

我已然无怨无悔……

是那轰鸣的雷声，在不远处的头顶翻滚，最终惊醒了我。我慢慢恢复了神志，不知道过了多长时间。每一个关于时间的思考，都会让我的神经一阵难忍的刺痛。

雷声再次响起，离我很近，不像是从那遥远的雪山顶上传来，而是近在咫尺。伴随着最初的雷声，几颗轻盈的雨点落在了我的脸上。雨点密集起来，很快连成一片，荒野再次迎来一场久违的降雨。然而此时此刻，我已无处躲避。

我从地上爬起来，身上的衣服被淋湿大半。雨点敲打着坚硬的地面，发出清脆的声响，听起来像是无情的嘲笑。环顾四周，嘲笑声变得震耳欲聋。那是一种无可躲避的声音，我很清楚这一点，就像我们每个人都无法躲避的命运自身。

直到那一刻我才终于明白，死亡原来是一种莫大的恩赐。

或是幸福，我记不清了。我早已不认识幸福的模样。如果说在这片永恒之地还有幸福的话，那么它唯一可能的形式，便是死亡。它是终点，是一项使命成功的终结。它让人抓住短暂的生命，去完成看似不可能的壮举。正是用这种方法，它才帮助无数人，到达了幸福的彼岸。除了我，这个普天之下最不幸的人，被囚禁在这圆环形状的永恒之中，夹带在生死两地中间，无法前进，也无法离开。

又是一声闷雷，听起来那么熟悉。它离我很近，但又很远，让我想起那些消逝的美好时光，又让我想起了天空中翱翔而过的飞鸟，还有那站在我门前的名叫齐娜的野性女孩——她出现的那一天，我的门前曾经被黑影遮蔽，随后传来奇怪的回响。她的话语又好像熟识已久的故友，临别之际，格外语重心长。我还想起不久之前，在那名叫库库鲁的村落中的冒险，伊莲娜的影子浮现在眼前，她那古怪的哀鸣，似乎预示着某种悲剧即将发生。我本以为，那只是我的胡乱猜测，直到我亲眼见证，面前的那场燎原大火。

不，我还不能倒下！

不，我必须坚持。有太多的理由，我还不能放弃！

我倔强地站起来。再一次，我的心中升起真正的勇气。我昂起头，迎着风雨，与那岿然不动的冷杉树一起，傲然挺立在漆黑的平原上。雨越下越大，平原在它的冲刷之下，正在慢慢地褪去遍体的混黑；原本健康的土壤，随之逐渐浮出地面。目睹着这种转变，我在心中默默地告诉自己，它代表了新生的希望。

村落就在远方，熟悉的方向，熟悉的面孔。尽管极不情愿，但我很清楚，自己已经走投无路。与其在荒野冻饿而死，不如豁出性命碰碰运气。我反复告诉自己，在找到那座永恒的神殿之前，我必将安然无恙，这是我肩负的重大使命。我用这种方法给自己打气，就像恺撒大帝在风暴中，安抚那怯懦的船夫。他昂首站在船头，手扶栏杆，从容自若，毫无惧色。他告诉那惊恐之人不必害怕，纵使再大的风浪，也不会掀翻他身下的这条航船，因为此时，与他一同乘坐这条船的男子，名叫尤里乌斯·恺撒。

我准备离开，踏上最后的征途。雨水开始流动，更多的土层显露出来。就在我前方不远的地方，原本神庙后部的地上，隐约可见的基础前方，一块圆形物体露出银光闪闪的一角，引起了我的注意。原本，它被埋藏在厚厚的黑灰下面，在雨水的冲刷下，才终于得见天日。我向着闪光方向走过去，弯下腰，将它从地上拾起来，托在手里。这东西呈圆形，沉甸甸的，表面覆盖着一层黏糊糊的黑泥。我用湿漉漉的衣袖，借着从天而降的雨水，用力擦拭，很快，它露出了本来的面目。

这是一只闪亮的圆环。

是的，就是它，我的圆环。从前，我把它挂在神庙背后的墙上，作为一种象征。它一直安安静静地待在那里，忠实地履行自己的职责。我几乎完全忘了它。我本以为，它已经在恐怖的大火中化为乌有，完全没有料到，它竟然能够躲过那样可怕的劫难，而且完好无损！它就这么复旧如初地回到我的手中，就像我当初在正义与好奇的双重驱动下，冒死将它从纳粹的巢穴中偷盗出来那样。它的表面依然细腻柔润，充满光泽，是什么样的能工巧匠打造了它，现在看来更加难猜难解。我将它捧在手里，如同收获了一件失而复得的宝物。令人惊奇的是，手捧着它那沾满雨水的、银光闪闪的表面，我竟然没有感到丝毫的冰冷。

走进村落的时候，天色再次变晚，大雨已经停止，天边挂着一丝浅浅的霞光，一个晴朗的夜晚即将来到。永恒村落的入口处冷冷清清，比我上次来到的时候更加安静，一种反常的寂静把周围的一切笼罩在其中。我穿过中央的主街，没有见到一个人影，就连司空见惯的狗叫，也突然销声匿迹，无处可寻。

沿着缓坡，我一边向上走，一边朝那些巷子深处张望，但是看不到一丝光亮，听不到一丝人声。直到我来到最高处的广场，那座"酒馆"、那座二层高的土楼面前，我仍然一无所获。此时的我，似乎已经隐约地感到了些许的异常。显然，在我离开之后，发生了某件极不寻常的事件，改变了一切。

　　我保持警惕，推开"酒馆"的大门，大胆走了进去。屋内与外面一样，黑乎乎的一片，从大厅到后院，再到楼上的露台、房间，全都空空荡荡。我惊恐万状，冲了出来，在整个村落中搜寻，最终一无所获，偌大的一座村落，不知什么缘故，突然变得空无一人！只有那一轮初升的新月，如同一把明亮的弯刀，高挂在黢黑深长的夜空中，独自发出淡蓝色的、清冷冷的光芒。

22

雨果说："建筑是用石头写成的史书。"果戈理说："建筑是世界的年鉴,当歌曲和传说已经沉默,它依旧还在诉说。"歌德说："建筑是凝固的音乐,"随后又说,"音乐是流动的建筑。"他们说得非常正确。

格罗皮乌斯说："建筑始于工程完结之处。"赖特说："建筑是用结构来表达思想的科学性的艺术。"密斯·凡德罗说："当你小心地将两块砖放在一块的时候,建筑学就出现了。"我说,建筑需要石头和木块,但它更需要触动人心。

建筑是用结构展现视点的艺术,是借助想象驾驭材料和技术的凯歌,是体现在自身世界中的自我意识,是同时描绘大地与经验的诗意的链接……

艺术家们关注建筑的审美要素。在他们看来,如果没有表现出足够的艺术性,一座房子就不能被称为建筑。工程师们关心建筑的力学特征,但凡需要将天然的重量凌驾于地面之上的活动,都必须极其谨慎。政治家们留意建筑的权力属性,它必须惠及社会的方方面面,提供资本赖以繁衍的物质基础。商人们注重建筑的经济性,在他们的眼中,建筑是能够准确计量价值,并出售赚钱的特殊商品。文学家们关

　　　　　　　　　　　　　　　　　　　圆 环

注建筑的历史性，他们对建筑较少抱有固执的偏见，总体来说是宽容的。宗教人士则关注建筑的教化功能，无论是哪一种教派、哪一种信仰，全都需要自己专属的精神圣地，以此来展示至高无上的神灵，对世间芸芸众生的绝对统治。

所以，对于建筑，有人认为它是一种容器，用来遮风避雨；有人则认为，它是一种产品，就像所有的劳动产物一样，与社会发展息息相关；有人把它当作一种特殊的文化现象，贯穿整个文明的历史；还有人声称，它什么都不是，只不过是那些闲得无聊的人，才会真的把一堆冷冰冰的石头当回事，翻来覆去地研究个没完。

至于我，我的想法和他们都不太一样。

我相信，它是一把钥匙。

哲学家们声称，事物由不同的微小成分组成，这些成分彼此之间形成量、质、度的差异，再通过各种复杂的组合方式，创造出千变万化的现实。大自然藏起它深处的奥秘，只留下一些最简洁的陈述，来暗示它们的所在。作为单一物种的人类，如何获得了洞悉这种真理，进而拥有体验、理解与表现的能力，自古以来，都是最难解的谜题之一。

与哲学家们类似，建筑师追求一种极致的和谐。他们尝试事物不同的组合方式，同时又不忘探究隐藏在这些方式背后的统一的原理。在他们的眼中，宇宙的图景被涂上不同的颜色，然而色泽背后暗含的模式却是相同的。他们将目光集于常人所不见的元素的交汇之处，通过超乎寻常的手段，从普世的原理之中，表现每一个单独的个体所能达到的接近永恒的极限，并以此作为对终极秘密的有力的阐释。这是他们的工作方式，也是他们特有的生存法则。

建筑拥有生命，这一点毋庸置疑。每一幢单独的建筑物，都是一个鲜活的个体。大自然赋予人类生命，把泥土变成血肉，给予他们双眼，去探察无处不在的美丽。待到生命走向尽头，人类归还大自然的馈赠，把生命变成泥土，一部分返还大地，一部分化作房屋，建筑因此有了生命。狄尔泰认为，生命不是一个简单的生物内涵，而是一种人文构造的历史共同体，是生命精神化的运动过程。同样的结论完全适合于建筑。生命必须先去体验，然后才能表达，它是一切历史的起点，建筑也不例外。

借用柏格森的说法，生命是一种纯精神性的东西，一种连绵不断的创造。整个宇宙就是一个不断创造、进化的过程，其动力就来源于生命的冲动。它是一个巨大的连续体，无时无刻不在运动之中，有时上升，有时下降，有时又向着无限的远方伸展。它捉摸不定，生命冲动每一刻都在不断创造、更新，毫无重复。它的行为难以预测，它的未来无法预知。

只有建筑才拥有如此强大的表现力。它超越自身固有的崇高，对生命表现出强烈的愿望，压倒对秩序的谨慎遵从。它开启人类意识王国之中，那单凭智力和智慧无法触及的领域，只有借助它那开拓不息的力量，才能不断深入，步步为营，将原本遥不可及的梦想的彼岸，变成近在咫尺的生者的海滩；才能够进入更加宏大、更加自由的圣殿，与那崇高的绝对存在一起，共享永恒的喜悦。

因此，我才相信，它是一把钥匙。

建筑是一种创造活动，一种人类参与、言明自身的仪式，同时又是一场满怀敬畏的决心，向着永恒前行的伟大征途。从它诞生的那一刻开始，建筑就开始不断地积聚，凝结人类的智慧和决心，成为崇高之力的化身。这些东西不会因为建造它们的那一代人的死去而消亡，而是化成记忆，自动向下延续。与有机生命不同，建筑的死亡不是它命中注定的一部分，在它诞生的那个时刻，并没有一个预设的终点随之一同降临，它注定要比创造它的主人们更加长寿。它代表着人类对自然的征服活动，那是一心向上的渴望，一种指向天穹的神圣活动，就像通天塔的故事所描述的那样。这是一种深植于人类本性中的情怀，对蓝天的向往总是永无止境。

建筑记载历史，是历史的传承。建筑是我们用看得见、摸得着的语言书写的历史，是我们对抗遗忘的强大武器；如果没有它，人类就会变成野兽。正确的做法是通过建筑记录下人类的形象，这才是一幢房子应有的价值，也是它最初的使命。

要光荣、自豪、平静、沉着地去干这件事，这是建造房子的人应有的优秀品质。他可以通过不同的装饰表现性格的差异，也可以在房舍上刻上衷心祝福的词句，或是竖起特定的雕塑，讲述一两个古老的故事，进而让这座建筑带上自己的特征，并开开心心地汇入到历史的洪流中去。

"人类的遗忘有两个强大的征服者——诗歌和建筑。"幸运的古希腊人，他们同时聆听荷马与菲狄亚斯。他们在自己的建筑中，添加了一种不会被时间轻易摧毁的特殊材料：记忆。只要后世的人们还能够从中清楚地辨识出这种材料的形式与价值，它就会一直存在下去，直到永远。

　　建筑是一种不可否认的崇高的艺术形式，这不仅因为它是其他艺术的容器，更因为它是一种基础的人类活动。建筑是一种容器，但它保存的不是过去的岁月，而是那些需要停下来的东西，那些人们有意遗留在背后，但在每次回眸凝视之际，却又仿佛站起来，再一次遥望未来的东西。它从一种单纯的劳动，蜕变、升华成为另一种恒久的象征，最终与耕种、纺织和狩猎彻底分离，因为那些活动没有办法提供长期静止不动的构造物，以此稳定人们的心灵。没有办法让创造出如此强大生命的行为，看上去总是岿然不动；没有办法保护人们辛勤努力的成果，不会因为过于短暂而难以理解；没有办法阻止本应沉淀凝固下来的东西，被时间的洪流无情地冲垮带走。

　　它不证明、不夸大、不说服；它不会改变、扭曲自己的本性，不会为了引起人们的注意而把自己绑缚在利益驱动的马车上。它不会跟随，也不会落后，而是有着自己固有的节律，如同一条自信的河流，向着曲折的彼岸静静流淌。

　　它不动摇、不转向，不会受到任何干扰。也许偶尔，它会从那个纯净的维度，向我们的世界投来怜悯的一瞥，但并不会因此而放缓前行的脚步，如同宇宙诞生之初留下的余晖，从我们身旁穿过，丝毫也不在意这个小小的星球上，一团原生的有机物质对它发出怎样的慨叹。

　　它通向美，一种普世的理念，那种力量直通心底。它具有杰出的形式，并因此而难以企及。它生而高贵，这是它天赋的才能，使人们的心灵甘于臣服。席勒说过，人类已经失去应有的尊严，但是艺术用有意义的石头复活并保存了它。他的话让人流泪。

它通向和谐，一个完美的终极系统，一种有机的直觉。不是数字，倒更像是生命，是某种默默生长、随着时间而不停震动的东西。它遵循简单的法则，营造出千变万化的复杂结构，背后的原理却简洁至极。它是道路，它是轨迹，它是真理。

它通向一个全然不同的陌生国度，一个超越的国度，一个非凡的处所。有人将那里称为天堂，但更多的人对其一无所知。只有它，只有建筑，这种至高无上的存在，才能寻获它的存在；才能带领平凡无奇的生命，离开凡尘铸就的、暗淡的时空；才能摆脱沉重的枷锁，展开自由的翅膀，抵达那超乎想象的神圣彼岸。

所以，我才毫不怀疑地坚信，它是一把绝无仅有的珍奇的钥匙。

23

一条狭长的走廊，从我的脚下无声无息地向前延伸。它的四壁由方正的条石砌成，横平竖直，只有顶部微微隆起，呈圆筒状，用来支撑上部的重量。两侧的石墙壁面，在与视线相同的高度上，每隔一段距离便有一个向内凹陷的扇形壁龛，里面有一只燃烧的火把，通过上下两只漆黑的生铁圆环，固定在壁龛内侧的石壁上。火把由松树的枝干制成，向外倾斜一个很小的角度，下面带有长长的木柄，上面裹着浸有树脂的布条，在黑暗中安静地燃烧。一团淡蓝色火苗在火把顶部不停地跳动，发出清冷的光芒。

墙壁的表面很平整，也很光滑，但还没有到平滑如镜的程度。石块上有细小的起伏，如同某种纺织品的外层，手指从它的表面划过去，指尖上传来微小而又密集的震颤，好像某种听不清的声音在殷切呼唤。

走廊越来越宽，不知不觉中，它已经由门扇大小，变成了宽敞的门廊，最后变成了难以置信的室内广场。随着走廊的不断深入，翘起的拱顶也越来越高，但墙壁上火把的高度并没有改变，它发出的有限的光亮不能抵达高高在上的天顶，那里因此陷入一片黑暗。火把依旧在安静地燃烧，对周围空间的变化视而不见。不知道它们在那里燃烧了多久，黑漆漆的木柄上布满了灰烬，与落下的油脂一起，将那生铁铸造的圆环盖得严严实实。

再继续向前，一段很长的距离之后，这种富有规律的空间变化突然停止。一种既说不上是启示也说不上是直觉的声音提醒着我，走廊来到了它的尽头，取而代之的，是另一个全然不同的场所。这时我才注意到，走廊并不是直线形状，而是一条巨大的弧形。那些留在身后的火把就是最好的例证：它们排列成一条漫长而又平滑的弧线，在高度上也略有降低；尽管并不明显，但肉眼可辨。种种迹象表明，此地隐藏着一个难以置信的巨大结构。

接下来发生的一切难以解释。它没有征兆，更无法形容。如果按照经典的建筑学理论，它是一个令人迷惑的矛盾；但是，如果根据最新的宇宙学与物理学的知识，它又像是一场时空错位的优美典范。无论真相是哪一个，结果就在眼前。我面前的空间突然开敞，明亮起来，如同一片艳丽的风景，扑面而来。当然，它并没有真的那么艳丽，那只是不可靠的冲动。事实上，它就像峡湾出口处的一片大海，在面前豁然开朗，而远处那乌云笼罩的海面上，到底是和风细雨，还是惊涛骇浪，一时无暇细顾。

石壁消失了，取而代之的，是一种青灰色的密实连续的实体，从地面到天顶，全都覆盖着这种神奇的未知材料。它看上去很像现代建筑中大行其道的细石混凝土，但我同样可以轻而易举地找出一百种理由，来证实这个结论的轻率与荒谬——混凝土质地坚硬，外表冰冷，加之在实际工程中必须使用模板，竣工后的表面上会留下清晰的拼接印记。另外，由于分布不均，它的表面在凝固之后，会出现不规则的细小孔洞，色泽也很难如此均匀。

火把也消失了，但四周并未陷入黑暗。恰恰相反，光明从四面八方射下来，形状各异，令人眼花缭乱。然而没过多久，情况再次发生转变。原本杂乱无章的光线，被一种集中的、均匀的亮光所代替，变得简洁统一。毋庸置疑，眼前这神秘的工程结构，自身正在发出光辉，如同一只巨大的萤火虫！发光的部位沿着墙壁与地面和天顶的交界处排布，形成狭长的漫反射光带，不断向前延伸——同样地，那是一条弧线，一条漫长的、平滑的巨型弧线。

它还是一条走廊吗？或者，根本谈不上？它那巨大的尺度早已让这样的称谓失去了意义。它是什么？通向何方？它是否就是那梦寐以求的永恒的神殿？还是那难猜难解的林间遗迹的一部分？也或者，它什么都不是，只不过是浮现在我眼前的海市蜃楼、谜之幻境？

好吧，姑且还称它为走廊吧，除此之外，我也找不到更好的称谓。我的想象力早已枯竭、荒废，头脑中一片空荡。行走在这茫然无际的谜之殿堂里，所谓的想象力已然全无用处。

没有一点声音，除了那不断向前的圆弧形墙面。这座巨大、空洞的建筑物，始终保持着沉默，拒绝向我透露任何信息，而我除了遵从它的指示，一如既往地前行之外，没有任何别的选择。走廊很高，按照我的估计，至少有五十米，相比之下，就连科隆大教堂的本堂也要相形见绌。走廊的宽度有近三十米，上下通高，从截面的方向上看，尺度没有变化。不过，从我脚下所在的位置向上看去，两侧的墙壁似乎微微向内倾斜，我不知道这是事实，还是由于巨大的尺度引起的透视上的错觉。

我独自行走在这高大空旷的场所中，渺小的身躯可笑地不成比例。我没有说话，没有对着前方空旷的长廊高声呼喊。我已经提前在潜意识中说服自己，不要指望有什么回答。随后很快，我又突然想到，这座建筑自身，很可能就是一个明确的回答！于是我笑了，毫无疑问，我成了那个孤独而又可笑的人，因为我竟然还没有想好自己的问题——那个早该明确清晰的问题。

后来，我注意到自己规整的脚步，落在坚硬的地面上，居然没有听到半点回声！这让我大为惊奇。

走廊在前方分了岔，出乎我的意料。这一现象打破了我最初的设想。起初，我认为这是一座巨大的、单一的圆环状结构，现在看来并非如此，至少，没有那么简单。我暗自后悔，作为建筑师的自己，本应早点想到这个简单的事实。这为我敲响了警钟：前方的建筑物，很可能比想象的要复杂得多。

带着这样谨慎但并不严格的猜测，我继续前行，向前探索这座单调、空旷、宏伟的建筑。在我看来，它并非那么空旷，难以理解。任何一座建筑，都有它存在的理由，要么服从于一个明确的目的，要么起源于一个原始的动因。当然，更多的情况下，是二者难以明辨的混合物。所有的真相全被埋没，所有的本质都变成历史。眼前的这座建筑——如果，它真的是一座"建筑"的话——也不会例外。

分岔的走廊通向三个不同的方向，一条继续向前，另两条分别通向圆环的内侧与外侧。在我看来，它们如同人生的十字路口一样，令人难以琢磨。这是一种考验，一种甜蜜的假象，目的在于让人类在面对时间那永恒轮回的环形结构的时候，不至于因为别无选择而失落、彷徨。这是尼采的话——也许不是原话，但大意如此。

我服从了安排，做出选择。在强大的命运之力面前，象征性的抵抗根本无济于事。尽管在内心深处我依然坚信，任何规则并非牢不可破，在成熟的时机到来之前，耐心等待就是最好的策略。我选择了左侧的通道，并迅速编造一个笨拙的谎言，告诉自己它看起来更加和蔼可亲。这样一来，我有了足够的动力加快脚步。那一刻我已经有所预感，类似的情况，接下去还会多次发生。

走廊大同小异，无论哪个方向，比例和尺度都保持一致，唯一不同之处在于，那些沿着圆弧垂线方向上的走廊，不再具有同样的弧度，而是完全笔直。这再次证明，圆环形状合情入理，我的猜测完全正确。

然而很快，我却发现了相反的证据。分岔的走廊通向更多的通道，数量成倍增长，超出了我的设想。它们之间也不再是严格的垂直关系，而是出现了各种方式：交错、缠绕、斜切，甚至重复、混乱、没有出口的死结，等等。这似乎完全推翻了先前的结论：这不是一座圆环，而是一座迷宫。

在这种情况下，台阶的出现也就不足为奇。我发现了一些宽大的台阶，笔直地通向上层，没有折返。站在它的底部向上望去，可以看到上层建筑中，那被两侧的光带照亮的微微凸起的拱顶。台阶很宽，高度至少是平常见到的五倍，这暗示它的使用者，是一个不折不扣的庞然大物。虽然我没有见到任何活物的迹象，但是一阵莫名的恐惧依然不请自来。它抓住我，像一阵电流一样，我全身都麻了。

我登上台阶，如同攀登一座金字塔的底座，十分吃力，同时又为自身的渺小而失落不已。在这谜一般的巨大建筑中，很难想象还有多少这样的台阶在前方等着我。这令人极度失落，看不到任何希望。

　　就这样，我不知走了多久，也记不清进入了多少走廊，在多少座台阶上爬上爬下。我从不停留，仿佛这座深邃安静的巨大建筑的深处，有什么东西在发出召唤。然而周围十分安静，没有任何声响。那些平行的光带依然如故，那些光滑的墙体似乎在等待着什么。

　　为了避免迷路，我尽量朝着一个单一的方向，可是在这错综复杂的空间中，这么做的效果十分有限。没有办法保证，自己每一次都做出正确的选择。后来我想到，迷宫的尺度过于庞大，就算我费劲了力气，也很可能只是在它的一个小角落里，来来回回地打转。

　　在走过大量的走廊和台阶之后，我回到了最初的论断：这是一座圆环，也是一座迷宫，一座圆环形状的迷宫，二者是一回事。它的直径——我根据现有的观察大胆猜测——至少在一百公里，这是一个令人惊骇的数字，而且很可能还远远不止！它的内部空间十分复杂，但又似乎有某种规律可循。比如，在一些锐角交叉的走廊尽头，通常都会找到另一个与之相似的交叉路口；再比如，在那些垂直相交路口，向右转弯的走廊通常都会通向一个没有出口的死路，等等。当然，例外的情况并不少，可是在这令人无望的混乱之地，任何规律的出现总会令人振奋，给人以希望，尽管很可能，它不过是另一种更深刻的混乱故意设下的陷阱。

　　所以，当第一个异象到来的时候，我根本毫无准备。走廊中没有任何预兆。它突然开始闪烁，忽明忽暗，随后一团亮光升起，那些原

二　炼　狱　　　　　　　　　　　　　　　　　　　　　　233

本黯淡的墙壁和天顶，开始逐渐淡去，变得透明，直至完全消失，另一个全然不同的空间悄悄浮现出来。就在那短短的几秒钟里，走廊不见了，取而代之的，是一个高大的、浑圆的陌生物体。

这是一只巨大的圆球，我站在它的内部，在我的头顶上方，是球体那完美的穹隆形状，好似漆黑的苍穹，覆盖四方。我站在这只圆球内部的最低点，相比之下，我渺小的身躯如同广袤宇宙中落下的一粒微尘。穹隆的表面上散布着大小不一的光点，犹如夜空中的繁星。它们组成各种图案，令人浮想联翩，直到最后，误以为出现在头顶的，是真正璀璨的星空。借助球形这种完美的形体，这座非凡的建筑在用最简洁的手段，描绘无处不在的空间本身，就像那座位于罗马市中心的圆形神殿那样。当然，它也很像两百年前，才华横溢的法国建筑师布雷，所设计的那座举世震惊的牛顿纪念馆。那件圆球状的巨大作品构思奇特，是不折不扣的天才的表达。

可是眼前这座令人惊叹的宏伟构筑物，还没等我看清楚，又突然从我面前完全消失了！就像它突然出现那样，迅猛而又直接。我看到眼前有明亮的光线闯入，随后空间开始闪烁，那一刻我感到自己的眼睛如同被高强度的探照灯扫过，面前变得一片惨白，什么也看不见。

等我的视力再次恢复的时候，我发现自己又回到了熟悉的长廊中，四周被光滑的铝板一样的墙壁包围，安静如常。空气中有股淡淡的焦味，我不由自主地缩紧了鼻孔。——发生了什么事？我想；——刚才那是什么？我不知道；——这一切都是怎么回事？

我停下来四处张望，一切如初。与刚刚出现的异象相比，这座神秘的迷宫简直就像是客厅一般亲切。我胆怯地回头望去，空无一人，可是那光线无法抵达的深处，似乎比之前更加深邃凝重。一切如初，但一切又与之前不同。我不由自主地加快了脚步。

然而没过多久，第二次异象便突然袭来，力量之大，比第一次更加迅猛。几道白光闪过之后，我发现自己身处于一座金字塔形状的棱锥底部。它大得可怕，简直难以描绘，在它的面前，我的身体已经远不能用渺小来形容。在我头顶的正上方，是那四条锐利的边缘交汇的顶点。它像一枚耀眼的新星，从黑暗中投下慷慨的光芒，照亮了棱锥的内壁。内壁的表面好像贴有一种特制的金属，与走廊两侧墙壁上的材料有异曲同工之处。它们将入射的光线分解、打散，变成微小、混乱的粒子，然后洒向四面八方。

紧接着是第三次、第四次。这一次，囚禁我的分别是一座巨大的圆柱，以及一只完美的盒子一般的立方体。随着异象越来越多，强度越来越大，间隔的时间也越来越短，我开始不安地预感到，这是一个危险的信号。有什么不具其名的、高等级的智慧存在，正在用画满图形的高中立体几何课本，对我的意识发起一次又一次进攻。与此同时，一阵剧烈的头痛袭来，显然，我头脑中那脆弱不堪的防线，正在快速地分崩离析。

我使出全身力气，远远地逃离，躲开那来历不明的攻击。我不知道，那是这座圆环的自我防卫机制，还是别的什么，总而言之，我的出现引起了它的注意。然而，我的努力还是无济于事。第五次闪光袭来，我放弃了抵抗。

不过出乎我的意料，这一次的情况有所不同。闪光过后，我并没有被困在任何形体之内，而是依然留在长长的走廊里，只不过四周的墙壁，连同地面与天顶，全都发生了改变。铝板一般的细腻表面消失了，取而代之的是沉重的长条形石块，从两侧的墙角一直铺砌到微微隆起的拱顶。光带不见了，只有石砌壁龛中的火把，发出忽明忽暗的光芒。不仅如此，走廊的尺度也变小了，只有原来的三分之一，不再那么高大空旷得吓人。一切仿佛全都回到了最初，我刚刚进入这座圆环迷宫时的样子。

　　紧张、沉闷、迷惑、慌乱……如果还有什么可以用来描绘我的词汇，我将毫不犹豫地将它们一股脑儿地端出来。这种经历前所未有，就算我露宿旷野，与晨星为伍，与露水做伴，也从未如此狼狈。我拼命地逃离，试图冲破这座恐怖的环形监牢，而它却默不作声地看着我，任凭我发出无谓的抵抗。

　　迷宫就在面前。它既没有改变，也没有消失。对于我来说，它的神秘莫测依然是致命的威胁。我的体力所剩无几，我也因此而没有什么自信，能够成功抵御下次异象来袭。但我不能就此放弃。我历尽千辛万苦，成功逃离纳粹的魔掌。我不能就这样死在一座不明不白的迷宫里。

　　然而，第六次异象还是袭来了。

　　不过，奇怪的是，它与前一次大不相同——不，应该说，完全不同。我分不清它到底是一次新的异象，还是别的什么截然不同的东西。它很柔软，没有那种惊天动地的闪光，也没有空间颠倒，斗转星移；不，它没有。那是一种耳语，我想这样说。它好像什么人在很久之前留下的话语，经过漫长的时间，如今只剩下零星的片段。然而尽管如此，那种不为时间所动的永恒印记，依然清晰可辨。它简洁明了，富有理智，那是我在十几年的建筑生涯中再熟悉不过的东西。它连续、直接，仿佛就在我的身边，取代了那冰冷的墙壁，充满关切，充满温暖。

——看那儿，我的眼前浮现出一幅动人的场景。那是一座岩壁中的原始洞穴，隐藏在布满碎石的半山腰。它入口被落叶遮蔽，两侧生长着低矮的灌木丛。入口呈菱形，向右倾斜，侧壁上的岩石经过长年的摩擦，变得圆润光滑。洞穴内部空间曲折，时而升高，时而降低，时而又峰回路转。随着不断深入洞穴内部，入口的光线越来越暗，周围一团漆黑。忽然间，前方有一团鲜艳的火焰跳动起来，发出橙红色的光芒，好像有人点燃干枯的树干，或是凝固的松油，为黑暗送来光芒。借着它的光亮，我这才看清洞穴内部的情景。

这是一个不规则的空穴。它大体呈三角形，下宽上窄，半天然半人工。大自然的力量将一块空间从致密的山体内部分离出来，它的鬼斧神工令人惊叹。后来的居住者们心怀敬畏，用形状各异的石斧石锤，逐个敲打那些尖锐凸起的棱角，将其一一抚平，直到它们不再划破自己的肩膀、割伤自己的脊梁，方才停手。他们将这里作为自己的居所，在此躲避风雨、繁衍生息。

洞穴中央有一座石块垒砌的火塘，当中堆满了厚厚的灰黑色的余烬。它们从石块的顶部溢出来，散落在火塘周围，将地面弄成一团漆黑。在洞穴四周，远离火塘的地方，堆放着几团被压扁的干草，上面有人类长时间躺卧的痕迹。干草十分陈旧，已经发白、钙化，中间夹杂着几根细长艳丽的羽毛，非常显眼。洞穴另一侧的角落里堆放着一些削尖了的木棒，地上散落着几块大小不一的动物的胫骨与腓骨。在洞穴的内部，靠近地面的高度，有一个不大的椭圆形开口，通向更加隐秘的深处。那团突然亮起的火光，就是从那里发出来，穿过墓穴般寒冷黑暗的空洞，照亮了洞穴的墙壁、被油脂与黑灰覆盖的洞顶，还有那悬浮在凝固的空气中的细如繁星的点点微尘。

跟随那道引人入胜的光线，我来到椭圆形洞口的背后，另一个狭窄的内部密室，一处洞中之洞呈现出来。它一下子移动过来，空间完全转变，仿佛在这里行走的不是我，而是那一个接一个的场景本身。这座洞穴比外面小得多，高度只能容纳一名成年人弯腰前行，深度也短得多，但壁面十分平整光滑，似乎很久以前，有流水在这里耐心地打磨了几百万年。就在这道光滑的石壁上，有什么特别的东西引起了我的注意。

一幅连绵不断的壁画呈现在面前。那是一幅古老的史前岩画，看上去年代久远，有人用燃烧余下的漆黑的木炭，在石壁表面画下了各式各样的美丽图形。它描绘了成群的飞鸟走兽，在一群猎人的追逐下，最终落入陷阱，无路可逃。绘画采用的是原始的抽象技法，无论是动物的轮廓，还是人类的形体，都用了相同的画法：绘画者利用漆黑浓重的饱满线条，表达激烈场景中的力量之美。那些野牛的后腿被画得丰满强健，弯曲的弧线如同拉满的弓背；那些驯鹿的大角苍劲有力，好似珊瑚般绽放开来，威武雄壮，秀丽无比。不仅如此，绘画者还用蕨草和羽毛，蘸着各种经过调和的、碾磨成细粉的矿砂，为这些形体画上鲜艳的色彩。他给困兽的躯干涂上纯粹的朱红，给倒毙的尸体涂上死寂的褐灰，给搏击的勇士涂上跳动的黄色，给翱翔的飞鸟涂上活泼的湛蓝。他给每一件物体涂上应有的颜色，让它们看上去活灵活现，生机勃勃，以此来装饰自己狭窄阴暗、死气沉沉的洞穴居所。

然而，突然，这一切又都从我的面前消失不见。它们就像是被一场暴风卷走一样，完全消失，改变了模样，取而代之的，是另一个截然不同的场景。这是一种异象的全新形式？还是另一种全新的现象？我不得而知，内心的恐惧有增无减。我惊恐地审视面前出现的一切，努力从中找到些许蛛丝马迹。

——看那儿，一座木材建造的房屋，孤零零地位于大山脚下。它谈不上有多精致，似乎建造它的那双手，才刚刚学会如何握紧斧头。它的体积不大，方正规则，这种最简单的形式，增加了它的象征意味，无形中将它放置在一个遥远的时代，那时，人们对生存的需要还十分迫切。小屋采用了所谓的干阑式结构，砍伐下来的木材经过简单的加工，彼此横平竖直地叠放起来，共同组成四面闭合的墙体，转角的地方通过凸凹的榫口连在一起。为了防止倾倒，木墙的四个转角处有四根斜向的支撑，一端与墙体的顶部相接，另一端埋进脚下的泥土中。小屋的屋顶是平的，同样由木料建成，上面落满了枯黄的树叶，挂着青苔。屋顶下方的侧墙上开着方形的窗洞，一根根剥去外皮的木条，交错编织成网状的格栅，悬挂在窗洞的外侧。小屋的正面有一扇木门，高度比现在常见的屋门要矮一些，也窄一些。也许，要矮许多，也窄许多。

门开着。

一条泥土小路通向那沉默的门扇，屋内空无一人。门扇背后的场景显露出来。外部的光线从窗洞照进屋内，让人想到维米尔笔下的名画。正对着门扇的墙上有一张兽皮，在它的旁边挂着一把粗糙的猎弓，一柄木杆的长矛戳在离它不远的墙角，还有两只篮子，一上一下叠放在一起。屋内的地板上散落着一些圆溜溜的果实，也许是坚果，也许是无花果，我没有看清，而当我注目仔细查看的时候，那里又突然黯淡下来，变得一团漆黑。原本射入的光线不知什么缘故熄灭、消失了，只能隐约地辨识出那挂在墙上的兽皮的轮廓，好像一个没有面目的人偶。

只有门外的小路还在蔓延。它弯弯曲曲，无声无息，表面落满枯叶，与湿漉漉的泥土混在一起。它离开小屋，穿过门前一片不大的空地，转向右侧的林地；在那片空地的边缘，我看到一些打碎的陶罐的残片，还有一架翻倒的木轮车。可是，这些画面也很快变得模糊起来，从眼前退去。

一声熟悉的雷声响起，惊动了我。我猛地抬起头，只见那片茂密的林地上空，一只巨大的、蓝得发黑的鸟儿从高高的枝头掠过……

可是那片林地、那只飞鸟，我还来不及看清楚，它们便又消失了，随之而来的是下一段全新的场景。

——看那儿，那是一座土台；当然，那不是一座普通的土台，而是一座高大宏伟的阶梯状建筑，一座金字塔，一座观星台，一座空中花园。它可能是与它有关的任何东西，对此，我无法判断，只有那不断向上收缩的外形确定无疑。它的占地十分庞大，足有一公顷大小。建造这样的物体，少不了劳民伤财。它看上去气势恢宏，不过那是很久之前的事了，现在它已然荒废，即使没有变成废墟，也早已七零八落、杂草丛生。无数细小生命的种子，深深扎入它那丰厚的黄土层中，生根发芽，破土而出，从那些开裂脱落的大理石缝隙中钻出来。古老的建筑踏上缓慢的死亡之旅，而我正在目睹，它那无声的呻吟。

从高台的底部登上顶端，需要走过一段漫长的坡道。它们从东南西北四个方向环绕着它，步步升高，直到与天际相接的祭室。这是一座方形建筑，由条石砌成，四面开敞，中间设有祭台。五千年前，巴比伦的祭司们就是在这样的房子里，与作为祭品的处女们交媾，以此献给至高天神阿努姆。这里的房间与此很相似，只不过更加宽大，中间没有冰冷的祭台，看起来另有他用。它的天顶采用了叠涩穹隆的做法，虽然已经破败，但依然不难看出当年的精美。它的四壁并不平整，而是凹凸有致，大大小小的壁龛随处可见。壁龛中放置着各种石质的雕像，形态各异，大小不一；有的残破不全，有的已经遗失，只剩下空空的石壁。只有一小部分保留完好，从中，我辨识出鳄鱼、豺狗、狮子、甲虫，还有一只折起双翅、昂首挺立的飞鸟……

一切又消失了，就像之前的许多次那样。

随后的景象变得不可思议地密集起来。

——看那儿，一座精美绝伦的神庙，就在我的眼前。它坐落在白色大理石砌筑的基座上，体型优美，四周封闭。它的正面树立着六根科林斯式大理石柱，柱头上方是连贯的饰带组成的檐口，上面戴着小巧精致的山花，山花的背后镶嵌着三角形的石板，前面装饰着浑圆的石雕。山花的顶端竖立着一高一矮、一男一女两尊铜像，二人并肩站立，目视前方。神庙两侧的屋面上铺着赤红色的瓦片，屋檐上装饰着展翅腾空的自由女神塑像。神庙的外墙十分厚重，青铜打造的大门常年关闭，室内昏暗阴沉，像个家族的藏宝箱。

——看那儿，一座高大威严的巴西利卡，它的样貌如此熟悉！它长一百二十米，宽四十米。底层设有连续十六跨的弧形拱券，外侧贴合着罗马多立克式的壁柱，向着前方的广场敞开。二层的走廊同样由拱券支撑，每一只拱券下面都竖立着一尊元老雕像，在阳光的照耀之下，形成富有节奏的动人的阴影。转角的墙壁被加宽加厚，上面镶嵌有青铜打造的徽章。屋檐上包裹着一层闪耀的白色大理石，展翅的雄鹰脚踩花环饰带，站在向前凸起的挑檐之上。

——看那儿，一座高耸入云的哥特式建筑，一座大教堂。它那挺立的双塔令人肃然起敬。方形的塔身上布满圆弧交叉的火焰形拱券，四角弯折成各种更小的尖塔，与夹在中央的尖券高窗一起，指向天空。无数狭长的雕塑，排列在塔身下侧、主入口的两旁，令人眼花缭乱、目不暇接。

——看那儿，一座威武庄严的巴洛克宫殿，一条辉煌的长廊，两侧布满华丽的装饰，大理石圆柱支撑着折断了的弧线形状的山花，明亮的镜子前摆放着弯曲的烛台。它通向一座硕大的椭圆形厅堂，一盏华美的水晶吊灯从厅堂中央的天顶垂下，照亮四座，艳丽异常。

——看那儿，看那儿！那是什么？一座尤卡坦半岛上的玛雅神庙，多么怪异！多么神奇！石砌叠涩的狭长走廊与陡峭的金字塔连在一起，乱石砌筑的塔身外面包裹着规整的石材，形成近百米长的水平饰带，表面布满形态各异、古怪离奇的面具图案。一条笔直的台阶直通塔顶，两侧竖立着经过加工的石块，向外凸出，上面雕刻着成排的头骨、牙齿和舌头。金字塔的脚下是一块方形广场，成群的圆柱围绕在广场周围，柱身上排列着怪异的方形符号，已然分不清那是文字还是图画。

——看那儿，一座玲珑剔透的东方宝塔，对称的八角状平面，暗示着安静祥和的极乐世界。它那层层叠起的、神秘的斗拱结构，犹如复杂的迷宫，编织出独特的美丽；它那橙黄色的琉璃瓦，是对尘世的高声赞美，在阳光下闪闪发光。

——看那儿，一座伊斯兰世界的清真寺，洋葱形状的穹窿此起彼伏，恰似穆斯林头上的头巾。

——看那儿，一座北部非洲的要塞堡垒，厚重的城墙迎着海风，四周带有圆斗形状的瞭望塔楼。

——看那儿，一座东南亚的佛寺，密檐重叠的庙宇，狭小的神龛上供奉着象鼻人身的财神。

——看那儿，一座蒙古草原上的圆形帐篷，它那中央隆起的天窗，就像我不辞辛苦建造起来的茅屋鹿宫。

——看那儿，看那儿！那是什么？简直令人耳目一新！那是一座钢筋混凝土浇筑的现代住宅，通体雪白，就像一座又扁又长的方形盒子，支撑在一系列细长的圆柱形状的柱子上，四周是修建得整整齐齐的绿油油的草坪，远远看去，如同一片飘浮在空中的云朵。住宅的立面上带有连续的长条玻璃窗，晴空之下，阳光直射进室内，屋里一片光明。它的屋顶是水平的，设有宽大的露台，可供人们休憩，露台的旁边是一片花园，其中种植着薰衣草、玫瑰和蓖麻。

——看那儿，那是什么？真是难以置信！一座混凝土摩天楼拔地而起！即使没有测量，我依然可以准确地估计，它的高度已经超过了举世闻名的埃菲尔铁塔，与那矗立在纽约曼哈顿中心的帝国大厦不相上下！它早已超越了我日常所熟知的任何物体，在它的面前，我惊得目瞪口呆。

——再看那儿，那又是什么？我不知道，我没有看清，那是什么？一座全身覆盖着玻璃的大厦？一座高耸入云的高度超过一公里的庞然大物？那是真实，还是仅仅只是我的幻想、我的错觉？也或者，那不过是一株生长在落基山脉峡谷中的千年长青的冷杉树？

——不只如此，那是什么？我已经无法形容。那些跳动的、闪烁的怪异物体，它们又是什么？谁知道，它们为何如此奇形怪状、变动不居？又有谁能告诉我，为什么它们如此众多，几乎覆盖了整个大地，宛如一张无边无际的大网，又好像一只硕大无比的变形虫？

——看那儿，又一幅动人的场景出现了，那是……

——看那儿，又一座难以描述的建筑。我已泪流满面。

——看那儿，在那空旷的草原上，孤独的冷杉树下，一名额头上带有三角印记的少女，正在向我微笑……

——不，你不要走！我请求你，为我留下，哪怕只是短暂的一刻，也足以让我抵达梦寐以求的永恒。请不要走！告诉我，这是什么地方？告诉我，我已经找到了那永恒的神殿，找到了你，找到了我旅途的终点！

然而这一切依然快速地退去，闪烁着离开，退出我的视线，从我眼前飞快消失。我跌入一条圆形的隧道，随着周围急速划过的闪光，不断向下坠落。直到最后，在所有的光亮全部消失之后，我慢慢停下来，四周一片黑暗，空无一人。

　　　　　　　　　　　　　　　　　　　　　　　　圆　环

可是我却清楚地感到，自己面前还有什么别的东西！它隐藏在黑暗中，我无法判断它的远近，但却无比肯定，那东西高大异常。它不仅在我的面前，同时也在我的四周。它在我的脚下、在我的头顶……事实上它无处不在，占据了与我的身体、我的精神相临近的所有空间，将我牢牢地包裹起来。我无法识别它，而此时此刻，它似乎也正在黑暗的另一侧，怀着同样的期许注视着我。我们就这样默默地相对了好一会儿，直到最后，我突然发现，自己眼前浮现出一个谈不上陌生，但也谈不上熟悉的物体。它悄无声息，我从没有一丝光亮的黑暗中将它辨识出来，这让我无比惊奇。我费尽力气，压制住自己心中的恐惧，终于看清了出现在眼前的奇异物体。

那是一只完美的圆环。

——"我是在炼狱里吗？"我放声大喊。

没有回答。又好像，似乎有什么在尝试回答……

——"这里是什么地方？"

没有回答。也可能，有什么正在回答……

——"到底是谁在那里？"

没有回答。

或者说，总有什么在一直回答……

我的面前站着一个老人，他的身材不高，但很结实，注视着我的双眼炯炯有神。

"你是谁？"我问。

"我的名字叫代达罗斯，年轻人。"他说。

"你在这里干什么?"

"这里是我的家。"

"你的家?"我惊讶地瞪大了眼睛，"这里是什么地方?"

"迷宫。或者说圆环。"

"圆环?"

"或者说世界，随便你怎么称呼它。"

"我不明白。"

"我建造了这座圆环。米诺斯把我丢在这里，让我自生自灭。"

"你到底想干什么?"我提高了声音。

"嘘——!"他阻止了我，"轻一点，你会惊动它的。"

"谁? 什么?"

"那个——你还不知道吗?"

他突然变得小心翼翼:"小声点，年轻人。你还不知道吗? 在这座迷宫深处，住着一个牛头人身的可怕怪物!"

24

那不是梦，是真实。

那也不是幻觉，它比幻觉理智。它是真实的，否则，它不会如此深刻，如此直接。

所以，它是真实的……

它不是任何的猜测或臆想，只能是真实本身。如果对于某个未知的现象，存在一种最简单的解释，那么它很可能就是最后的真理。这是哲学家们得出的结论。它不正是这样吗？它就在那里，简单、深刻、清晰，除了真实之外，没有第二种可能。

可是，那却是梦……

那真的是梦吗？还是说，不断发展的现代医学终究会证明，它到底不过是一种幻觉？它是一种意念，一种错觉，一种从我那沉重发烫的脑袋里跳出来的诡异景象？一张覆盖了黑夜与白昼的谜之罗网？一片吞噬了整个夯土村落的无尽黑影？

不，我宁愿相信，那是真实的……

没有理由，我只是相信。

已经整整七天了，我躺在这张木床上，全身滚烫，意识模糊，连举起一根手指都办不到。现在是第八天。我不吃不喝，任凭高烧将我折磨得奄奄一息。

如果不是那场突如其来的暴雨，我想，我不至于落到这步田地。同样，如果不是在难忍的饥饿之中发现，那些摆放在灶台上的奇怪的青菜与蘑菇，我应该能够轻而易举地战胜这点小小的风寒。虽然，我算不上真正的战士，但在生死存亡的危难关头，我并不缺乏真正的勇气，尽管，如果不是因为那场该死的战争，我也许永远都无法明白这一点。

已经第八天了，我终于逃离那纠缠不清的梦境，迎接我的，是一张松软的木床。混沌从眼前退去，取而代之的，是一排排横在头顶上的木楼板。它们架在两道平行的夯土墙之间，几根间隔排布的粗木梁上。楼板下面是一座方形的房间。它的面积不大，很像一间卧房，一扇半开的房门通向铺有赤红色陶土砖的走廊，在它的尽头可以看到向下的楼梯。房门的对面有两扇带有木百叶的窗户，窗扇紧闭着，在暴风雨的猛烈撞击下，发出吱吱咯咯的声响。

慢慢地，我回忆起一些事情。它们不是梦境，而是真实的。这些褪了色的碎片，彼此叠合着、连缀着，共同拼接出一幅模糊的画面——那个暴风骤雨的夜晚、那个无人的村落，还有酒馆、厨房、楼梯，与一间带有木床的方形卧房……

现在，已经是第十天了。至少，我这样认为。被囚禁在这样一座狭小阴暗的空间里，日夜的更替无从感知，更无法计量。漫漫长夜与弹指挥间变得难以区别。虚弱不堪的身体拖累着我，绝大部分时间里，我都陷入昏迷，只有极少数的时刻，才能勉强恢复意识。因为极度缺乏水分，那些清醒的时刻就像在烈火中煎熬。

二十天过去了。我还活着，但也仅此而已……

三十天过去了。至少，我这样认为……我告诉自己，已经三十天了。

五十天。那意味着什么……？五十天？

一百天。也许更长，不过那没有意义。在这里，数字与时间一样，不代表任何东西。这是永恒之地特有的法则。这是它的恩赐，它的祝福，它的诅咒……

风停了，雨也停了。一片寂静，百叶窗不再咔咔作响。灰一般弥散的天光从缝隙间射进来，把屋内的每一个角落都染成灰色。随后，一阵湿漉漉的气息从外面飘进来，经过清洗的空气、大地与山川，分别割让出自己的一部分，共同组成这带来新生预言的东方麦琪。然而奇怪的是，那既不像一种色彩，也不像一种味道，倒更像是一种声音。它若隐若现，从远处飘来，绕过我的床头，绕过我仅存的一丝气息，进入我的耳朵。

我听得很清楚。那是一个由远而近，不断变强、不断清晰的声音。它强壮、单一、富有节奏，而且越来越有力，越来越深沉。从它那饱满的回声中，我甚至可以辨识出它所在的空间。那是一个完满的、圆球形状的空腔，表面光滑坚硬，声音从空腔的中心发出，落到它的表面，当即被反射折返，没有丝毫的损耗，也没有丝毫的延迟。随着声音的加强，空腔似乎在慢慢缩小，进而将更多的声音反射回内部，与中心发出的声音叠合在一起，形成一种协同的共鸣。它不断壮大，越来越响亮，越来越稳定，直到最后，变成一个连贯、熟悉的鸣响；直到最后，我终于认出了它——

那是我心跳的声音。

从木床到门口不算远，大约有五米的距离，这其中还包括床体自身宽度的一半，如果用直尺丈量，尺度还会更短；如果将翻身坐起的人垂下的双腿计入的话，那么至少还要再缩短四十厘米，这样一来，我与房门之间的实际距离，最多只有三米半左右了。这就是我必须跨越的长度，我的天路历程。我慢慢复苏，如同一只从冬眠中醒来的青蛙，挣扎着钻出洞穴，那一刻出现在我面前的，是一片死一般的沉寂。

我摇晃，我跌倒。我爬起来，发现楼梯在自己头顶而不是脚下。周围的东西颠倒了位置——一座齐腰高度的木柜台、挂在墙上的篮子、木梁中央垂下的绳索、几张木质小方桌、圆形靠背椅、方形截面的木柱、天花板上悬挂的熄灭的蜡烛灯……一种凝固的、寒冷的灰色充斥在身边，好像有一块看不见的大布，把整个客厅、整座房屋全都笼罩了起来。

还有一种看不见的力量，在我体内涌动，从指尖到手肘，再到胸口，再到脊柱的内侧，直至每一寸肌肤、每一块肌肉、每一片骨头。奇怪的力量，它强迫我，驱赶我。这给了我信心，而后是生存的欲望，哪怕这座硕大的"酒馆"空无一人；哪怕这座站在制高点上的土楼孤孤单单，四周被鬼魅一般无人的村落所包围……嗯，那股力量，奇怪的力量……它是什么？是那发霉的面包，还是那长芽的土豆、变质的咸肉，或者是那已经变成果脯的梨子与苹果？它来自哪里？它是怎么做到的？为什么我觉得，自己的身体好像被某种成束的、看不见的丝线穿过，又好像被一个巨大的、圆弧形状的磁铁，从四面八方牢牢地吸引着一样？

而这注定是一个漫长的过程，一项不容推辞的责任。我从地上站起来，动作异常迟缓；然而不可否认，我成了这里的新主人。这座房屋保护了我，免受暴风骤雨的凌辱。想到过去一年中的辛苦，面前的房屋让人惊喜，一种期许油然而生。

我留下来，尽一切可能寻找食物，为自己提供营养。大厅背后有一条走道，向左转弯，通向一间储藏食物与用具的仓库，从那里的一座橱柜中，我找到一些大豆，它们解除了我的燃眉之急。又过了几天，在鸡蛋与牛奶的帮助下，我终于恢复了活力。

我做了必要的视察。我逐个检查每一个房间，清点了所有物品，做到心里有数，这里是我新的城堡、新的鹿宫。它站在我面前，预示着一个全新的使命，即将在那片长有冷杉树的环形场地上生长。一个宏伟的构思，一个清晰的意志，它们交织在一起，没有界限，强烈涌动，呼之欲出。

在全部安排停当之后，我离开这里，到村落中查看。难以置信的转变——我无比惊讶地发现，这个名叫库库鲁的寂寥的村落，已经被大雨彻底摧毁！那些夯土建造的方形房屋，在雨水的冲击下，业已完全倒塌，化作一片片高低起伏、浑浊不清的黄土丘陵！只有这座最高处的"酒馆"幸免于难，安然无恙。仿佛它被故意保留下来，带着某种使命、某种暗示。远远地望着它那变了颜色的茅草屋顶，我若有所思。周围十分安静，连一条狗、一只鸟都看不见。

我走下土坡，走出村落，跨过石桥，一年前，我就是从这里进入这片永恒的土地。石桥下的溪水平和舒缓，默不作声地流淌，看不出丝毫暴雨的痕迹，两岸布满卵石的河滩上空空荡荡，昔日的打水妇女，如今已经随着背后村落一道，不见踪影。小溪的对岸，那条从崇山峻岭中蜿蜒而出的小路依然清晰可辨，它曲曲折折，若隐若现，好像一段欲言又止的心声。

　　沿着村落的边缘，我从南向北，环绕前行，希望看清这里的一草一木。眺望远处，一片银灰色的土地，平静而又宽阔，在东北方向上延伸，与脚下村落附近赤红色的土壤形成鲜明对比。在二者的交界处，两种截然不同的颜色相互侵袭，混杂不清。与南方茂密的林地不同，北方的土地干旱贫瘠，在远处高山的映衬下，显得格外空旷。在南方，小溪流进一片密林深处，这片密林与西北方向的树林连成一体，而在它北方遥远的尽头，那片圆弧形状的林地边缘，一片空旷的场地上，坐落着我那被烈火焚毁的神庙的残骸。

　　此刻，再次回望背后的村落，我又有了不一样的感觉。它仿佛不是被暴雨，而是被漫长的时间所摧毁，因为失去意义而从历史中消失。它陷入一场旷日持久的战争，最终难逃毁灭的命运。此地俨然成为一片战场，只不过肆虐的暴雨，代替了那呼啸的炸弹，从天而降。唯一的选择是抵抗，唯一的永恒是死亡，而唯一的幸存者，是那使命未完的建筑师。

　　我结束查看，回到"酒馆"。如今，我代替了冈萨雷斯——那个如同圆目巨人般高大强壮的管理者——成了这里新的主人。我关紧大门，点亮蜡烛。我从马厩旁边的厨房里找到土豆、洋葱、玉米和鸡

　　　　　　　　　　　　　　　　　　　　　　　　圆　环

蛋，为自己做了一顿丰盛的晚餐。我把劈好的木柴和干草塞进炉膛，烧了一大壶沸腾的开水，而后将它倒进木质的澡盆——不难想象，我几乎已经完全忘记，洗一场热水澡到底是一种怎样的感觉。当散发着白花花的热气的洗澡水浸没我身体的时候，我全身抽搐着闭上了眼睛。温热的水淹没了我的头顶，我像一块石头一样沉入永恒的温暖。待到我再次浮出水面，我感到自己犹如脱胎换骨，不亚于一场约旦河中的重生。

我认真清洗头发、面颊、脸侧、耳朵。我认真清洗前胸、手臂、腋窝、脊背、手掌和指尖。我认真清洗身体的每一个角落，包括那羞于见人的私密部位。作为一个完整结构的组成部分，它们不可或缺；不仅如此，它们同样美丽。热水澡过后，我用棉布毛巾擦干身体，涂上橄榄油，就像那些两千年前的古希腊人一样。这些橄榄油是我从一排摆放在地窖中的大陶罐里发现的。我认真梳理自己的毛发和胡须，用剪刀将它们修剪得整整齐齐。我把脱下来的早已肮脏不堪的外套和内衣全部丢进火炉，让烈火将它们化作缕缕青烟。从另一间房间的橱柜中，我找到几件干净整洁的衣服，想方设法将它们改成适合的尺寸，穿在身上。我还找到了一条很细的链子，看上去像是女人的项链。我将它穿在那枚银光闪闪的神秘的金属圆环上，挂在胸前。对着镜子，我仔细打量自己全新的形象，它很熟悉，也很陌生：作为一名战士，它过于柔弱；作为一名建筑师，它又过于粗犷。

夜幕降临，悄无声息。村落变成了荒野的一部分，夜晚因此更加宁静。月光洒在"酒馆"门前的广场上，细小的砂石反射着清冷的光芒。四周倒塌的房屋形成一座座土丘，宛如一座座古老的坟墓，在月光下默不作声。北方远处山峰顶上，白雪遥遥可见；那里和往常一样，令人思绪万千。唯一不同的是，熟悉的雷声消失了——自从那场难以形容的暴雨过后，它就彻底消失了，再也没有出现过。

我上了楼，回到原来的房间。它似乎在等着我，为我亮起灯光指路。我脱掉外衣，把鞋子放在木床底下；把系在铁链上的圆环取下来，挂在床头；把仅存的武器，那只左轮手枪，放在枕头底下。我躺下去，身上盖着一条羊毛编织的薄毯，它更多地是让我平静而非为我御寒。我平躺在床上，双腿伸直，两只手十指交叉放在身前，这是向睡梦之神献礼的最佳姿势。我闭上眼睛，口中默念一句拉丁语的经文——并非献给圣父圣子，而是几个别的单词——然后入睡。此刻我已停止思考，不再犹豫，那已结束。因为我清楚地知道，自己下一次醒来之后，这片永恒的土地上，将会发生哪些惊天动地的改变。

25

　　建筑是一些简单的体块，用不同的方式搭配起来，在光线下进行的正确、明智而又辉煌的表演。通过光与影的作用，建筑表现出体形特征，这是所有伟大建筑的基本形式。越是简单的几何形体，越易于表现这种特征：立方体、圆锥、圆柱、四棱锥和球体，都是绝佳的例子。它们的形象是明确的、清晰的，不存在任何犹豫。它们因此是最美的形式，无论是什么人——工匠、农民、哲学家、野蛮人——都会同意这一点。

　　然而需要谨慎的是，体块只是建筑的外延，不是它的全部。体块是建筑的外部形象，只有通过特定的表面，建筑才能获得表现。不同的建筑采用不同的表面来包裹自身，而建筑师的主要任务之一，就是使这些表面生动起来，防止它们腐化、堕落，成为寄生虫，进而侵蚀了体块的美，为了突出自己而把体块错误地屏蔽掉。

　　这是建筑艺术的内涵，也是自维特鲁威以来，建筑学的优良传统。从那时起，继续上溯到更加久远的神话时代，从那些虚无缥缈的古代传说中，我们依然可以找到许多类似证据：高贵的国王为了兴建宏伟的宫殿，一掷千金，聘请众多的建筑师，为他提供服务。建筑师们煞费苦心，设计了气势磅礴的建筑物，同时在它的表面布满精细的装饰，看起来美轮美奂。形体与表面彼此协调、相得益彰；将二者结合起来的高超技艺堪称完美，无可指摘。国王非常满意，眼前的作品完全展现了他的设想，他的王国、他的权力、他的威严，在这座无与伦比的精美建筑中，得到了最充分的体现。它是一件无可争议的杰作，这又是一个美好的结局。

只有一个故事例外，它发生在克里特岛，米诺斯统治的王国里。那个故事中的建筑师，名叫代达罗斯。在那个故事中，他建造了一座圆环形状的迷宫。

而那不是一个美丽的故事。我只记得这么多。

由内而外，圆环分为三层。它是一个整体，但同时也分为三层，这一点确定无疑。围绕着中央的冷杉树，它向外展开，与圆弧形的树林边缘一致，形成一个完美的圆环形状。尽管它的内部被划分为紧密相邻的三个圈层，但作为一个统一的整体，它的外形简洁明了，完美无缺。

圆环的内径是一百六十米，以冷杉树为中心，呈正圆形。圆环的外径是二百五十米，考虑到外侧支撑结构自身的厚度，向外扩大了五米，最终确定为二百六十米。在内径与外径之间是圆环自身的厚度，根据先前确定的尺寸，刚好是五十米。在圆环的最内侧，面向冷杉树的一面，墙体与地面垂直，没有倾斜，形成一道连续完整的圆弧面。在圆环最外侧，墙体向内略有倾斜，下宽上窄，以此提供额外的支撑，用来平衡巨大的体量产生的侧向推力。因为这样的倾斜，使得最高处的外径有所减小，刚好等于底层扩大出的五米，于是最高处的圆环外径，依然是最初确定的二百五十米。

圆环的高度是二十四米，这是从经过整理、修葺、夯实的水平地面，到圆环顶部最高点的距离。圆环内外两侧的墙体直接坐落在地面上，没有基座。圆环的顶部是水平的，略微带有一点坡度，这样可以自动排出雨水，也有利于下方结构的稳定。

圆环的平面被划分为不同的区域，由内而外，分为三个圈层。圈层的宽度不等，位于最内侧的圈层最宽，有二十三点二米；最外侧的圈层最窄，只有十点八米；位于中间的圈层尺度适中，宽度刚好是十五米。圈层之间由连续厚重的墙体分隔，这些墙体组成同心的圆环形状，加上位于最内侧与最外侧的墙体，一共有四道。墙体很厚，超过两米，这是出于承重安全性的考虑。历史上有不少宏大的建筑作品，因为结构不合理而倒塌，落一个可悲的命运。位于法国博韦的大教堂就是最好的例子。它雄心勃勃，希望建成当时世界上最宏大的哥特式教堂，结果却因为结构设计失败而倒塌，最终只建成了一个孤零零的歌坛，草草收场，令人悲叹不已。

这一幕绝不会在此重演！我做了精确的计算，为它设计了最合理的结构形式。建筑的实体部分不能太重，因为额外的重量会增加没有必要的负担，但也不能太轻，否则构件之间的衔接不够结实，缺乏稳定性，在地震或其他外力的作用下，很容易失衡倒塌。必须找到一个合理的平衡点，这不仅需要知识，更需要经验，同时还要富有创造，来保证建筑整体的功能，不会因此而受到丝毫折损。最后，在所有的这一切全都达成的情况下，还必须赋予建筑以优美的外观。这就是建筑师的使命。

坚固、实用、美观——维特鲁威的训示。

沿着与层间墙体垂直的方向，指向冷杉树所在圆心位置，一系列纵向的墙体被树立起来，将圆环分隔成大小不等的二十八个区域，每一个区域占据了圆环上一块特定的面积。它们交错叠合，彼此拼接在一起，共同组成一个完整的环面。在这些区域中，有三个尤为特别。它们联通圆环内部的空间，从地面一直到天顶，无论是形式还是肌理，与其他的区域都大不相同。从高空中俯瞰下去，它们在圆环硕大的环形躯干上，划分出三块形状各异的独立图形，如同特殊的标志物，与位于圆心的冷杉树一起，组成明显的指示，提醒人们注意。三块区域中，一个指向西北方的雪山，一个指向南方被摧毁的村落，还有一个指向遥远的东方。在那里，有一片蔚蓝色的大海，大海的尽头，有一片古老的神圣土地。据我所知，那是建筑学诞生的地方。

圆环是封闭的，内外两侧的墙壁高大结实，很难进入，只有在西南面外侧靠近地面的位置上，有一个狭小的入口。另有一个同样大小的出口，通向圆环的内侧，通向那长青不老的神树冷杉。入口与出口之间有一条曲折狭长的通道，在我看来，它无可争议地代表了整个人类建筑的历史。它贯穿整个圆环，通过二十八个首尾相连的区域。每一个区域内部都含有数量不等的次要的墙体，将平面划分成纵横交错的连续空间，看上去与迷宫并无二致。不过它并不是迷宫，恰恰相反，它是指引人们走出迷宫、走出混沌的向导。它是地图，是罗盘，是向导，是灯盏；它是永恒之地苦苦等待的答案；它是一把独一无二的钥匙，站在时间的尽头，开启尘封已久的门扇。

除此之外，还有一处重要的场所。它位于圆环的顶端，曲折通道所能够连接的数不清的分岔中的一个终点。沿着那不断盘旋上升的阶梯，便可以到达一处露天开敞的屋顶平台。它是一块圆形的特殊场所，尺度不大，直径只有七米左右，坐落在圆环顶层的正南方，靠近它的内侧，微微向外突出。在它的正中，有一根从地面升起的圆形石柱，站在它的面前抬头看去，冷杉树与雪山在蓝得发紫的天空中交相辉映。石柱很矮，与一张咖啡桌的高度相差无几，表面光滑平整，没有任何装饰。在石柱的顶端，有一枚圆环形状的凹槽，浅浅地嵌在石头中，它的形状与大小，与那枚悬挂在我胸前的银光闪闪的圆环如出一辙——那是它的使命，它的归宿，它的终点。对此，我深信不疑。

只有一种材料，来建造整个圆环，那就是混凝土。或者更准确地说，是天然混凝土。古罗马人正是利用这种神奇的材料，创造了一个又一个震惊世界的奇迹。这是一种由沙子、碎石、生石灰与天然火山灰组成的特殊混合物，经过水的作用，最终凝结成坚硬的固体结构。伟大的大斗兽场、万神庙，宏伟的卡拉卡拉浴场、哈德良离宫，无一不是它的杰作。与传统的砖木、石块建筑相比，它不仅可以建造更大的跨度，同时还易于规模化实施与管理，提高施工效率。时至今日，两千年后的今天，它再一次成为建筑革命的驱动核心——钢筋混凝土，这种新时代的圣石，引发全面的革命，人类有史以来第一次，彻底解放了建筑，不再因为材料的局限而止步不前。这是技术的飞跃，理念的升华；这是一种全新的生命！这是建筑的未来！

二 炼 狱

259

每一个新时代来临之前，都有它的施洗约翰。只有敏锐地洞察这一切的人，才能够领受新时代的福音。新的时代需要新的工具；全新诞生的建筑形式，必须符合新时代的要求。建筑技术的进步，早已超越了传统建筑艺术的边界，进入另一个更自由、更宽广的神奇国度。在那里，建筑艺术以它崭新的面貌，收获了前所未有的确定性。传统的建筑形式，让位于那些新涌现出的精练而又纯粹的表现手法——简洁的体量、全新的材料、不加修饰的质感，等等。相比之下，那些繁复的约束、陈旧的模式，那些无法承诺美好未来的东西，很难满足人们持续增长的贪婪与好奇。这就是以混凝土为代表的现代建筑正在履行的全新使命。

　　不正是这样吗？难道，还有人未曾领略它那独一无二的特殊魅力吗？难道还有人怀疑它作为建筑材料，那无可比拟的纯粹与真实吗？是否真的如此？那些迟钝缓慢的笨拙之人，那些头脑简单的傻瓜，站在完美无瑕的万神庙的穹顶下，抬头仰望一轮灿烂的天光，目送它从那中央的圆形空洞倾泻而下，照射在那粗混凝土筑造的布满凹陷形方格栅的圆球状内表面上。看到那直射的光线在高空中划出一道清晰的轨迹，而后又在那规则排列的青灰色方格上散射开来，缓慢而又均匀地奔向四面八方。半球形的穹隆下，一道炽烈的光柱径直闯入，细小的闪亮在空中上下舞动；周围的空气中，饱满的光晕自上而下，随着穹隆的扩张而迅速黯淡、褪色，直至与深灰色的背景融为一体，如同极寒之地分层的海洋，从蜉蝣涌动的温润表面，到布满暗礁的蔚蓝幽深……是否真的如此，这些浅薄无知之人，在面对如此摄人魂魄的奇迹之时，竟然可以丝毫不为所动？这实在令人难以想象。他们是否见过，那连绵不断的灰色墙面，越过低矮的草地，拔地而起，借助一对"人"字形交叉的粗壮立柱，轻盈地悬浮在一片碧绿的上空？那些混凝土浇筑的墙面横平竖直，通过一套规范的模数，共同构成一系列既简明扼要又变化多端的整体。混凝土墙壁与楼板组成一个又一个长方形的洞口，在阳光的照射下，向冷峻的内侧墙壁投下黑漆漆的阴影，看上去犹如舞台布景，如此抽象，如此严肃，如此虚无！还有，那些人，他们又是否见过，那些刚刚掀开的木质模板，露出的刚刚凝固成型的混凝土外貌？又是否亲眼看到，那依稀带有一丝热气的木板，下面散发出潮湿的气味，令人惊喜而又不安，直到最后一块木板掀去，目睹那凝固的实体，朴素的表皮忠实记录下每一段接缝、每一寸木纹？那有机的图案，好似大自然印制的秘语文书？

事实正是如此。没有什么比混凝土更合适。作为一种裸露的材料，它重新定义了石头。它建筑起曼哈顿中心的摩天楼，这些藐视地心引力的构筑物，犹如雨后春笋，争先恐后地拔地而起，尽情生长。它构造了位于奥利的飞船库，一系列巨大的钢筋混凝土肋拱，形成抛物线形状，整齐排列。肋拱之间镶嵌有薄板，光线从板间的空隙洒下，一片迷蒙，悬浮在半空的混凝土仿佛因此而失去重量。正是它，创造了普卢加斯泰勒的拱桥，三个连续的主要混凝土弧拱，上面树立起笔直的竖柱，支撑起位于最顶层的桥面，如同优雅的竖琴，在平缓的水面上投下修长的倒影。在巴黎的圣让蒙马特教堂中，它再次出现，代替了那些沉重的石块，沿着本堂两侧的边缘，架起成排的菱形立柱。立柱的表面印有梅花形状的装饰花纹，顶端带有弧形拱券，支撑起上层结构。那些细长的树状支撑，在中央拱顶的下方汇聚，同样由混凝土建成，如同盛开的棕榈树叶。

还有那座精致独特的展馆，在国际装饰艺术博览会上，它躲在一个不起眼的角落，却收获了最多的目光。横平竖直的墙体、连续的大面积玻璃、从侧面的圆孔倾泻而下的光线，为青灰色的表面增添前所未有的精确与静谧。一切都那么新鲜，一切都那么熟悉……还有那座与众不同的图书馆，位于大海的另一侧，北非海边的土地上，它那工字形展开的平面，因为混凝土的本色，才收获了特有的连续与统一。那些出挑的水平遮阳板，带来一再重复的简单韵律；那些棱角分明的矩形洞口，静静陈述着隐藏在尺度背后的数字玄机。

还有那座位于莫斯科的威严的办公大楼；那座高高架起在巨型立柱之上，如同悬浮在空中的公寓；那座市政厅、那座简明扼要的厂房、那座如同敞开的贝壳般优雅轻盈的体育场……

啊，伟大的混凝土，你简直无所不能！有了你，建筑师可以随心所欲地创造——自由滑动的平面曲线、尖锐的三角形、倾斜交叉的实墙、沉重的方块、连续折叠的"之"字形结构，简直无从计数。多么神奇，你的内涵如此丰富！你那冷峻森严的面孔，成了众多声音交相辉映的舞台。伴随着它们，你可以高声吵闹，也可以寂静无声。站在闹市街头，你是不问世事的第奥根尼；与月光为伍，你是轻轻拨动竖琴的奥尔菲斯。正是这样，你是建筑材料中最神奇的存在。你是凝固的光线，你是流动的岩石。

圆环的整体全部由混凝土浇筑而成。这种新世纪的人造圣石，我仿佛已经听到它的呼唤。我四处寻觅它的踪影。我离开村落，向东进发，眼前是那片暗红色的平原，再向前不远，就是北方连绵不绝的山脉，位于二者之间的，是一片独一无二的银灰色的土地。平原在这里与起伏的山地相接，土壤的颜色变得凝重，质地坚硬，草木稀少。我用铁锹开垦土地，除去表层已经凝固的部分，向下挖掘，露出纯粹的灰色，那是沉积已久的火山灰。随着挖掘的不断深入，渗入的雨水逐渐稀少，土层变得干燥，双手抓上去，细腻的粉尘沾满手指，不需一会儿工夫，皮肤便要阵阵发烫。我选取了一块埋藏丰富、土质上乘的区域，作为开挖的场所，开采出来的火山灰，经过筛选、晾晒，然后被运往建筑现场，在那里再进一步加工成更精细的粉末，作为最终的原料。

我到山脚下采集碎石。这些零星的石灰石碎块，一方面作为骨料，可以直接使用，另一方面也是制备石灰必不可少的原料。这项工作十分累人，我必须日夜不停地挥动铁锤，将大块的岩石砸碎、运走。连续不停的震击下，手掌开裂流血，只好用绷带层层包裹，然后继续干活。实在难以继续之时，我便直起腰身，把大锤立在脚下，擦一把头上的汗水，抬头看一看远处，那纯洁如镜的蓝天白雪。

我挖掘泥土，做成泥坯，将其烧制成为耐火的砖头，然后砌筑成带有圆拱形状的封闭炉膛，可以忍受高温。在这里，我将砸碎的岩石投入炉中焚烧，将其淬炼成为细腻洁白的石灰。灼热的炉膛炙烤胸口，鲜红的炉火映红荒原。一连数十个夜晚，冷杉树的脚下布满火红色的光辉。

我砍伐树木，将它们加工成合适的形状，作为浇筑混凝土的模板。按照我绘制的带有比例的图样，它们被精确地搭建起来。为了保证模板的稳定性，我采取了一系列措施。我建造了规模庞大的鹰架，从地面到高空，这项工程是如此庞大，以至于我几乎将周边的整座森林全部搬到了场地正中。除此之外，我还采用了堆土的方法，这种原始的技术看似笨拙，实际上卓有成效，许多难以固定成形的部位，通过这种方法，都能得到很好的处理。模板依附在堆土表面，强度与稳定性得到保证，混凝土浇筑下去之后，不会因为自身的重量而将模板压垮。待到所有的部位全都凝固变硬之后，再移去堆土，内部的空间便显露出来。古埃及人运用这种方法，修建坡道，建造宏伟的大金字塔，我的方法与此大同小异。

材料的准备与建筑工程同时进行，这样可以保证最佳的效率。经过一段时间的摸索，我很快便掌握了其中的秘诀。一旦理念明晰，在心中根深蒂固，将其变成现实，所需要的不过是时间与耐心。它们才是实现目标的最基本的建筑材料，而在这片宽广辽阔的永恒之地，我并不缺乏二者中的任何一种。我白天工作，晚上回到"酒馆"休息，尽管路途遥远，但我决定照顾好自己。我心里很清楚，自己不再为别人劳动。我的建筑不是为了任何其他目的，我的圆环不属于世上的任何人。

我平静地面对永恒为我带来的一切：理智、深刻、纯洁。也许，还有一点孤独，不过很少，不值一提。与世俗的生活相比，它的含义早已大不相同。它不再是一种心理感受，而是一种平常的状态，就像水和空气一样普通。无论是拥有它，还是远离它，都不会因此而自怜自艾，因为没有第二种生命，能够与此形成对比。一旦自身的存在与时间同等，那么它也就变成了时间本身。尽管有时，我会想起那个出现在我门口的年轻女孩，她的声音、她的身影，仿佛就在楼下的大厅中闪动；仿佛就要轻轻推开木门，或是在粗木打造的椅子上轻轻摇晃，发出吱吱咯咯的声响，可是每一次下去查看，见到的不是夜间潜行的老鼠，就是破门而入的晚风，别无他物。

我继续工作，继续生活，就像从前那样。我开始种植大麦和玉米，这些作物在秋天的时候播种，几个月里就会有很好的收成。大麦的生命力很强，耐旱耐碱，这是之前的居民们长期努力培育的结果，我要做的只是将它们丢进土里，然后坐下来静静等待。玉米需要做的工作稍多一些，播种的时候，按照三十厘米的间距，挖出十厘米左右深的土坑，每个坑中放入三四粒种子，然后填土、踩实。等到玉米苗开始生长，将近五十厘米高的时候，便开始除草、施肥，同时注意保持土壤的湿度：不能太干，也不能太湿。

我驯养牲畜，饲养鸡鸭牛羊，这些村落中仅存的居民，在我的悉心照料下，生长得很好，很快便恢复了生机。我为它们修好木屋，添置饲料，将牲畜赶到水草丰盛的地方去放牧。作为回报，它们为我提供富有营养的肉类、鸡蛋和牛奶。

我清理村落、修理房屋，努力将那些倾倒的土屋恢复原貌。与建造圆环的工程一样，它们同样是我不可推卸的责任。我用心装点自己的寓所，在露台上建起葡萄藤架，在庭前院后种下月季与蔷薇。我十分认真地做这一切，因为我不希望自己永远生活在地狱里。我经常提醒自己，告诉自己可以做得更好。我是好农夫、好牧人、好园丁、好建筑师。

除此之外，我把全部的时间都用来建造圆环，那个迷宫一般的庞然大物。

　　就这样，一眨眼，二十五年过去了。

　　　　　　　　　　　　　　　　　　　　　圆　环

26

　　他们把这墙造得很好，符合我的设想。很少有人能做到，只有那些最偏执、最狂妄的统治者，才会发了疯似的满足我的需要——当然，事实上，也是他们的需要。嗯，确实如此，他们疯狂地追逐我，问这问那。他们找到我，这就是他们的目的。为了满足自己的骄傲，他们就像狄奥尼修斯的女祭司们一样疯狂。

　　为了便于建造，他们首先将石头凿成方形，而后按照砌筑的方式，将那些需要拼接的表面打磨平整，其他的表面保持粗糙，这是十分聪明的做法。这使得石材主要表面的边缘呈现钝角，不仅便于操作，也更加坚固结实，就算石块在砌筑完成之前搬来搬去，也不会轻易损坏，否则的话，材料就会十分脆弱。他们用这样的方法，先砌出朴素的建筑雏形，而后再进一步打磨那些石块的表面，将其彻底平整、磨光。这很聪明。

　　不仅如此，为了保持整体的简洁，我没有采用任何的柱头、檐口或装饰。这些东西加工起来费时费力，每一根曲线，每一条凹槽，都要细致打磨，直至丝毫不差，否则就会失去固有的精确，变得丑陋无比。我简化了这一切，这也是他们能够把它造得如此精致、如此完美的重要原因。

令人惊奇，他们选择了最适宜的材料，分别建造不同的圈层；这是十分高明的手法，超出了我的预期。虽然我没有明确指出，但圆环的形体本身已经充满暗示。最内侧采用了火成的玄武岩，这种岩石由火山喷发出的岩浆冷却形成，质地坚硬，内部含有细小的泡沫，中间夹杂有矿物结晶，颗粒有大有小，不一而足。部分岩石还携带着流纹或气孔，这是滚烫黏稠的岩浆，在地面上流动的过程中，因为遇到陡坡而突然加快，或是夹杂有大量水蒸气和气泡，在冷却后，形成各种奇怪的形状。这些岩石非常古老，有千百万年，与大地相同，历经风霜雨雪，沧海桑田。

除去玄武岩之外，另一种常见的火成岩是赤铁矿。色雷斯的山区就大量出产这类暗红色的矿物，其开采下来的断面呈现出鳞片、颗粒与致密的块体形状，局部尖锐的裂纹处带有闪亮的灰白色金属光泽。这种岩石质地坚硬，分量十足，内部富含铁质，经过敲击打磨，会产生奇怪的磁性，能够彼此吸引，或是吸附小型的铁质物品。大量这样的石块堆砌起来，磁力变得足够强大，足以让罗盘迷失方向，是建造迷宫最合适的材料。

不仅是火成岩，还有质地较软、易于加工的变质岩，比如石英岩，同样被大量使用，来建造微微隆起的筒形拱顶。这里的石英岩石，其母体来源于遥远时代的沉砂，依靠水流泥浆沉积下来的钙质，或是陆地岩块破裂粉化而成的碎屑，还有远古海洋深处的微小生物残留下来的骨骼，等等。在火山喷出的高温熔岩的作用下，原始的基质发生变化，生成另一种全新的混合物质，具有类似于鳞片、褶皱、渐变、结晶的效果。这种岩体的构造很不规整，内部颗粒较大，按照典型的镶嵌式结构紧密排列，同时含有多种不同的矿物杂质。从中截开之后，断面上覆盖着一层油脂一般的光泽，颜色十分丰富——绿色、灰色、黄色、褐色、橙色、白色、蓝色、紫色、红色——可谓应有尽有，令人眼花缭乱。

当然，最常见的还是各式各样的大理石。这种熔岩侵入生成的变质岩，因为产地、基质、生成方式与时间的不同，其颜色、质地、花纹也各不相同，形态特异。叙拉古的南部盛产各种精美的大理石，这些石材具有片状、柱状外形，内部含有细小的粒状矿物，总体则呈现晶体状鳞片结构，好像带斑点的分层纤维。大理石大多带有形态各异的条纹、色块与斑点，经过加工之后，便成为极具装饰性的建筑材料。有些大理石因其特有的内部光轴定向式排列，具有透光的特性，在那些高处开裂的缝隙洞穴下方，可以同时反射、折射阳光，发出千变万化的色彩，比如墨绿、深灰、浅红、淡黄、熟褐与黝黑等，是优良的雕刻材料。大理石的颜色和花纹来源于内部的有色矿物和杂质，比如，含有方解石的大理石呈粉红色，含有石墨的呈深灰色，含有蛇纹石的呈黄绿色，含有阳起石和透辉石的呈绿色，含有金云母的为黄色，含有符山石和榴石的为褐色，等等。

地面、墙面、天顶；台阶、转角、平台。所有的部位全部由石块砌成，只不过所选用的种类、形状和体积有所不同而已。一切都井然有序，一切都适当得体，甚至超出了我最初的设计，仿佛出自另一个人的手笔。这令我心生疑窦，也许还有嫉妒，尽管这荒唐得可笑。这就是我的工作，我的作品。它想方设法拒绝我、欺骗我，最后还是被我一一识破。它就是我最初设想的那个样子——简洁、封闭、完美。

　　也许还有些别的什么，我不知道，我说不清。一座真实的建筑，当它货真价实地站在地上，不再只是头脑中的设想的时候，总会多出些别的什么。也许，是那大片的石壁上渗出的水珠；也许，是那幽深的走廊中回荡的风声；也许，是那往复曲折的楼梯与台阶，彼此交叉在一起，本身就令人躁动不安。我不知道……这座圆环迷宫，它好像有了自己的意志和思想，在一刻不停地忙碌着什么。

　　也许，是那被关在迷宫深处的可怕怪物。它那沉重的鼻息，在漆黑冰冷的巷道中震颤，发出恐怖的回响。也许，是它那狰狞堕落的面孔，已经与纵横交错的空间融为一体；每一寸近在咫尺的黑暗，都是它无处不在的丑陋的皮肤……它那被神意抛弃的怪异形体，如同夜空中燃烧的黑色的太阳；它那混沌不清的扭曲的灵魂，好像深渊中缓慢下沉的阴暗漩涡。

　　我躲避它的存在，它的脚步，它的喘息。我躲避它那火山一般狂暴的意志，如同羚羊逃离猛虎，处女躲开幽灵。它是这座神圣宫殿的守护者，而我只是一个被抛弃的凡人。与它那独一无二的本质相比，我渺小的血肉之躯根本不值一提。它才是这一切创造与毁灭的终点。它是众神的宝物、永恒的化身。

　　不，并非如此——这不是一种惩罚，而是一种恩赐。确实如此。当那满脸忧郁、愁眉不展的国王站在我面前，冷酷地宣读他的审判的时候，我丝毫也没有慌乱，反而感到一种释然，仿佛这样的结果理所应当，这是对我最佳的奖赏。当然，也许谈不上奖赏，但公正的国王依然崇高无比。身为宙斯之子，他拥有的智慧毋庸置疑。对此，我早有预感，就算没有阿波罗的指引，我也不会有所疑惑。

啊，阿波罗！拥有无比俊美容貌的神祇，掌管文艺、音乐与预言，高居于奥林匹斯的山顶。众神之中，只有你最公正睿智，也只有你最明白我的心声。只有你才有能力洞察变动不居的未来，通晓纷繁复杂的现世背后的真理。你的声音清澈悦耳，你的双眼好似明灯。与你对坐长谈是凡人所能领略的最美的经历，因为毫无疑问，你是诸神之中最懂建筑之人。

正是由于这个原因，我才不为所动，泰然处之。我欣然接受米诺斯的宣判，不仅因为那预言之神的警告。我领受他的神谕，将其视为自己的使命；现在，我已完成重托，不虚此行。我不辞劳苦、漂洋过海前来，只为了这个简单的信念，如今心愿已了，我亦无怨无悔。

这是建筑的真谛，也是命运的证明。作为第一个洞悉秘密的人类，建筑师是每个时代的预言家。借助木材、砖瓦与石块，他们将阿波罗的神谕，工整地书写在大地之上。这项工作奇妙无比。建筑师用直尺绘制墨线，用圆规描绘各种圆弧，将真实的物体按照同等的比例缩小，借用这种方法，方圆百步的宏大建筑，顷刻跃然于七尺图卷之上。这一切都有赖于几何学的绝对精确。几何学是一门古老的学问，从创始之初开始，经过千百年的演化，时至今日，已变得丰富完备。建筑师利用它们的基本原理，制定复杂的比例与规则，绘制精细的图样，作为建筑学的金科玉律，以此表达对秩序的绝对尊重。借助数字的魔力，他们创造出完美无瑕的结构：半圆形的拱券跨度有赖于柱子的高度与直径，否则就会因为比例失调而失去美感，同时增加基座的负担，这一点在修建长廊以及引水渠的工程中至关重要。建造高高在上的圆形穹顶，必须对所用石块的形状与数量进行精确的控制，只有这样才能收获最完美的半球形状，同时准确计算材料的用量，保证顶部不会由于多余的重量而倾倒坍塌。这就是正确的方法。简单地追寻一个明确的目标，然后指明道路，用平静的几何形体，创造出清晰的结论，为眼睛和心灵增添愉悦——是的，就是这样，这就是建筑学。

当然不止这些，远远不止。作为建筑师，我深知建筑的要义，远不止搭梁构柱那般简单；看似简单的砖石堆砌，背后隐藏的，是一丝不苟的精确与严格。同时还有更多别的东西，这些难以言明之物，说起来十分抽象，晦涩难懂，与哲学家苦苦思索的命题并无二致，只有那些终其一生，孜孜不倦地探索的人，才能最终有所醒悟。从前，我对此不屑一顾，认为那不过是人们故弄玄虚；现在我被关在这里，有无限的时间为伴，反倒有了新的体会。请容我慢慢道来。

我曾经云游四方，或是乘船前往西班牙，或是游走于希腊诸城邦之间，或是沿着小亚细亚的海岸一路向南，直抵埃及，直到远远望见金字塔的尖顶，方才停下跋涉的脚步。旅途中我奇怪地发现，许多文明的国度如同一潭死水，而那些茹毛饮血的蛮荒部落反倒生机盎然！在希腊力之能及的极限地带，莱茵河灰暗的峡谷两岸，身披兽皮、头戴牛角的野蛮人，把成排的圆木和滚石打入地下，燃起成堆的篝火，融化了草甸上覆盖的厚厚的积雪。在遥远的非洲，漆黑的心脏地带，尼罗河上游，埃塞俄比亚的高原上，被太阳晒得如同黑炭一般的土著人的营地里，一座座泥巴和茅草建成的圆锥形棚屋，映照在赤红色的

圆 环

落日余晖之下，犹如远古众神遗弃的乐园。我虽终生以建筑为业，一生建造了无数的厅堂与宫殿，就连众神的寓所，也都毫不陌生。然而到了这尚未开化的原始之地，直面此等真情实景，竟然无可解释地全身发抖，泪流满面！

在我的游历途中，我见过许多不可思议的事物。它们妙趣横生，令人难猜难解。在安纳托利亚，一座山间小城，我见到一架金属构造的装置，能够连续发出长短不一的音符，组成优美的乐曲，全然不用借助任何外部的力量。在西徐亚的北方，有一处山间裂缝，炎炎夏日之中，居然可以持续不断地渗出冷气。人们从裂缝里开采石块，制成大小不一的盒子，将新鲜的肉片放入其中，一连十数日都不会腐坏！前往开罗之前，我专程绕路巴比伦，只为一睹它残存的风采。巴比伦的古城早已倾颓，只剩下一段低矮的遗迹，四周长河落日、大漠孤烟，放眼望去，满目苍劲威严。在它面前，就连风沙都满怀敬意地放缓脚步。我得知昔日的空中花园之中有一种精巧的机械，能够自动将池中的河水引向高处的平台，如今早已不复存在，但遗迹尚存。为此我大为惊奇，若不是向导执意阻挠，以死相拦，我一定会前往一探究竟。

在埃及，类似的经历层出不穷，对于我来说，这块土地隐藏了太多的秘密，无论何时前往，都会不虚此行。在底比斯，一座荒废的神庙中，人们使用了一种巧妙的方法，将光线引入神庙最黑暗的尽头。在萨卡拉，一座被盗掘的墓室尽头，空荡荡的墙壁上安放着一个画有古怪符号的六边形装置，其真实的用途至今无人知晓。我听说阿布辛贝有一座无形的神庙，在电闪雷鸣的夜晚，人们会依稀看到鬼魅般的黑影；在附近小镇的黑市上，小贩们兜售一种会发光的石头，据说那是雷电轰击石柱的产物。白天把这些石头送到阳光下暴晒，到了夜里，它们就会发出乳白色的光线来，当地人称之为"拉神的趾甲"。这种石头我曾亲眼所见，并且以不菲的价格购置了两块，可是在返回开罗的路上，这两块石头突然失去了魔力，变得平淡无奇，最终只得丢弃。除此之外，我还见到过一种人工锻造的水晶，通过炉火的冶炼，可以改变颜色。我看到作坊中的工人们把石英砂、孔雀石、朱砂和铜，还有另外几种不明的物质混合起来，一起送入火中淬炼。当我问及那其余几种原料配方的时候，所有的人都对我怒目而视，令我好不尴尬，无奈之下只好退出来。

我游览过腓尼基人的国度，沿着北非漫长的海岸线，离开埃及，向西挺进，一路上，蔚蓝的大海与昏黄的沙漠交相辉映，干巴巴的枯树林东倒西歪。远离大路，一片圆形的废墟吸引了我的注意。那是一处被遗弃的仓库，也许还有几间居民的寓所，与牲畜牛马的住处一道，共同挤在一座圆形房屋中。房屋由粗糙的石块砌成，看上去好像是行商们休息的驿站，又好像是勇敢的冒险者，准备在此开疆破土。房屋的主体已经坍塌，废弃不用，石块四处散落，只能从地面上残存的墙基，依稀推断它当初的样子，不过它那完美的构型依然给我留下深刻印象。不难设想，此地从前应该一片生机。

我到过塞浦路斯，那座偏僻的海岛，行船在此躲避风暴。我上岛勘查，在那荒无人迹之地，竟然出乎意料地发现了一座保存完好的古代神庙。它被献给维斯塔女神，平面选择完美的圆形，目的是为了模仿哺育人类的大地的形状。神庙坐落在圆形平台上，有台阶可通上下，周围有一圈完整的柱廊，这增加了建筑的层次。柱子的截面是圆形的，彼此的间距是柱径的两倍，没有柱础，直接立在平台上。柱子的高度则是柱径的十倍，顶部有漂亮的柱头，上面装饰着精美的橄榄叶造型的石雕。檐口层次分明，中间每隔一定的距离，便设有一块漂亮的嵌板，上面雕刻着女神的故事。柱廊的内侧，有一圈封闭的圆形围墙，作为内殿，圣坛位于中间，里面燃烧着不灭的圣火。内殿墙体的顶部，有一圈檐板支撑着窗户，贯穿整个内殿，上面是圆屋顶，高度与外侧柱廊的檐口相同。墙体的石块经过加工，表面平整光滑，只在门与窗的四周装饰有带状花纹，图案简洁优美，令人惊叹不已。

在叙利亚，我听过一场独特的宣讲。那是一处密特拉教徒聚会的场所，入口处有一段狭窄的台阶，曲折向下，进入一座隐蔽的地下洞穴。洞穴呈圆形，内部十分低矮，里面又闷又热，灯光黯淡。会场的气氛颇为诡异，原本肩扛岩石、背衬星空的神像被一盏圆形的青铜烛台所取代，等待献祭的公牛亦不见踪影。演讲者是一位鹤发老人，他身穿一袭亚麻制的白袍，周围聚集着一大批剃着阴阳发式的古怪信徒。他们将双臂交叉在胸前，屏息凝神，不时发出低沉的呜咽声。宣讲的内容十分混乱，让人难以理解，其中一个模糊不清的词语被反复提及，每当老者宣读此词，人群都会齐声附和。到了高潮之处，老者起立高声诵读：

> 万事同体，万物同一；
> 单质不存，唯有整体。

> 无源可溯，无源可依；
>
> 同生同死，共存共栖。

讲到这里，我惊奇地发现，周围的人突然全部扑倒在地，向前伸开肢体，一动不动，仿佛暴毙一般，不知为何缘故。我大为恐惧，慌忙逃离，后来再也没有听过他们的消息。

等等等等。

不过，我倒又听过下面这样的说法：

> 尘世玄机遍布，
>
> 众神莫能言破。
>
> 人间奇妙如此，
>
> 何谓乐园天国？

等等等等。

我熟悉神庙、会堂的建造，懂得如何在风光秀丽之处修建供人安享的住宅，明白如何使用砖石建造灵巧的骨架，组合成错落有致的居室与厅堂。我深谙营造构成之术，精通如何借助自然数字交流之法，根据均衡的原则，用大理石建构美妙无比的梁柱屋檐。我懂得如何兴建大型的浴场，能够控制变动不居的流水，在建筑中有条不紊地运动。水可以用来加热房间，清洁空气，带走各种污浊的废物，通过陶制的管道输送热水，或是将地板的底层架空，鼓入蒸汽，都可以起到这样的作用。与此同时，所产生的废水经由别的管路排出，就像人体内血液的运动，新旧更替，机体常新。身为建筑师，我十分清楚，所谓建筑之术的要义，无外乎操纵空间与实体，使其合乎正确的比例，让审视的心灵获得满足。没有什么比这容易，也没有什么比这更困难。

我见识过宙斯居住的神殿，那是一座硕大的白色立方体，每一条边都有一百里长，一百里宽；仅凭那无可比拟的空旷，就足以证明万神之神的威严。我拜访过火神赫淮斯托斯的寓所，那是一座尖锐不安的四面棱锥，四片巨大的三角形墙壁，中间包裹着一颗炽烈燃烧的火红核心，从中流淌出炽烈的铁水，犹如金黄色的火焰。我窥探过智慧女神雅典娜的圣堂，那是一座完美的圆球，内部被纵横交错的淡蓝色的光线所充满，如同一条条通道、一层层阶梯，从一个终点通向另一个终点，没有穷尽，没有边缘。

只有建筑师才能掌握这变幻莫测的形体，明辨它们背后隐藏的秘密。有些建筑的外形简洁无比，比如埃及的金字塔；有些建筑具有复杂的几何关系，看上去充满秩序，就像那座位于以弗所的著名神庙；还有一些干脆放弃了最初的规划，从一个简单的平面开始，不断向四面八方扩展，最后形成一个松散的统一体，那些坐落在东方帝国高原上的庞大的建筑群落，就是最好的证明。

简洁的形体营造富有变化的韵律，这是一种平衡的状态，任何富有技巧的匠人都精于此道；只有抛弃实体的束缚，才能揭示最为深刻的真理。同样，只有最抽象的形式，才能激发最高级的天才。与它相比，形体早已不值一提。

宇宙是一个封闭的三维球体，但建筑的本质，却是一个二维的圆环。一个封闭的平面区域，它容纳了建筑的全部。它蕴含着规律，从简单中变化出复杂，从精巧中引导出平衡。它生成现实的物体，没有它，就不会有秩序，就不会有理解、实现和传播，这是它的使命。它是枯燥的，也是深邃的。它绝非静止，而是变动不居，注定要不断生长、蔓延。没有它，就不会有宏伟的构思；没有它，就不会有生动的表现，就没有韵律、没有体块、没有协调，所有的一切都将不复存在，只剩下令人难以忍受的贫乏、混乱与畸形。

这个并不复杂的道理，是我被囚禁在自己设计的这座圆环形状的建筑中之后，才逐渐明白的。这是我的信仰，随着我被囚禁的日子越来越久，我也越来越坚信不疑。我因此而平静、淡然。身为一名建筑师，我终此一生，与空间、线条与图形打交道；时至今日，我才领悟到这个真理。纵然我将自己置于宇宙的中央，在它的周围，依然有着无限广阔的时空。为此，我又很快得出下面这个无比简单的结论：世界的中心是生命，世界的外延是未知，而位于二者之间的，是我建造的圆环迷宫。

那头怪兽，在迷宫中游荡。他追逐着我，发出恐怖的气息。我躲避它，逃离它那令人头痛的精神攻击。有时我想，它并不是在追逐我；对于它来说，我的存在根本不值一提。有时，我会鼓起勇气，想要去接近他，可我无法承受它那强烈的意志，仿佛整座圆环、整个迷宫，甚至外面的整个世界，全都一起压在我的头上。无奈之下，我只好逃离，最多只是在黑暗中远远见到，它头顶上那只骇人的牛角，如同一把锋利的新月形状的弯刀。

是那光明的太阳神，洞察未来的预言者，告诉我命运的真相：总有一天，会有一个惊天动地的英雄，来到这座迷宫，用他手中锋利的宝剑，刺穿那怪物的胸膛，而我的任务，只有目睹着它无声无息地倒下去。随着它的鼻息消失，它的鲜血流尽，我所建造的这座迷宫也将失去存在的意义，毁灭消失。然而我并不会因此而失落。恰恰相反，那是我所有辛劳的终结，我将欢庆欣喜。我的作品将最终完成，达到完美无瑕的至高境界。而那头怪兽将不得不死去，它那扭曲的灵魂将融入我的作品，成为它达到完美的最后成分。那一天，我将目睹这一切的发生，那是我注定的使命，也是不可回避的必然。

为此，我将等待，我将期许，我将胜利。

27

从地面到屋顶，圆环的高度是二十四米，围绕着场地中央的冷杉树，形成一个完整、封闭的环形建筑。它的外径是二百六十米，内径一百六十米，全部由青灰色的混凝土建造而成，如同一座坚固的要塞。厚重的外墙拔地而起，微微向内倾斜，表面光滑平整，没有任何装饰。没有立柱，没有檐口，没有雕塑、壁龛与栏杆。

圆弧形状的外墙整齐连贯，站在它的脚下抬头仰望，可以清楚地看到墙体尽头的高处有一条完美的边缘弧线。它在空中画出一段坠落的、迅速弯曲的轨迹，直到视线所及的墙体侧面，而后掉头，转向相反的方向，消失在微微倾斜的高墙背后。它的外形无比简洁，在蔚蓝色天空的映衬下，单纯得令人窒息。

混凝土墙体的高处，靠近屋顶轮廓的地方，开有一系列大小不等的矩形洞口。它们相邻排列，疏密有致，大体上看，开口的大小与彼此之间的距离近似相等，所不同的是矩形的比例与尺度。它们深深嵌入墙体内部，贯穿整个外墙，作为特殊的窗洞，为圆环内部送来天然的阳光。窗洞上方厚重的屋面在洞口侧壁投下清晰的阴影，让原本庄严肃穆的混凝土墙体，又多了几分凝重。一些洞口因为过于厚重，遮蔽了入射的阳光，无论太阳的角度如何，都无法进入圆环建筑的内部；只有一些弥漫的天光，从广袤的天穹表面照射进来。还有一些稍浅的洞口，没有形成阻挡，入射的阳光能够长驱直入，抵达圆环深处，在空中留下清晰可见的光之轨迹，如同一条条光明的通道，直抵阴暗的建筑内部的核心。

圆环西南方向的外墙上，有一个高大的入口，向着外部广阔的荒原开敞。入口同样是矩形的，从地面直至屋顶，上下贯通，如同一道笔直的峡谷。然而这只是外形上的特征，真实的入口只有几米的高度。它隐藏在那个大得多的矩形入口的内部，峡谷的深处。连续浇筑的混凝土在矩形的边缘处向内凹进，形成一个三面收缩的漏斗状结构，直到临近地面的高度，不断变窄的截面才停止缩小，变成一条笔直的巷道，通向圆环内部。

进入圆环之后，巷道很快转了弯，一个上下左右纵横交错的迷宫出现在面前。它的内部有很多纵向的墙体，将圆环的内部分隔成大小不等的二十八个区域；据说，这与月亮运行的周期有关。从内而外，圆环被分成了三个宽度不等的圈层，它们彼此相邻，密不可分。在它们相互靠近的圆环形状的界面上，架设有一系列连续的半圆形拱券，用来支撑上方的重量，就像久负盛名的罗马大斗兽场那样，它们让圆环的内部有了统一秩序。在圆环的最内侧，那同样高耸、连贯、清冷的混凝土墙上，有一个唯一的出口，形状同样是长条的矩形，不过尺寸比位于外侧的入口要小一些，造型也更加简单，没有那漏斗形状的外沿。它通向圆环建筑的内部，一片封闭的圆形场所，在那块场地中央，竖立着那株高得令人眩晕的冷杉树。它冲破周围沉重的混凝土的约束，直入天际，如同一个清晰的路标。

穿过纵横交错的长廊，登上对折的台阶，可以到达圆环的顶部。那是一片开敞的环形平台，完全位于同一个水平面上，没有多余的起伏。它同样由纯粹的混凝土浇筑而成，表面光滑平整，青灰色的表面上印有清晰的木纹，那是建造过程中模板留下的特有痕迹。平台十分空旷，没有任何明显的突出物。它高高升起，超出地面，如同一个抽象的几何图形，飘浮在静谧的半空中。

只有在正南方向，靠近屋顶内侧的位置，有一片与众不同的圆形区域被划分出来，形成一块专属的平台。它并不是一块高出屋面的区域，也不是后来另行加建的附属结构，而是与整个屋面融为一体，仅仅通过表面上一片圆形的凹槽，与周围的区域区别开来，看上去略有突出，实际上并非如此。平台的正中有一根混凝土柱，在我最初的设想中，它与一张咖啡桌的高度相差无几；现在，它大体实现了我的构想，包括那适宜的高度、顶部的截面，还有那圆环形状的凹槽。

是的，就是那只圆环，那只挂在我胸前的特殊的金属圆环。当初，我冒着生命危险，从纳粹的狼窝中将它偷盗出来，几十年来，我一直将它带在身边，寸步不离。圆环造型饱满，银光闪闪，精致如初，然而仔细察看却不难发现，它诞生的年代势必异常久远。它的中央厚实，边缘略薄，完全由手工打造而成，与那种诞生于现代工厂中、批量生产的机械制品截然不同。每次我将它拿在手里，出神凝视它表面上那些错综复杂的图案的时候，我都会感到，自己仿佛在凝视一段远古投射来的光芒。这坚定了我的信心。对于自己曾经做的一切，我毫不怀疑。

我在等待，我在思索。我在耐心聆听永恒之地的话语，接受它加在我身上的一切裁决。每天清晨，我登上圆环屋顶，站在平台上那根混凝土石柱面前。我小心翼翼地将挂在胸前的圆环取下来，放入石柱顶端的凹槽中，它那简洁的形状，完美地适合凹槽的尺度，不宽不窄，不浅不深。我坐下来，对着石柱背后的冷杉树与雪山的方向，盘起双膝，将双脚抬离冰冷的混凝土屋面。我身体正直，不偏不倚，两只胳膊自然下垂，放在体前，双手弯曲，重叠在一块，搭在腿上，刚好在肚脐以下一个手掌宽的高度上，全身放松的姿态犹如一名耆那教派的苦行僧人。我闭上眼睛，心中呼唤那永恒的神殿，还有那几个曾经默念过无数次的拉丁文词语，而后静静聆听。

然而什么也没有发生。

我从地上站起来，来到石柱前，伸手从凹槽中取回圆环，再次挂回胸前，而后沿着曲折的台阶走下屋顶，离开这里，回到住处。我走上另一段楼梯，脚下的木板发出咯咯吱吱的声响。我推开房门，把扛在肩头的工具放在墙角。我来到木桌前，取出火柴，点亮桌上的油灯，黄彤彤的灯光充满房间。我抬起头，直视一面挂在墙上的镜子，目不转睛地注视着镜中，那熟悉而又陌生的倒影。那倒影苍老消瘦，皱纹堆累，满头的白发下面，一双枯干的眼睛黯淡无光。

我脱下外衣，躺在木床上。我把脚下一条破旧的羊毛毯盖在身上，拉到胸前，遮住那只闪亮的圆环。毛毯的下面，我小心翼翼地将圆环捧在手里，如同捧着一团即将熄灭的生命的火焰。

第二天，我像前一天一样，离开住处，来到圆环的脚下。我攀上屋顶，登上平台，站在那根混凝土石柱前。我取下挂在胸前的金属器物，托在手中，它内部蕴含的强大神性让我的双手禁不住瑟瑟发抖。我小心翼翼地将它放在石柱顶端的凹槽中，这是我难以解释的神圣使命。我相信这是世上唯一的方法，能够让我如愿以偿。所谓永恒的神殿，其实就在我的眼前，就在我的脚下，就在我的心中。

然而，什么也没有发生。

时间就这样一天天过去。我依然像往常一样，来到我建造的圆环顶部，静坐、默念。我在等待，我在思索，我在聆听。

然而，一如既往，什么也没有发生……

直到那个非同寻常的傍晚。那本是一个普通的傍晚，没有丝毫异常，只有几声乌鸦的鸣叫，从远处的树林深处传来。不知不觉中，月亮的光芒暗了下去，不再那么通透轻盈，好像凝固的牛奶。晚风送来清凉的气息，野草随之颤抖，上下起伏。冷杉树下，硕大的阴影悄悄爬上黑黝黝的高墙，地上白花花的沙子仿佛在缓缓流动。

那一天这样开始：我离开土路，跨过荒原，向圆环走去。我登上屋顶，来到石柱面前。我将胸前的圆环取下来，放进凹槽。我在它的面前静坐，从清晨直到傍晚，一无所获。乌鸦的鸣叫声惊醒了我，我睁开眼。很快，另一种久违的鸟叫声传进我的耳朵，那声音连续、低沉、富有节奏、令人警醒，好像暴雨来临之前的雷声。

我抬起头，四处张望。天空中飘来一片厚重的乌云，遮蔽了原本明亮的月光，连绵不断的山岭躲进黑影，茂密的树林停止了骚动。面前的冷杉树，连同背后高大的雪山一同陷入沉寂。圆环的脚下，被遮蔽的月光快速扫过，自西向东，犹如潮水退去，露出丑陋的滩涂。白沙覆盖的地面，从圆环的外墙开始，一圈圈向外扩展，形成宽阔的同心圆形状，跨过树林的边界，不断向远处蔓延。沙地起伏，如同水面上激起的涟漪，退却的月亮在最终消失之前，在它的表面洒下一层银白色的光辉。

白沙还在流动。我站起身，来到圆环外侧的边缘，俯身向下看去。很快，那些起伏的同心圆形状渐渐淡化、消失了，在靠近脚下圆环外侧的区域，地面重新变得平整，但远处的波纹依然在传播。它穿过树林，继续向外扩散，我仿佛可以听到流水一般的细沙，在滑过树干表皮的时候，所发出的特有的摩擦声。许多这样的声音汇聚在一起，最终变成一股巨大的鸣响。它从四面八方传来，仿佛整个大地都在随之抖动。

脚下的情况发生了变化，原本平静的沙地再次改变。波纹消失了，取而代之的是一系列精致细密的图案与花纹，从洁白的沙地上浮现出来，好像在它深处的地下，某种神秘莫测的力量正在苏醒。图案错综复杂，好像迷宫，又好像是雕刻在那枚银质的圆环表面上的各种纵横交错的图案，唯一不同的是，它一直在变形。沙子从一端流向另一端，而后又流向另一个完全不同的方向，彼此之间互不干扰，又好像在相互联络。它们联合在一起，如同一个巨大的蚁群，一个统一的生物群落，彼此协同，努力达成某个共同的目标。那个目标看上去似乎是要找到出口，又像是在寻找一个最佳的图形模式，从无数种可能的排列组合中，获得那个唯一的答案。这种机制背后的原理十分艰深，不是一般人所能明白，只有极少数人才能理解、掌握。它依赖一种特定的数学算法，将唯一正确的编码，隐藏在亿万种假象之中，就像是那种纳粹发明出来的高度精密的恩尼格玛密码机。

一声巨响从背后传来，打破了所有的压抑。声音好像惊雷，但又与那刚刚再次响起的雷声有所不同。它单调冷漠，中间夹杂着奇怪的金属声，好像某种机械开启的声响，而非某人特殊的话语，没有丝毫的温度，没有丝毫的感情。

声响从冷杉树的方向传来，自上而下，围绕着圆环内侧的圆形区域。在那片区域的上方，地面与天空之间的圆柱形空间内部，声音就是从那里传来。它单调、冷酷，越来越近，越来越响。

我被震动，惊恐万分。我转身回望，首先看到的是一片蓝色的光芒。它飘浮在圆环中央、冷杉树的头顶，一片乌云背后。光线穿透云层，凝聚的云团状结构清晰可见，不时有闪电划过，发出耀眼的白光。随后，我看到那株高大的冷杉树，在头顶上蓝色光芒的映衬下，不知原因地开始活动。又高又直的树干发出震颤，连同每一根枝干、每一簇叶丛，在那蓝色光芒的映照下，全部抖动起来。随着它的抖动，脚下的建筑，连同整个大地都在一起微微颤抖。

蓝色的光芒忽明忽暗，照射在我面前的混凝土屋顶平台上，那一刻，此地宛如世界的中心。它像一座舞台，准备上演最后的终曲，而这一切，即将由那个突然出现在我面前的、高大的人影来完成。这也是我在头部遭受猛烈的重击，翻身摔倒、动弹不得之前，所看到的最后情景——没错，一个高大刚硬、轮廓鲜明的人影。他具有典型的雅利安人种特征，肩膀宽阔，两腿修长。他的身上穿着一套黑色的党卫军服，外面披着长长的呢绒大衣，头上戴着大檐帽，中间嵌着站立在万字符上的鹰徽。他的面部线条硬朗，鼻梁高耸，脸颊刮得干干净

圆 环

净，深深的眼窝中，一双猎鹰般的蓝眼睛闪闪发光。

一切都在瞬间，不容我多想。我只是感到，自己头部的右侧，连同耳朵与太阳穴，被一种金属钝器狠狠地击中，刹那间，眼前冒出一片七零八落的亮光，随后身体失去平衡，四肢一软，不由自主地向左倒了下去。我的头重重地撞在了坚硬的混凝土地面上，一团漆黑瞬间涌了出来，遮蔽了我的视线。

不过我并没有失去意识。尽管全身好像触了电一样毫无力气，头部剧痛难忍，我还是保持了知觉。我倒在地上，眼前一片迷雾，耳边轰鸣不止。我无法动弹，也无法看清，但凭借本能我在瞬间便一清二楚，刚刚到底发生了什么。

迷雾渐渐变淡，场景浮现，若近若远。海德里希那机器一般的背影出现在眼前。一切都在闪烁，一切都在抖动，无法看清。可是就算能够看清楚，又有什么帮助？我失败了，彻底地失败了。我的追踪者，他找到了我，我最终还是没能逃出他的魔掌。我的一切努力，全都化作徒劳；我的一切执念、辛劳与苦难，全都成了毫无意义的过眼云烟。

然而后面发生的事情出乎我的意料。海德里希，那个站在我面前的高大幻影，他并没有对我采取行动。面对倒在地上的我，他无动于衷，好像对于他来说，我根本无足轻重。朦朦胧胧中，我看到他那隐藏在大檐帽下的面容，依然像从前一样清瘦俊朗、永恒森严，唯一不同的是，在那份冷峻的背后，我似乎看到一丝诡异的笑容。

但那显然是幻觉，我想：彻底的幻觉，不可解释……可是那又不像。他是真实的，就在我的面前，对我熟视无睹。他向冷杉树的方向走去，长筒皮靴在地面上发出清脆的咔嗒声，戴着黑色皮手套的右手中握着一把锃亮的鲁格手枪。我费力地盯着他，挣扎着挪动身体。我知道我还有最后的武器。

海德里希来到圆环内侧边缘，站在那根突出地面的混凝土石柱前，抬头看了看蓝光笼罩下的冷杉树，又低头看了看面前的石柱，还有躺在它上面的那只银白色的圆环，满意地点了点头。我无法理解他的举动，只有努力让自己保持清醒。他从石柱顶端取下圆环，拿在眼前，意味深长地端详了一番，然后一甩手，将它从屋顶上丢了下去。而后，他从自己的怀里，取出另一枚一模一样的圆环，小心翼翼地将它放入石柱顶端的凹槽中，就像我每天做的那样。

紧接着发生的一切，只能用"奇迹"一词来形容：刹那间，一条光柱从圆环脚下涌出，直冲天际，穿破云层，与头顶上那片闪烁的蓝光融为一体。随后，冷杉树通体如同通了电的霓虹灯一般亮了起来，颜色由橙黄慢慢变成淡黄，而后变成银白，最后又变成与天空一样的幽蓝色，好像一团巨大的蓝色火焰。弥漫的蓝色光芒中，它的树枝、它的主干，已经变得难以区分，只剩下一个圆锥体式的外形，不断向外扩散、流动。

面对如此惊心动魄的奇景，海德里希镇定异常，好像一切都在他的计划之中。和我一样，他历尽艰辛，就为了这一时刻。他用自己手中货真价实的正品，成功开启了通向永恒神殿的大门。与他相比，我感到自己无比可怜。那一刻我有一股强烈的意念想要冲上去，不是为了阻止他，而是为了夺回这本应属于自己的幸福。

也许是因为感应到了我的意志，他回过头来，盯着趴在地上、苦苦挣扎的我，脸上露出轻蔑的微笑。他转过来，面对着我，好像在怜悯，但又充满嘲弄。

"Danke!"一个德语单词，在我的脑海中响起。

他两腿叉开，双臂平伸，做出迎接的姿态，显然不是对我，而是对那身后即将涌来的蓝色光芒。显然，为了这一时刻，他早已做好了准备。

最惊人的转变也正发生在这里。我还来不及看清楚，事情已经结束。一把锋利的弯刀，从面前之人的背后刺入，尖锐的刀锋上挂着鲜血，由他的胸口露了出来！一声惨叫，紧接着那个令人作呕的德语单词，在我的脑海中再次响起。海德里希的尸体被整个地从平台上举起，活像一片破布，径直从屋顶上丢了下去。与此同时，另一个更加令人憎恶、恐惧、不寒而栗的声音，不由分说地闯了进来，进入我的头脑、我的记忆、我的心灵：

你是塔奥斯的敌人！

如同从天而降的一阵黑色旋风，那身披黑衣的人已经出现在我面前。他的头上戴着漆黑的头巾，披着斗篷，全身都被一团黑色包裹得严严实实，俨然一名来自几千年前的幽灵战士。他的手中握着带血的青铜弯刀，明亮的刀身上闪着冷酷的寒光。在我看来，它毋庸置疑是死亡的象征。它那完美的弯月形状，好像生长在一只远古怪兽头顶上的弯曲的牛角。

现在他代替了海德里希，那名丧命的盖世太保，站在我面前，在他的身旁，就是那根放有圆环的混凝土石柱。显而易见，他对这一切全都一清二楚。他来到石柱旁，低头看了看那枚海德里希放上去的圆环，又转过头来，看了看远处趴在地上的我。此时，冷杉树发出的蓝色火焰，已经触碰到了圆环平台的边缘。

黑衣人没有走向那火焰，也没有把圆环取下来。他站在原地，双手握紧弯刀，高高举起，对准圆环的正中，连同下面的混凝土石柱，毫不犹疑地用力劈了下去。就像我说的那样，还来不及看清楚，一切就已经结束。我听到一声异常的巨响，那声音难以形容。也许是眼前一连串的突发事件，让我丧失了思考的能力，也许事实就是如此——总而言之，它与我之前听过的任何声音都截然不同。如果非要我对此给出一个描述的话，那么我只能勉强回答说，那像是宇宙的转轴折断的声音。

而这改变了一切。

刹那间，冷杉树熄灭了，取而代之的，是另一种截然不同的血红色的光芒。它像是伤口中涌出的鲜血一样，从圆环内部的地下涌出，一种悬浮、翻滚的猩红色火焰，点燃了位于中央的冷杉树。它那粗壮的树干在光焰中肢解，圆桶一般粗细的树枝被一团团大火吞没，纷纷折断、坠落。这不是一般的火焰，它翻滚着，吼叫着，向四周扩展，吞没一切。混凝土建造的坚实墙体，在它的面前，变得像巧克力一般脆弱不堪，纷纷破裂、坍塌，最终被彻底吞噬、消失。

"你是塔奥斯的敌人！"

再一次，我收到来自前方的明确信息，那是审判的信号，那是攻击的号角。这片虚伪的永恒之地，终于不再对擅自闯入的建筑师心存包容。我的一切努力，终于在此沦为无谓的徒劳。

黑衣人举起弯刀向我冲来。在那电光石火的一瞬间，我拼劲力气，从背后的腰际，抽出那把柯尔特左轮手枪。多年以来，我一直将它带在身边，极少使用过，如今，它派上了用场。

只剩下三发子弹，我记得很清楚。每天晚上，入睡之前，我都会认真检查它们的情况，看看是否有受潮的迹象，或是机械的撞针是否被铁锈腐蚀。我花费了不少力气，将它们保养得很好，今天，我的努力终于等到了回报——也许，这就是我在这永恒之地所收获的唯一回报。

枪声响起，震撼心胸。我的手腕在枪械强大后坐力的作用下，被震得失去知觉。然而我已经顾不上这一切。面前的怪物向我冲过来，我必须阻止它，将它彻底击溃、摧毁。

第一发子弹打中了黑衣人的右肩，他的身子猛地一颤，向后退了几步，险些倒下，不过很快，他又摇晃着站起来，继续向我冲过来。

第二发子弹打中了他的胸口，命中得非常结实，我甚至可以清楚地听到，骨头被子弹压碎时所发出的破裂声。他再一次倒退，身子向后仰去，如果不是用弯刀支撑了一下地面，他已被击倒。

第三发子弹打中了他的脑门，连我自己都不敢相信，这究竟是如何做到的！也许是有了前两枪的经验，助长了我的信心；也许是我想到自己消逝在此地的人生，涌起的愤怒令我无所畏惧。我已了无牵挂，唯有以死相拼。

面前的敌人终于倒下，仰面朝天，平躺在我建造的圆环顶上，弯刀脱手，丢在一旁。此时圆环的内侧，已经在火焰的吞噬下，开始融化、坍塌。我鼓足力气，艰难站起来，摇摇晃晃地走到他面前，低头察看，这恐怖的怪物是否已经寿终正寝。那时我天真地相信，在柯尔特如此强大的威力下，任何人都不可能幸存。

然而我忘记了自己的所在，也忘记了自己所面对的，不是一般的凡间肉体，而是从地狱深处爬出来的恶魔。尽管他的胸口在不停地流血，他的额头已经完全开了花，可是这还不足以彻底夺去他的生命。这是一个严重的错误，为此，我几乎马上付出了沉重的代价。

非常沉重的代价。他突然跳起来，迅速抓起落在地上的弯刀，在我的腰部，左侧肋骨的下方，划出一条深深的伤口！——好吧，我承认，那不是伤口，而是一处致命的重伤，如果不是我尽力躲避，我很可能已经被切成两半。形势在瞬间发生了逆转，尽管不难看出，他也身受重创，气息奄奄，但我的境况无疑更加糟糕。我们这样两个重伤之人，背靠着不断升起的红色火焰，在这不断坍塌的圆环顶上，做着最后的针锋相对的搏斗。

结局是简单的，也是艰难的。我的鲜血流到地上，与倾倒、剥离的混凝土结构一起，被发狂的大火无情吞没。烈火越发凶猛，无可阻挡，它是乐曲的终章，这片土地难逃一劫，就像此时此刻的我一样。不过，在那最后的时刻到来之前，我还是做出了成功的抵抗：我抓住最后的机会，将他的弯刀击落，他像一头发疯的狮子，张开双臂向我扑来。我被他掀翻在地，压在身下，但我并没有放弃抵抗。他的力量已经达到极限，我也一样。如果说搏斗的终极时刻，是纯粹意志的比拼，那么那场发生在欧洲大陆，最后蔓延至全球各地的战争，此时应该已经硝烟散尽，鸣金收兵。另一种完全不同的力量取代了飞机大炮，进化成前所未见的残酷武器，继续那永无休止的杀戮。它与此刻，那十根紧紧扼住我喉咙的手指，那意图毁灭我存在的凶恶意志，没有什么本质区别。

想到这里，我笑了，对着面前的敌人。这难以解释，但这确有其事。我该如何向他解释？我该如何向他证明，我要用这种方式结束这场战争？我该如何说服他相信，他那尽职尽责保卫的永恒国度，不过是一场空洞的骗局？我又如何才能让他明白，这场注定夺去我生命的战斗，最终将以我的大获全胜而告终？无论以何种方式结束，他不过是又一次完成了一个简单的使命，在新的轮回开启之前，他永远只是一个用坏了的傀儡，一件被弃之角落、无人问津的工具，而我，却即将进入那真正的永生者居住的国度。也许，他本有机会建造、拥有属于自己的圆环，守卫自己的迷宫，而不是被另一位建造者推下悬崖，落入洗炼重生的火海；或是手握弯刀，时刻提防另一位远道而来的忒修斯，身披铠甲，手提宝剑，在他自己的土地上肆意横行，借此打开通向诸神国度的入口。也许，他本可以成为一名建筑师，抛弃重重束缚，只身前往另一个遥远的国度，另一重独立的宇宙，在那里开疆拓土，营造永恒，而不是被紧紧束缚在一片伪造的舞台上，终生与虚空为伴。那是否是不可能的，也并无价值？因为那就是这场游戏事先约定好的规则，不可改变？如果真是那样的话，那么在他的动力消耗殆尽之前，在他的意志被彻底摧毁之际，我是否能再为他多做一点什么？是否能在他现有的生命形象深处，留下一枚永不消逝的印记？我又该用一种怎样真正富有人文精神的方式，在这最后的诀别之际，向他表示最后的赞许与同情？除了那燃烧、崩溃的圆环状迷宫，那熊熊升起的猩红色的烈火，那不可参透的神意，那命中注定的破坏、毁灭与新生？

所以我笑了，我的问题就像那座圆环迷宫一样无法破解。

然而，我终将取得胜利。对此，我确信无疑。

一条土路在我的脚下，起起伏伏，向着远方伸展。它的两侧，坡地微微隆起，逐渐升高，布满岩石。它的背后，林地的边缘，有一株巨大的燃烧的冷杉树，正被一大团猩红色的火焰包围，映红了头顶乌云笼罩的天空。成束的火焰状光芒打着旋儿，升上高空，汇入翻滚的深红色云层。火光的周围，是一片倒塌的圆环形状建筑，迎着炽烈的火焰，正在快速融化、坍塌。土路正是从那里向左绕了一个弯，然后继续向前。在它面前，目光所及的尽头，是一座覆盖着皑皑白雪的高耸入云的山峰……

三　天　堂

28

迷雾，大雪，狂风。

　　路消失了。进入山区之后，土路便从脚下消失了，留在身后，与黑夜融为一体。原本四处蔓延的黄土和白沙也不见了踪影，大大小小的碎石布满地面；地势升起，越来越高。碎石沿着山坡的弧度，从高处滚落下来，堆积在山脚下，阻塞了进山的通道。大的石块堆在下部，越向上，石块的体积越小。也有一些大块的岩石位于较高的位置，向外突出。它们大多体积巨大，从山体当中直接伸出来，外形很不规则，表面布满裂纹，看上去很不坚固，随时可能坍塌，将下面经过的人压得粉碎。

　　山峰越来越近，坡度继续抬升。没有路，更没有人。在这荒凉偏僻的世界的尽头，生命本能地敬而远之。它像一道冷漠的屏障，提醒它们不要靠近：飞鸟远远地避开，小鹿躲进树林，惊慌失措的野牛与羚羊在荒原上向远方逃散。在它们的背后，一片猩红色的火焰正在快速蔓延。

　　那不是一般的森林大火，而是一种绝无仅有的特殊火焰。它迅速向外扩张，吞没了大片土地，然而尽管如此，它并没有照亮夜空，把黑夜变成黎明。它的形状十分奇特，与通常的火焰截然不同。它没有肆意燃烧，没有向四面八方吐出抖动的火舌，掀起狂暴的热浪，把断枝与灰烬抛向天空。它没有卷起骇人的漩涡，没有将长长的火苗吸入不断旋转、滚动的死亡洞穴。它没有将那些依然带有高温的余烬拉走，将它们汇聚在一起，连同烧得通红的树干、滚烫的石块，还有变得干脆焦黑的动物尸体们一道，共同拉进一个炽热的中心，不断地压紧、搅拌，然后突然炸裂，将无数新的火种散播到干燥的远方。

完全不同，那火焰似乎并不是在真的燃烧。仔细看去，甚至很难将其称为一种火焰。与其说它在燃烧，倒不如说它在进行一项全然不同的工作。如果将其称为一种化学反应，或是某种与之类似的中和反应，也许会更贴切。尽管它同样激烈，同样迅猛，但丝毫也不混乱，而是有条不紊，看上去早有预谋。

首先是一根红色的火柱，它位于那片圆形场地的中心。从它的脚下开始，火焰逐渐向外扩展，吞没了草地、树林，继续向更远的地方推进，在背后留下一片火海。这是一片沸腾的区域，翻滚的火焰最终稳定下来，形成一种自下而上的喷泉状结构，在到达高点之后，不约而同地向中心偏转，对着那拔地而起的巨大火柱，共同汇入其中。

火柱十分巨大，直指天空。它由许多细长的火苗或光束组成，从地面上升起，一条条尖锐的、新月状弧形光带紧贴在火柱的外侧，好像扭曲的镰刀，沿着火柱的表面，不断向上升起，一层接一层。随着高度的提升，弧线的顶部越拉越长，形成一个向上凸起的尖峰。直到最后，弧线完全变形，被彻底撕裂、打散，吸入光柱顶部的云层里，那个不断旋转、闪烁的洞穴中。

火焰的颜色同样令人迷惑。它不是那种常见的金黄色，而是一种类似于粉色的暗红，中间夹带些许蓝紫色的条纹，艳丽无比。还有一些耀眼的亮白色，呈现为又细又短的光斑，混杂在火焰主体中，时而出现，时而消失……

逃离那末日一般的现场，逃离那恐怖的火焰与刀锋，眼前的雪山是我唯一的归宿。趁着一息尚存，我绝不再停下脚步。这是我最初的梦想，如今它变成了真实的噩梦。我遍体鳞伤。我的额头开裂，右眼无法睁开；我的全身都散了架，左臂完全折断，腰间的伤口还在不断地渗出鲜血。

那是一条恐怖的伤口，从左侧的腰际直到小腹正中。它划破了我的外套，撕开了皮肤，切断了筋肉，在我的肋骨上留下清晰的划痕。它伤及我的内脏，我可以感到伤口内侧传来的阵阵寒冷，那是一种真正令人绝望的恐怖。它越来越冷，范围越来越大，随着我的心跳，那种寒冷慢慢传遍我的全身，好像我的身体正在失去热量，变成没有温度的冰晶。抬头仰望，雪山在面前高耸，那一刻我仿佛听到，它正在向我发出声声召唤。

可是尽管如此，我却不能停下脚步，这一点确定无疑。

山岭抬升，地势越来越陡，每前进一步，都要消耗极大的力气；每一次攀登，都在远离熟悉的人间。那种撕心裂肺的剧痛，已经远不是"痛苦"一词所能描绘。可是我却不能停下脚步，哪怕危险近在咫尺，哪怕死亡就在面前。

我踏着松软的碎石向上走，脚下不时打滑，双腿打弯，很难正直。为了更好地保持平衡，我尽量挑选坚固的地面，从一块岩体跨到另一块岩体。我强忍伤痛，尽力看清脚下的情况，同时还要注意头顶，小心避开难以预测的落石。借着远处的火柱发出的亮光，我勉强看清身边的情况。它宽广、单调，无边无际，如同另一座硕大的迷宫。尽管它没有曲折的回廊，也没有数不清的台阶、通道和高墙。它所拥有的全部，只是一望无际的沙粒与岩石，还有几株偶尔出现的狭长灌木，从开裂的石缝中钻出来，不过十分干涩，没有绿色，没有生机。

　　山坡在前方下降，坡度有所降低，地势和缓，似乎不远的高处，有一处山间平台，也可能是一处低矮的峡谷，夹在两座对望的山峰的侧脊之间。我想起地质学家曾经告诉过我，这里的地质十分复杂，成分迥异，变化多端。从前我在平原上开垦土地，种植庄稼；在丘陵上挖掘泥土，提炼宝贵的火山灰烬，对此有所了解，但如此近距离探索这边境的山脉，实地查看它的地形地貌，这还是第一次。

　　它健硕宏大，沉默不语；无论你用什么样的方式发问，它都无动于衷，但是毫无疑问，它才是这里真正的主人！直到现在，我才追悔莫及地看清，这一显而易见的事实。是它守护着这片名不符实的永恒之地，用自己辽阔的身躯，为它筑起防御的边墙。是它赋予这里诞生、运动与湮灭的能力，注视着它缓慢地书写一部周而复始、延绵不绝的历史。也是它，为那神奇无比的杉树、林地、走兽、飞鸟，提供了不可替代的栖身之处。是的，正是这样，事到如今我终于明白，它才是一切的关键，万事的根源。在那猩红色的火焰吞没大地之后，唯有它还能安然无恙，又一个新的轮回才能由此开始。它是起始，也是终点。它是一种真实存在的强大力量，而它的具体形态，早已不应该再用单纯的山脉来加以理解。它守护，它依存，它等待，它给予。它是难以理解的终极神秘，而在它那遥不可及的奥秘的深处，隐藏着一座神灵居住的永恒的神殿。

而我发誓要找到它。

我离开坡地，进入峡谷，从这里开始，地势趋向平坦，脚下的碎石变成了细嫩的青草，还有一些山间特有的藤萝。这处峡谷位于两座倾斜的山脊之间，呈狭长的梯形，外宽内窄，形成一处缓慢的斜坡，山间的洪水从这里倾泻而下，在地面上留下细长的沟壑。尽管外面一片荒凉，峡谷的内部却不乏生机。这里的空气湿润，草木丰盈，地面上覆盖着一层薄薄的苔藓，砂石在富含水汽的环境下，一直都是湿漉漉的，每一块石头下面，都积累了一摊圆滚滚的水珠。

从这里继续往上走，已经看不清去向。两侧的山体在前方扭转，阻挡了视线，原本清晰可见的雪山尖顶，现在却不见踪影。不仅如此，不断升起的迷雾也令人困惑，辨不清方向。它笼罩在草地上，白茫茫的犹如一堵石墙。草地很宽，好像被一只手压平了似的，顺服地贴在地面上，深绿色的草茎又细又短，如同绿色的地毯，上面含有水分，下面包裹着泥土，踩上去松软发滑。它的表面非常完整，看不到任何动物的脚印。它们生长在如此的高处，几乎从未受到过任何打扰。

峡谷奇怪地通向另一片宽阔的场所，也许是另一片更高处的山坡，从那里我可以纠正自己前行的方向。但是山间的迷雾遮蔽了远处，就连那明亮的火焰光柱，也消失得无影无踪。这片白色的迷雾，如同一道黏稠的屏障，久久地盘旋在山间，不肯散去，阻止我前行，让我迷失前路。我不知道自己是在继续向上，还是在原地兜圈子。与其说在一座高山脚下奋力攀登，我更像是在一片幽深的大海中，漫无目的地漂流。

我就这样又向前走了不知多久，直到伤口痛得再也无法忍受，不得不停下来休息。迷雾从四面八方涌来，沾湿了我的头发和衣襟。潮湿的水汽钻进肺里，弄得我喉咙发痒，忍不住开始咳嗽。我的手指和四肢也都被弄湿，身旁的石壁也阵阵发滑。

我撕开衣服，重新包扎伤口，然而尽管如此，仍然无济于事。血水止不住从布条的缝隙间涌出来，流到我的手上腿上，在那里凝固成一大片黑色的血污。我头上满是汗水，嘴里喘着粗气。我很清楚自己的处境，但我已毫不在乎，仿佛那正在流血不止的，是另一个人的身躯。我咬牙告诉自己，前方不远处就是黑暗的尽头，尽管在那尽头等待我的，很可能是另一头可怕的怪兽，不过此时的我，已然无所畏惧。

我继续前行，这早已不再是一条艰难险阻的道路，而是一段不归的征途。自从我离开巴黎，它就已经开始，现在，它终于即将到达它的终点。这为我增添了勇气，一股暖流布满全身，一时间，我忘了所有疲劳。

直到第一片雪花落在我的脸上，我才觉醒过来，惊讶地发现，周围正在发生的神奇转变。迷雾不见了，被一粒粒细小的雪花代替。温

　　　　　　　　　　　　　　　　　　　　圆　环

度骤降，空中的水分凝结成六角形状的结晶，从空中纷纷落下，地面上盖满了洁白的雪花。雪花越来越密，地上的积雪也越来越厚，这提醒我走对了方向。我已经进入了雪山深处。

平缓的谷地走到了尽头，山坡再次上升。它从迷雾中升起来，湿漉漉的空气盘踞在半山腰，再也无法飘起。从这里开始，雪山露出了它的本来面目。尖耸的岩石突出表面，代替了山脚下那些散落的碎石，在面前左右交叉，形成错综复杂的、陡峭的岩石森林。岩石体形硕大，一半悬在空中，另一半埋入地下，与庞大的山体紧密相连。岩石的表面带有一条条倾斜的平行花纹，那是亿万年前，远古时期地质运动的产物。从火山中喷出的熔岩向四面八方流动，逐渐冷却，一层叠一层，最终形成这样重叠的致密结构。也有雨水冲刷和沉积的痕迹，不过并不明显，似乎在很久以前，地质的变化就不再为这样的力量所主宰。这与我在山脚下，或是东北方向上找到的岩石大不相同，越是向上走，这种差别也就越明显。

岩石挺立，飘舞的白雪落在岩石的顶部，又从顶部滑下来，堆积在它们的脚下，陡峭的山坡上一片白茫。山体倾斜着，宛如一道通天的阶梯，四周全部被雪花包围。只有面前这一条出路，从高低起伏的岩石中穿过，通向无法看清的高处。

面对眼前的飞雪，我突然奇怪地回忆起，自己从前在阿尔卑斯山中，一段远足的经历。那是三十年前的一个冬天，我从林茨出发，向南进入山区，在靠近斯泰尔的地方，有一片白雪覆盖的丘陵，地势起伏，一段羊肠小道在中间弯曲，时隐时现。小路的一侧是一片长方形的田野，里面铺满白雪，但平行的田垄依旧清晰可辨。成排的枯草不甚整齐地站在雪地里，那是刚刚被收割的冬小麦，只留下被削成斜尖的、黄褐色的根茎。田野的旁边是一片寂静的树林，五彩斑斓的树叶还没有完全落下，大片黄色、红色与绿色的树叶彼此掩映，与遍地的白雪交相辉映。田野的另一侧，丘陵的远处，大地连接着蜿蜒的山脉，山顶上同样覆盖着白雪，闪着亮光。透明的空气折射着远处的景物，将山顶的冰雪变成某种流体状的东西，像是融化了的晶体，奇异地失去了光泽。

抬头望去，一座小镇出现在丘陵的下方。它静静地站在一片白雪覆盖的田野中，晴朗的天空下，安详宁静，悄无声息。小镇的入口处竖立着一座木质十字架，上面悬挂着一座耶稣受难的雕像，下面摆放着花环。一条蜿蜒的小街从十字架面前经过，通向小镇内部，路面上铺着方形的石块，两侧种植着几株低矮的苹果树，树丛背后是带有当地特色的、修建有阁楼与尖顶的传统木构民居。小镇的另一侧，靠近生长着冬小麦的田野尽头，低矮的丘陵高处，有几座破败的农舍。土黄的墙面已经剥落，露出内部的砖头，农舍的木门也很不整齐，旁边还有几处坍塌的棚屋，看起来好像是用来收藏农具，或是在夏天圈养牲口的窝棚。

我不可解释地回忆起这段难忘的美景。它本应从我的记忆中消失，如今却又再度浮现，实在难以理解。它并没有带给我一丝安慰，在我看来，倒更像是身体由于过度损失热量，所出现的异常幻觉。雪越下越大，盖满了我的头顶与肩膀。寒冷随之而至，原本早已湿透的衣服，现在全都结了冰。我的眉毛、胡子上沾满水汽，如今也在低温与飞雪的侵袭之下，结成了厚厚的冰晶。

　　　　　　　　　　　　　　　　　　　　　　　圆环

更可怕的事情终于发生——狂风袭来，卷起漫天的雪花，在空中飞舞，在乱石间横冲直撞。我在山路上踽踽独行，被吹得摇摇晃晃，每一步都异常艰难，稍不留意就要被大风吹倒。寒风冲进我的鼻腔，犹如针刺一般，让我无法呼吸。我赤裸的脸颊和双手同样很不好受，在寒风的摧残下，很快便失去了知觉。雪花迎面打在我的脸上，双眼难以睁开，我不得不用手遮蔽。抬头看去，远处最高处的山峰，已经被风雪遮蔽，漫天舞动的细小的雪花犹如一道屏障，将它层层包围起来，时而模糊，时而清晰，映衬在灰蒙蒙的天际上。它那高耸的外形好像一座硕大的金字塔，又好像是某种说不清来历和用途的巨大构筑物，通体覆盖着一层灰黑色的表皮，上面布满纵横交错的沟壑。白色的雪花落在上面，显现出一幅幅复杂的图案，一会儿被风吹散，一会儿又被厚厚的白雪重新覆盖、掩埋。

然而此时，那片山间雪地的美景又一次不可理解地浮现在我的眼前。我站在它的入口处，如同站在一幅美丽画卷的入口。我走进小镇，它的中央有一座教堂，东侧的立面上竖立着高高的钟塔，塔身采用了简洁的方形平面设计，顶部的四角带有纤细的柱子，中间黝黑的大钟清晰可见。塔的尖顶用木材建造而成，上面覆盖着蓝绿色的铜皮，最高处的塔尖上顶着金属十字架，反射阳光的光辉。塔的下方是一片花园，中间生长着杏黄色的月季，还有淡紫色的雏菊。塔的背后是一片小型墓地，里面树立着一排排石刻的墓碑，如同一片灰色的森林，在刚刚降落的白雪的映衬下，显得格外肃穆安静。钟塔的西北方向，墓地围墙的背后，有一座石块砌筑的小屋，屋门紧闭，上着锁，不知道里面有些什么。在这小屋与教堂之间的空地上，有一块小小的内庭院，四面种满花草，形态各异，色彩斑斓，我叫不上名字，只是多看了几眼，那些隐藏在草叶间的陶罐和水壶。

庭院的中央竖立着一根东方风格的石柱，石柱的下部带有八角形状的须弥基座，顶端有一座古代庙宇的石雕。庙宇由一整块石头雕刻而成，形态丰满，造型朴素，略带弧线的屋檐下方，可以清楚地看到古朴的人字形斗拱。石柱的脚下是一片圆形的沙地，里面铺满细密的白沙，按照神秘的禅意思想，被梳理得整整齐齐。一系列波纹状起伏的同心圆，组成无比纯粹的图案，由内向外，轻轻扩展，犹如瞬间凝固的时间的涟漪。在那高深莫测的东方文化中，这片小小的天地，凝聚了宇宙万物、上下乾坤。它是世界的终极象征，如此简洁的思想，不由得令人肃然起敬。然而奇怪的是，整个庭院里看不到丝毫积雪的痕迹，只有中间那片圆形的白色沙地。我第一次看到它的时候，误以为那是一片被精心修饰过的轻盈的白雪。

庭院的外侧，一墙之隔，有一块小广场。它位于教堂的侧面，占地约一亩地大小，呈长方形，在它长边的尽头上，有一座规模不大的公共建筑，与它相对的另一侧，是一幢古香古色的二层小楼。小楼与教堂临近，通过一条走廊与后者连接，看上去好像是教会的产业，也许是一座学校，也许是供教士们祷告的场所。小楼的背后有一块菜园，四周由红砖墙围起来，上面盖着红瓦，一些地方还别出心裁地加了一个又一个涡卷，作为装饰。围墙看上去有些破败，红瓦上污迹斑斑，爬满了枯萎的爬山虎，一层积雪落在上面，显得更加萧瑟凄凉。

我离开院落，进入广场。我绕到广场的另一侧，来到教堂的正前方。这是一座晚期罗曼风格的教堂，局部带有业已兴起的哥特建筑的痕迹，不过因为总体规模不大，也就不显得混乱。教堂经过修缮，看上去焕然一新，当然，也有可能干脆是近代的仿制品，那样一来的话，所有的一切都解释得通。教堂的正门开着，朝向广场的一侧，门前有一张木桌，上面摆放着一些教会的资料，还有几本《圣经》，提醒过往的行人注意，这里是一处神圣的场所，只要你拥有足够的信念，它就会指引你到达最高的天堂。

"你这是去哪儿啊?"

耳边传来一个熟悉的声音，听起来，好像是地质学家。

我离开岩石，进入风雪。暴风雪比之前更加剧烈，有几次差点将我掀翻，抛到岩石上，我的肋骨经不起这样的折磨，咔咔作响。尽管我腰间的伤口被寒风冻住，可是我感到那滚烫的热血，正在流向我的体内。我摇摇晃晃，踏着齐膝的积雪，迎着刺骨的寒风，继续前行。

我走进教堂。它的室内空间不大，十分规整。中央是一条四米左右宽的走道，一直通向前方的祭坛，两侧有六根八角形状的石柱，上面架设着连续的拱券，支撑起整个屋顶。抬头看去，屋顶的下方有十字交叉的肋拱结构，这是八百年前，建筑技术进步的真实例证。石柱与两侧的外墙间有五六米左右的距离，中间摆放着长条形的椅子，供人们静坐、聆听、祈祷。显而易见，这座教堂的设计者将它当成一座平均切分的空间模板，尽了自己最大的能力，确保它的建筑结构得以成功，尽管现在看来，他的努力还有诸多不足之处。教堂两侧的墙壁经过粉刷，这印证了我最初的推测——它的金属窗棂是后来添加的工业产品，它的彩绘玻璃是现代艺术的全新演绎。

"你已经又多走了一程。"
另一个声音响起，是冈萨雷斯。

这一段路程只有短短的十几米，然而它几乎耗尽了我所剩无几的全部力气。那若隐若现的雪山峰顶，依然遥不可及。

祭坛就在前方。然而它却索然无趣，了无生机。我看了太多类似的例子。与那些辉煌壮丽的大教堂相比，这里的场景平淡无奇：受难的耶稣位于中央，瘦削的身体悬挂在十字架上，双手与脚掌上嵌有方形的铁钉。在他左侧的腰际、肋骨的下方，有一处显眼的痕迹，那是粗野的罗马士兵，用长矛刺中的伤口。

十字架位于长条桌上，上面摆着镀金的烛台与水壶。带有锦绣花边的金黄色帷幔从桌子边缘垂下来，一直落到铺着浅绿色大理石的祭台上。几座木雕人像分散在祭坛周围，上面涂有鲜艳的色彩，彼此神态各异。那是传说中的十二门徒。

"你会死在那里的。"
一个年轻人的声音，可是我已经记不起他的名字。

嗯，很可能。但这又有什么关系？

圆　环

木雕向两旁退去，有亮光从教堂深处透出来。石柱旁边、祭坛的侧面，一条隐蔽的通道显露出来。它通向教堂背后，一处地下空间。这并不奇怪，几乎所有欧洲的教堂，都建有地下室，从英格兰到普鲁士，从意大利到尼德兰，莫不如此，只不过在体量如此狭小的建筑中并不多见。这引起了我的好奇，决定过去一探究竟。

沿着外侧的墙体，有一条石头砌筑的台阶，从地面一直通到地下，宽度刚好够一个人前行。我小心谨慎，谨防摔倒，同时提防可能的意外，尽管这并不必要。在如此神圣的处所，遭遇恶性的暴力事件，几乎没有任何可能。

台阶的尽头是一条地下走廊，通向教堂的另一个方向。沿着这里向前走，左侧的上方亮起了天光。那是走廊高处的侧窗，开在室外贴近地面的高度上，上面覆盖着落水栅栏，阳光就是从那里照射下来，并折射到地面上的教堂里，所以尽管此处位于地下，但一点也感觉不到黑暗压抑。

走廊不长，有十四五米，它通向另一个方形的地下房间，那里同样开着侧窗，有明亮的光线照下来，室内因此很亮，与地面上的房间没有什么差别。房间不大，地面、天顶与墙壁全都经过装饰，四周镶嵌着平整的木板，下面带有装饰着线脚的墙裙。木板的表面贴着浅色壁纸，看上去素雅清新，与地面上那些粗犷笨拙的墙壁截然相反。在这些木板上，悬挂着一些被装帧起来的画作，还有一些古旧的图样，看上去好像是过去留下来的古董，而整个房间就是一座与此地有关的小型展馆。

"呜——！呜——！"

一个不会说话的女人在哭——是你，伊莲娜。

你为什么要哭呢，妇人？你看到了什么？

肖像、图纸、剪报、书籍……差不多就是这些东西。它记录了这座教堂修缮的经过，一些虔诚的好心人为它出资出力，把它从历史的长河中挽救回来，使它免于毁灭的命运。在这其中，还有一些人把自己不辞劳苦，从世界各地带回来的物品贡献出来，连同自己的爱心，一同捐献给教会，希望能够在这里为它们找到最好的归宿。

我看到一只老式单发手枪，样子很像是一百年前，法兰西的军队指挥官们才有的防身物品。我看到一本航海日志，上面画满各种测绘图样，那是十八世纪时期的航海家们，在茫茫大海上，对着地平线和星空，为了测量船只所在的经度纬度而留下来的记录。我看到一柄老式的斧头，上面坑坑洼洼，锈迹斑斑，这种破旧的物品，如果不是他的主人有过什么传奇的经历，断然不会出现在这里。我还看到一张陈旧变黄的老照片，上面有一名容貌端庄、仪容秀丽的妇人，她身穿长裙，戴着头巾，坐在壁炉前，熊熊燃烧的炉火照亮了她那洁白的侧脸。

"你是塔奥斯的敌人！"

一件黑色的披风，一双枯竭的眼睛，一把闪亮的弯刀。

是的，你说的没错，你这混沌的奴隶！快滚回去告诉你的主子，我是他永远的敌人！

房间背后的墙面上，一件悬挂在正中的方形物品引起了我的注意。那是一只很大的画框，由橡木制成，十分厚重，但造型很简洁，一看便知是现代工业的产物。画框的中央有一幅地图，完整地镶嵌在画框里，不大不小，显然，前者是为其量身打造的，专门用来保护这件脆弱的展品。

那是一张老式地图，一张世界地图。尽管我对土地测绘缺乏了解，但凭借我在里斯本逗留的三个星期，我还是收获了一些基础的知识。毕竟现代的制图业由葡萄牙人发明，在这个领域，他们的优势无可比拟。眼前的这张地图就是这样，从它那尚不准确的大陆轮廓，以及有待精进的绘制方法来看，它诞生的年代颇为久远。然而它的制图方式引起了我的注意。它异常独特，令我十分困惑，大为不解。我走过许多城市，见过许多地图，却从未见过这样的作品。

地图呈圆形，初看上去，似乎是利用等距投影法，来描绘一个完整的半球。考虑到地球的三维形状，将球体的表面绘制到二维的平面上，最好的方法便是投影。投影的方法有很多，最常用的是直线投影，但是在地图业发展的早期，这种方法并不存在。那时，人们对地球表面的认识还很贫乏，测绘的手段和仪器也不发达，所能得到的精度十分有限，随着技术的不断发展，这种现象才逐渐得到改善。如今人们使用的地图，已经非常精确，甚至城市中的每一条街道、每一栋房屋，都可以看得一清二楚。

　　然而这张地图却有所不同。它的中央是一个密集的圆心形状，看上去很像是地球仪上方的极点，在它的外围是茫茫大海，由一圈想象之中的圆形边界所围绕，并借此在外侧标记好相应的经度。纬度线则由内而外，一圈圈呈同心圆形状，不断向外扩展。由此看来，整张地图的视角，似乎是站在北极的正上方，俯身向下，察看整个大地，将所有的大陆与海洋，全部包括在内。在它的内部，那个密集的圆心，对应着地理上的北极点，而在它的外部，最外侧的圆形，则是地球的赤道。位于二者之间的，是整个世界的江河湖海、山川平原。尽管那些大陆已经严重变形，可是我依然可以轻易地分辨出，它们各自的名称。

　　——看那儿，那是广阔浩瀚的亚细亚，一片黄色的土壤，从高加索山脉开始，直到遥远的白令海峡。它占据如此广袤的空间，养育了亿万人民。它曾经诞生过众多璀璨的文明，今天，它却在水深火热中苦苦挣扎。

　　——看那儿，那是曲折破碎的欧罗巴，一片青色的国度，而如今它正在流淌红色的鲜血。狂暴的钢铁化作洪流巨兽，在排山倒海的血色旗帜的召唤之下，对人类的自由世界，发动空前的奴役。

　　——看那儿，那是炽烈厚重的阿非利加，一片黑色的土地，纯粹的原始气息令人向往。昔日的繁荣早已泯灭，罪恶的商船带走了它赖以生存的生命的火种，只留下一望无边的沙漠，在干燥的海岸线旁迎风呜咽。

　　——看那儿，那是活跃多姿的亚美利加，一片棕色的版图，新生的国度，那里是否在孕育着新的力量？一种可以改变历史、恢复平衡的力量？还是说，另一只更加凶残的巨兽正在它的地下沉睡、生长？

——看那儿，那是冰冷的北极点，地球转动的中心，世界的轴线；看那儿，那是炎热的赤道，大地的边缘。在它的外面是无限宽广的宇宙，而在它的内部，北极圈外的、广阔的圆环地带，是我们称之为世界的永恒家园。

"你终于来了。"

我想到那漫长的旅途，现在即将在这里结束，然而我却一无所获。纵然将自己的生命置于世界的中央，在它的周围，依然有着无穷无尽的危险，而位于它们二者之间的，是一望无际的白雪。

"你历尽了千辛万苦。"

我想到无数生命在战争中消逝——并非只有血肉，我指的是那些石块砖瓦组成的另一种形体。这些消逝的生命形态，在那一望无际的圆形循环中，全都得到了永生。

"你终于找到了那座神殿。"

我想到那空洞的迷宫，那座在猩红的大火中消失的宫殿。我想到自己消失的岁月、徒劳的努力，还有无谓的抗争。

"你终于找到了我。"

一个年轻女孩的声音，在我耳边响起。

然而我已经辨不清眼前的景物。我摇摇欲坠，如同一粒飞舞的雪

三　天堂

花。狂风撕扯着我，随时准备将我吞没。

"这是哪儿?"我问。

"你苦苦寻觅的地方。"她说，"你的天堂。"

"你是谁?"

"亲爱的，你不记得我了吗？我是你的新娘。"

"我不明白。这不可能……"

"这是事实，你找到了我。你成功了。"

"你在哪儿?"

"一个自由的地方。"

"什么?"

"那里是我的天堂。"

"我不明白。为什么我看不到你?"

"我要谢谢你。"

"你在哪儿？你在……?"

我无法前进。我的腿早已僵硬，双脚没有了知觉。

"我在你的神殿，我在你的心里。"

"什么……?"

我听不清那个声音，无论是在耳边，还是在我心里。

"你想来我的住处、我的婚床吗?"

"什么?"

"来吧,它就在你前面。"

"什么?"

"推开那扇房门——记得,它是红色的。"

"我不明白……"

我再也无法支撑。我感觉不到自己的躯干和四肢,仿佛那满山飞雪穿透了我的身体,径直飞向远方。

"圆环——亲爱的,你是对的。"

"你在哪儿?"

"你就要找到它了。"

"我不知道……我看不见……"

"推开那扇门,我会一直等你。"

"不,我不能……"

"记得,它是红色的。"

"我不能……"

"我会一直等你……"

"我不能……我不能……"

我倒了下去。涌出的鲜血滴在雪地上,形成一个空洞,如同白布上的一个圆点。它的周边挺直,内部凹陷,中间是被染成红色的再凝结的冰晶。它的形状简洁有力，我从没见过那么美丽的形状。它呈现出完美的圆形，一个融化的边缘所画出的轮廓。它是另一个更加完美的图形的一部分，一条清晰的界线。从这里开始，它向外扩展，穿过茫茫白雪，穿过林地荒原，穿过战火纷飞的大地，直到一望无际的远方。直到它与地平线上，那垂落、覆盖的圆形苍穹的边缘一起，共同组成一个硕大无比的圆环。

跋

读者诸君：

你们好！

我是阿波罗。我是这本书的编辑。关于这本书，我最后还有些话说。

在开始部分，我已经说过，本书的手稿来自一个自称"Z"的人，他是一名建筑师。他经常寄给我一些与建筑有关的资料，让我整理出版。这本书就是其中之一，只不过，它与从前的资料都不太一样。它讲述了一个完整的故事，这还是我第一次见到。这很新颖，不过在我看来，这并不意味着它很完美。完美的故事不一定是最好的故事，最好的故事也不一定完美，这是一条基本规律，也是我从业多年以来，总结出来的经验。一个好的故事应该引人入胜，给人启迪，但并不是所有的故事都能做到这一点。作为编辑，我们有义务让故事读起来更精彩。我不敢自称技艺高超，但有些话，我还是忍不住要多说两句。

首先，关于故事的真实性。根据 Z 的说法，故事的原文已经遗失，作者下落不明，现有的文本就是所能掌握的全部。我并不相信他的话：有些事，他不会和盘托出。他是个很有心机的人，与他打交道，必须多加小心。他很善于隐藏，也很善于伪装，经常转移话题，顾左右而言他。对于我来说，他的资料来源始终是个不解之谜。我仔细研究过它们，发现了一些可疑的蛛丝马迹，这一点，我放到后面再谈。不仅如此，他有时还会给我寄一些看上去根本不可能，也根本不应该存在的文件，它们的内容令人欣喜，可来源同样难以确认。这让我左右为难，不知该如何是好。每逢这样的时候，他总是极力鼓励我，把它们整理好发表出去，不过，出于重重顾虑，我并没有那么做。

这篇故事正是这样。仅仅根据文本的内容来看的话，它超出了常识，很难令人信服，但世界千奇百怪，没有人能够断言，这样的事件绝无可能。考虑到它发生的年代，还有地域、时间，相应的可能性又会再次增加。不过这并非重点，真正值得怀疑的是另一件事。

那就是主人公的身份，也可以说，是故事叙述者的身份。这是个很有趣的问题，细心的读者可能已经有所觉察。根据传统的文学理论，叙述者作为故事的讲述者，他要么采用一种无所不知的第三人称视角，要么采用一种十分受限的第一人称视角。显而易见，本书选择了后者。

这带来很多问题，而首当其冲的，便是故事的真实性。根据故事内容，作为叙述者的"我"，在故事的最后，倒在雪山深处，奄奄一息，除非有奇迹发生，否则很难令人相信，他会再次得救，死而复生，并在战争结束之后的某个时间，坐下来记录自己的这段经历。尽管文学并不禁止这种做法，但不可否认，故事的真实性因此将大打折扣。对于那些看重故事现实色彩的读者来说，这是难以接受的损失。

第二个问题是叙述者的身份。他是谁？难道他真的像他自己声称的那样，是一名为纳粹德国工作的法国建筑师吗？如果不是这样的话，那是否还有别的可能？如果不是这样的话，故事是否还具有足够的合理性？主人公的话是否还足够令人信服？故事是否还值得一读？

关于这个问题，我向Z提出了疑问，他没有回答。我预见到了这样的结果，也就没有深究，决定自己调查。我不想让这本书的正式读者像我一样，对这个问题百思不得其解。我有了一些发现，它们可能并不是真相，也可能不是最好的答案，不过，它们提供了一定的参考，能够帮助那些心中充满好奇的人，继续向前去寻找更好的答案。

根据我的调查，叙述者的身份，最有可能是下面这几个人。

第一个是著名的建筑大师勒·柯布西耶，二十世纪公认的四位世界级建筑大师之一。他是法国人，出生在瑞士，后来长期活动于巴黎，是二十世纪中前期现代建筑的标志人物之一。从某种程度上来说，他代表了整个现代建筑的诞生、发展和兴盛。他在建筑学界的地位，堪比毕加索之于绘画、爱因斯坦之于科学，是具有划时代意义的巨匠，大师之中的大师。

他的嫌疑最大，这听起来有些不合常理，不过他的主要经历，与故事中的人物，有着很高的相似性。比如在第19节中，主人公在自述中提到，他只身远赴柏林，在那里度过十八个月，而后又向南，从波希米亚进入巴尔干，最终抵达雅典，这与柯布西耶的个人经历很相似。不仅如此，还有更多的事实：他工作在巴黎，有自己的事务所，在建筑界举足轻重；他四处游历，各大洲都有他的足迹；他具有丰富的建筑知识，对它充满热情，等等。当然，最可疑的是他还亲近纳粹，而这正是柯布西耶职业生涯的一大污点。尽管，作为建筑师，他技艺精湛，但是在政治上，他却幼稚得惊人。为了实现自己的宏伟蓝图，他蒙蔽了双眼，这不能不说是一种强烈的讽刺。

一九四〇年六月，法国沦陷，柯布西耶离开巴黎，躲入西法边境的比利牛斯山脉中，这与故事中的时间地点不谋而合。至于故事情节，作为一代建筑大师，他对理想中永恒的建筑形式心驰神往，念念不忘，也是不难理解之事。在这方面，不存在任何障碍。

除此之外，故事中出现的大量间接证据，也都指向这位充满争议的建筑大师。他的个人痕迹几乎随处可见。比如在第22节中，叙述者将自己同另外三位建筑大师相提并论，这符合柯布西耶的身份；再比如，他关于建筑形体的论述，几乎原封不动地照搬了柯布西耶的宣言式作品《走向新建筑》中的论述。类似的证据还有第25节中，讲到国际装饰艺术博览会上的新精神馆，那是柯布西耶的代表作之一，从描述它的语气中不难看出，叙述者对它的理解之深刻，超出一般。

当然，并非所有的事实都吻合得那么好，同样有大量的细节并不符合柯布西耶的身份。姑且不说他战后的持久活动，仅从时间角度来说，就很成问题。一九四〇年的柯布西耶已经五十多岁，而故事中的主人公，更像是一个三十岁左右的年轻建筑师，这是很大的问题。人物特征也不对劲。柯布西耶生性张扬，而故事中的人物却含蓄冷静，二者相去甚远，就算是经过后续加工，也很难实现这样的效果。

第二个可能的人是一名青年德国建筑师。他本是法国人，或者瑞士人，这一点并不十分清楚。他的名字叫作卡尔·冯·利奥波德，这是他后来的名字，他的本名叫夏尔·让·勒内，而这是典型的法国名字，也是他的真实身世。不过他很早便抛弃了自己的法国身份，加入德国国籍，成为一名德国人。根据战后解密的档案显示，他出身名门，从小受过良好的教育，早年留学德国，在德累斯顿学习古典音乐、建筑和哲学，后来将建筑作为终生职业，直到第一次世界大战爆发。那时，他已经完全接受了铁血政策的洗礼，毅然决然地站在了自己祖国的对立面上。他本想报名参军，为真正的强者而战，就像一百年前，那些不远千里来为拿破仑卖命的俄国青年一样。不过因为年龄和出身的问题，他屡次遭到拒绝，这令他深受打击。故事中的主人公多次提到，自己"身份特别"，很像是在说这件事。这也是他受到怀疑的主要原因之一。

不过，他受到怀疑的最大原因，还是他的工作环境。档案显示，战后他一直生活在德国，以建筑设计为生。整个魏玛共和国期间，他积极活动，结识了很多业内人士，后来他们中的许多人成为第三帝国建筑界的翘楚，其中就包括希特勒的御用建筑师，著名的阿尔伯特·斯佩尔，后者为他在帝国内的活动打开了方便之门。

一九三二年，他加入了纳粹党，正式成为一名帝国建筑师，定居在柏林，与斯佩尔一道，忙碌于那臭名昭著的大日耳曼尼亚计划。不过后来，因为一些不知名的原因，他突然去了巴黎，并常驻在那里。有消息说，他被排除出了斯佩尔的圈子，也有消息说，他被派到巴黎独当一面，作为主任建筑师，主持巴黎的全新规划。直至这时，他都没有表现出任何对故国的留恋之情。

然而，从故事中的情节走向来看，这种突然的转变却是真实存在的。主人公是一名不折不扣的爱国人士，坚决抵抗纳粹入侵。如果事实真是如此的话，那么我们似乎有足够的理由猜测，这位化名卡尔·冯·利奥波德的德国建筑师，实际上是一名身怀绝技的法国间谍，与响当当的红色谍王佐尔格不相上下。档案表明，一九四一年的夏天，在法国沦陷大约一年之后，确实有一名法国间谍潜入纳粹位于巴黎的总部，偷走了一份至关重要的文件资料。几乎与此同时，一名重要的纳粹官方建筑师被发现了从住处失踪，下落不明，因为此事，维希政府和盖世太保四处搜索，结果一无所获。此次事件与故事中开始的情节十分吻合。

不过作为故事的主角，卡尔·冯·利奥波德依然还有一些疑点，令人难以信服。虽然，他拥有足够强烈的动机，但他是否具有同样的条件和能力，去实施这样的计划，我们还很不清楚。他的背景信息太少，无法做进一步对照；他的爱国热情，在经过长年累月的消磨之后，是否真的还如当初般强烈，我们也无从知晓。

第三种可能是一个法籍华裔，名叫钟离。他是江苏苏州人，与已故的著名华人建筑大师贝聿铭是同乡。此人的父亲名叫钟懿，是一名古董商人，母亲是法国人，二人在巴黎相遇结婚。钟离幼年便跟随父母移居巴黎，长大之后，在巴黎八大学习过建筑，后来接受了马克思主义，秘密加入了法国共产党，但表面上，他依然听命于戴高乐政府，为自由法国和抵抗运动效力。作为一名混血儿，他的法国血统帮了他不少忙，让他得以在法国工作，并成功混进了斯佩尔的部门，成为一名帝国建筑师。

有很多证据支持这样的推断，其中最主要的，来自故事中那些关于东方的段落。故事中的人物熟悉中国文化，了解她的古老传说，对厅堂、宝塔、宫殿这样的建筑物丝毫不感到陌生，甚至可以准确地描绘古代建筑中的斗拱与榫卯结构，而所有的这些，都不是一个普通的西方人能够做到的事情。

最直接的证据来自手枪上的字母：Z·H·O·N·G。如果那不是"德国保密总局分部"（Zweig der Haupt Organisation für Nationale Geheimhaltung）的缩写的话，那么它毫无疑问是一个中国姓氏的拼音。就算考虑到现代汉语拼音的发明时间，这个记号的含义依然难以忽视。

关于钟离其人，具体信息很少。在故事发生的那个时代，他是一个典型的边缘人物，如果他能够有机会接触到纳粹高层的核心机密，那么毫无疑问，他一定采用了某种特殊手段，需要有勇有谋，实属难能可贵。

他与中国的关系是许多人所关心的，不过遗憾的是，这方面的信息几乎为零。战争结束之后，他便从公众的视野中彻底消失。有一些最新发现的资料表明，因为曾经为纳粹服务，他被新中国认定为汉奸，出卖了人民政权，然而实际上，这个指控不能成立，因为没有任何证据表明，他曾经宣誓为新中国服务。时间上也有问题，这再次证明，这种说法不足为信。最可能的真相是，自始至终，他都把自己视为一名法国公民，以反抗纳粹德国、恢复法国自由为己任。

三个潜在的叙述者都不能完全解释故事中的情节，这一点毋庸置疑。很可能，他们分别是角色的一部分。还有很多可能的叙述者，分别为它做出了不同的贡献，他们共同组成了整个情节。角色为情节服务，这是故事的基本原则。深入了解角色是必要的，但不能因此而忽视情节，那是本末倒置。

不过有一个人物，历史上倒是确有其人，那就是身为追踪者出现的、狡猾的纳粹军官海德里希。他的全名为莱因哈德·特里斯坦·欧根·海德里希，是盖世太保的头目之一，纳粹国家安全总局局长，历史上著名的杀人魔王。一九四二年五月，海德里希在布拉格郊外被袭身亡，这与故事吻合得很好。当然，故事中的时间有另一套不同的计量方法，不过这是截然不同的另一个问题。

故事出版之后，收到很多热心读者的反馈，分别从不同的角度，对故事提出自己的看法。有人说，故事构思精巧，内容耐人寻味；也有人说，故事缺乏依据，总体来说很难令人信服。他们的说法各有道理，我全都如实记了下来。

有人说，故事的专业性太强，很难理解，从某种程度上讲，它回顾了建筑的历史，这样做与传统的故事写法背道而驰，费力不讨好。将一门学科自身作为故事而不是背景；不是将它当作舞台，创造更为生动有趣的情节，而是反其道而行之，这种做法本身就有待商榷。这个说法也很有道理，我同样记了下来。

有人指出，"地狱""炼狱""天堂"的三段式划分，明显是在模仿著名的《神曲》，这种手段谈不上有多高明。还有人说，用一个隐秘的神话传说作为故事的原型框架，这种方法在一百年前，乔伊斯写作《尤利西斯》的时候就早已用过，根本没有什么新意，等等。这些我也全都记了下来。

说到神话，有人从神话考证的角度出发，指出故事中，将赫斯提亚与维斯塔女神混为一谈，严格意义上来说并不准确。赫斯提亚是十二奥林匹斯神之一，宙斯的大姐，地位十分崇高。不过在希腊神话中，她的形象很含糊，既没有严格的界定，也没有直接的考古证据表明，献给她的神庙采用的是所谓的圆形平面，只有到了罗马时期，维斯塔女神的神庙，才有这样的形制。我做了相应的考据，认为这个结论难以反驳。于是我把它一五一十地记下来，与上面那些记录一起，发给了Z。

他没有回答。或者，就像故事里说的那样，"用沉默做了回答"。

有人提出反对，说神话只是故事的外皮，不是骨架，而真正的内涵，则是不折不扣的后现代主义。他们还说，众多人物的形象，不能从表面加以分析，而应该做更深层的考察。比如，对冈萨雷斯的恐惧背后，隐藏着对权力社会的无声抵抗，而对阿波罗的赞美，实为对陈腐艺术形式的无情嘲讽。

我接受了这些批评，把它们一一记录下来，然后发给Z。

当然，也有一些人另辟蹊径，从这个看似神话的故事中，读出了截然不同的东西。比如有人认为，这是一个科学故事，书中的一切都可以用现代物理学加以解释，比如核物理、原子裂变、磁场、量子隧道效应，等等。故事中的叙述者提到了物理学家的存在，就是一个例证，这也间接证明了故事确有其事，至少有颇为可信的现实背景，不是毫无根据的凭空捏造。还有些人认为，这是一个面向未来的科幻故事，一个关于未来世界、外星文明的传说。永恒之地的种种迹象表明，这要么是一个失落的远古文明的遗迹，要么是一架隐藏在地球上的宇宙飞船。值得注意的是，这种推断同样言之凿凿，"黑幽灵"便是最好的证明。他那单一而又独特的行为模式表明，他并非一个真正的生物，而是某个高度发达的科技系统中的某种防卫机制。他在登场之初的第一句话——"你是特伦人"——尤其引人注目。"特伦"一词来自拉丁词语terra，意为"大地""地球"，带有强烈的宇宙学与星际文明色彩。由此不难推断，"黑幽灵"的身份非同一般，而所谓的"塔奥斯（TAROS）"，就是那个控制他的高科技系统的名字。

不过，更多的人还是接受了希腊神话的主线解释。因为代达罗斯的存在，他的身世可以追溯到厄里克托尼俄斯，而后者的父亲，被认为是著名的火神赫淮斯托斯，工匠与建筑技艺的始祖。在原文第4节中，米诺斯说"你有一个精于此道的先祖"，说的就是这件事。传说中的代达罗斯利用蜡制的翅膀，逃离了克里特岛，也带走了圆环迷宫的秘密，但神话至此中断，再无后续。持这种看法的人们认为，所谓的永恒之地与冈萨雷斯、神鸟、"黑幽灵"，全都继承了这一主线，然后加以扩充、演绎、变形。

另外，关于"塔奥斯"一词，也有很多不同的说法。有人说，这是一个杜撰的名字，根本查无实据；有人提出反对，指出这是一个著名的奇幻世界背景中的邪神的名字，他的身份与名著《指环王》中的魔君索伦十分相似。还有人指出，这个词具有可信的语言学解释，它源于希腊神话中的地狱"塔尔塔洛斯（Tartarus）"，很可能结合了著名的混沌之神"卡俄斯"（Chaos），最终成形。书中的人物曾经发出呐喊——"你这混沌的奴隶"，就是无可辩驳的明证。另外，从故事的内容来看，作为建筑师，将营造美的秩序、反抗丑的混沌视为己任，也是顺理成章。

等等，诸如此类，众说纷纭，我全都一字不差地记录了下来。

有人说，故事具有隐喻及象征意义，牛角与弯刀对父权社会的象征就是一个典型。提出观点的人很认真，他引用了各种理论、文献，来证明自己的观点，比别人的观点更深刻，也更可信。

有人说，故事突出表现了所谓"话语"的力量，那些通篇独白的章节，表面上是主人公在陈述自己的心理活动，实际上却是另一个声音在直接说话，这就是话语，这就是叙述。

还有人说，整篇故事是纯粹的虚构，没有什么秘密，也没有什么章法可言，只要认真读一读全书的最后一章，就不难发现，那是整个故事的创作原型，而全书通篇不过是在此基础上，对其加以重构、变形而已。

等等等等。

这些，我也都如实记录了下来，然后告诉了Z。和往常一样，他没有任何回答。

直到有一天，我意外地收到一封信，改变了这种情况。信很短，写得简明扼要，主要谈了这么几个问题：

第一，整个文本结构与所谓的圆环建筑，形式上存在明显关联。这是一种不同类型文本之间的同构现象。

第二，叙述者的视角转换体现出很强的灵活性和随意性，背后的空间效果是值得关注的重点。

第三，素材（fabula）的内容并不重要。至少现在看来，不是最重要的。

第四，语言的肌理具有统摄效果。

信没有地址，没有署名，令人奇怪。它的来历也无从查找。信的内容同样难以理解，但从它所使用的术语来看，似乎来自结构主义和叙事学领域。为此我做了一番功课。我查阅了热奈特、托多罗夫、里蒙-凯南、米克·巴尔和查特曼等人的作品，找到了一些证据，不过还很不清晰，我自己也被弄得云里雾里，不知所云。

我将这封神秘的信寄给了Z，想听听他的意见。几天之后，他回了话，这出乎我的意料。他的回答也很短，同样也令我迷惑。我弄不清楚，他到底想要我做什么，是继续下去，还是停下来，等他进一步的指示。我把我的疑虑告诉了他，然后静静等待。

在此期间，我并没有闲着，而是顺着原来的方向，继续深入研究下去，因为我感到这是个很有趣的话题。从前，我没有发现，现在才突然意识到，原来文学与建筑之间的关系，远比之前设想的复杂得多，也深刻得多。那不只是所谓文字的内容、风格、符号、象征这样的问题，而是完全不同的另一种东西；甚至，是另一个完全不同的领域。文学与建筑学的建构方法，在某种更深的层面上是相同的，这样的念头不由得让人眼前一亮。

甚至可以说，这预示着一种全新的建筑学，一种广义上的建筑学。它不再局限于传统的砖瓦石块，也并非构造于三维空间中的物质实体，而是另一种更普遍、更抽象的技术体系。一种模式，一种规则，一种值得期许的特殊的艺术效果。也就是说，一段文字就是一套建筑语言，一部文学作品就是一座建筑物，一个圆环就是一本小说的建筑结构！

啊，这简直太不可思议了……

Z的消息来了。他没做太多解释，只是叮嘱我说，不必想太多，尽管放手去做。他还说，很快会有更多的资料寄给我。

如果真是那样的话，那就再好不过了！我已经迷上了这个话题，无论从他那里寄来什么，对我来说，都不啻天降甘霖！对于Z的能力，我非常有信心，他向来说到做到，不会拖泥带水。他有特殊的渠道，能够弄到各种千奇百怪的东西，有了他的保证，我非常放心。一想到这一点，一想到要不了多久，就会有更多、更有趣的东西送到我手里，我简直兴奋得合不拢嘴，睡不着觉。

所以，让我们拭目以待吧！

阿波罗

二〇二〇年二月